Theo Pointner

... und du bist weg!

Kriminalroman

grafit

Der Autor

Theo Pointner (Jahrgang 1964) hat Betriebswirtschaft studiert und arbeitet im Westfälischen Zentrum für Psychiatrie in Bochum.

1992 erschien sein Kriminalromandebut *Tore, Punkte, Doppelmord*; es folgten *Scheinheilige Samariter* (1994), *Einer nach dem andern* (1997) und *Rechts-Außen* (1998).

1

Ein Blick aus dem Fenster war zuverlässiger als die Zeitansage. Angesichts der Wetterlage, bei der sich die Quecksilbersäule beharrlich weigerte, unter die Dreißig-Grad-Marke zu fallen, kannten die Arbeiter am Feierabend kein Halten mehr. Noch zwei Tage und das Wochenende war erreicht.

Die Tore zu den Fabrikationshallen standen den ganzen Tag weit auf. Allerdings hatte sich kaum einer seiner Leute in die Hitze gewagt, nur einer der Gabelstapler hatte hin und wieder den Eingang passiert, um neues Material zu den Arbeitsplätzen der unterbezahlten Knechte zu bringen. Im Hochsommer war die Luft in den Hallen erbärmlich. Wie jemand siebeneinhalb Stunden am Tag, fünfmal in der Woche für den untersten Tariflohn sein Leben ruinierte, ohne den Wunsch zu verspüren, Amok zu laufen, das konnte Werner Gumprecht, fünfzigprozentiger Inhaber von *Burgert & Gumprecht,* nicht verstehen.

Im Moment jedoch sah er in ausnahmslos gut gelaunte Gesichter. Von seinem Büro im obersten Stockwerk des Verwaltungsgebäudes hatte er einen schönen Ausblick auf das große Gelände mit den Montagestätten, dem Flachdachbau mit der Kantine und dem Verschlag, in dem das Material gelagert wurde. Hinter dem Maschendrahtzaun, der das Areal zu allen Seiten abgrenzte, begann die Taiga von Bochum-Laer, die ihren Abschluss in den abgestandenen, brackigen Gewässern der Ümminger Seen fand. Keineswegs die feinste Firmenadresse, aber wesentlich preiswerter als ein vergleichbares Gewerbegebiet näher zur Bochumer Innenstadt.

Unter seinem Fenster wurden nun Stimmen laut, die Truppe aus der Verwaltung schloss sich den Arbeitern an. Gelegentlich vernahm Gumprecht undeutliche Gesprächsfetzen, doch wegen des dumpfen Rauschens der Klimaanlage konnte er nicht verstehen, worüber sich seine Mitarbeiter unterhielten. Eigentlich war es ihm auch vollkommen egal.

Der kleine Werner zwischen seinen Beinen war bald so weit. Unwillkürlich riss er seine Augen von den getönten Panoramascheiben seines Büros los und warf einen Blick auf den dunklen Haarschopf in seinem Schoß. Carina Rürich, seine junge Assistentin, gab einige schmatzende Laute von sich und trat den Endspurt an.

Gumprechts Finger krampften sich in die gepolsterten Armlehnen seines Sessels, mit aller Kraft spannte er seine Lendenmuskulatur an, biss sich auf die Lippen und begann zu keuchen. Einen Sekundenbruchteil später explodierte er.

»Bäh«, gurgelte die Rürich. »Ich hab dir doch schon tausendmal gesagt, du sollst mir Bescheid sagen.«

»Bescheid«, seufzte Gumprecht erlöst und verschränkte die Arme hinter seinem Kopf. »Entschuldige, aber es gibt Momente ...«

»... da könnte ich dir die Eier abbeißen«, vollendete seine Assistentin den Satz.

»Hast du heute auf einen BH verzichtet?«, fragte Gumprecht, während seine vertrauteste Mitarbeiterin auf ihren Pumps zum Waschbecken dackelte. Bevor sie ihrem Chef eine Antwort gönnte, spülte sie sich gründlich den Mund aus, drückte ein paar Spritzer Mundwasser in ihren Rachen und spülte erneut. Dann wischte sie mit einem Handtuch über ihre Lippen und ordnete mit wenigen geschickten Handgriffen ihre Frisur.

»Du bist ekelhaft«, entschied sie dann. »Werner, Werner, wie soll das weitergehen?«

Gumprecht zuckte die Achseln und griff nach seiner Zigarettenpackung. Doch statt einen der Glimmstängel anzuzünden, zog er die Kippe langsam unter seinen Nasenflügeln her und deponierte den Sargnagel in einem Kästchen, welches eigentlich für die Aufbewahrung von Notizzetteln gedacht war.

»Schon die Zwölfte heute«, kommentierte er stolz. »Ich glaube wirklich, diesmal schaffe ich es.«

»Lenk nicht ab«, antwortete Carina.

»Was soll noch großartig werden? Geschäftsführer bin ich schon. Und wenn der Laden erst mal den Amis gehört, hab ich ausgesorgt.«

Die Frau kehrte langsam wieder zu ihrem Boss zurück und hockte sich hinter ihm auf die Schreibtischkante. Ihre Finger landeten auf Gumprechts Schultern, um die Muskeln langsam durchzukneten. »Nur du? Nicht wir beide?«

Gumprecht beäugte ihr Spiegelbild in den Scheiben und kräuselte die Stirn. Okay, ihre Figur war erste Sahne, blasen konnte sie wie die Weltmeisterin am Dudelsack, aber sonst? Die leicht schief stehende Nase hätte er ja noch ignorieren können, nicht aber ihre Dumboohren und die viel zu eng beieinander stehenden Augen. Vor allem an ihren Silberblick würde er sich nie gewöhnen können.

»Natürlich wir beide«, beruhigte er sie dennoch. »Wo es für einen dicke reicht, werden leicht auch zwei satt.«

Rürich zog ihn ein Stück näher zu sich heran, kippte die Lehne seines Stuhls nach hinten und legte Gumprechts Kopf sanft in ihren Schoß. Ihre Hände wanderten von den Schultern zu den Schläfen des Neununddreißigjährigen, wo der Haaransatz bereits leicht ergraut war. Gumprecht zierte eine imposante Boxernase im Zentrum seines Gesichts, aber da er sowieso die Statur eines Schwergewichtlers besaß, störte sie das markante Erkennungszeichen nur wenig. Es gab massenhaft hässlichere Chefs, obwohl er, was ihren Geschmack an Liebhabern betraf, mit Ende dreißig eigentlich ein wenig zu jung war.

Gumprecht grunzte vor Wohlbehagen. Er rutschte ein weiteres Stück nach unten, bis die Schenkel seiner Assistentin links und rechts in seinem Blickfeld auftauchten. »Hast du dich eigentlich schon an Kalinowski herangepirscht?«, fragte er leise.

»Klar«, antwortete Rürich. »Im Gegensatz zu dir verliert der aber nicht sofort den Verstand, wenn der einen tiefen Blick in meinen Ausschnitt nimmt.«

»Schwul«, vermutete Gumprecht sofort. »Ich hab immer gewusst, dass der nicht richtig tickt.«

»Dann mach du ihm doch schöne Augen«, kicherte die Dunkelhaarige amüsiert.

»Keine Chance. Da engagiere ich lieber 'n Stricher.«

»Mach mal halb lang. Er hat auch so ein paar interessante Dinge von sich gegeben.«

Gumprecht spitzte die Ohren. »Und?«, meinte er gedehnt.

»Burgert wird dir das Geschäft wohl nicht mehr vermasseln«, schmeichelte Rürich, während sie mit den Fingerspitzen über die Lippen ihrer Geldanlage fuhr. »Ihm ist klar geworden, dass ihm das Wasser bis zum Hals steht.«

»Ha«, triumphierte Gumprecht. »Aber wieso hat Kalinowski eigentlich so einen guten Draht zu Burgert?«

»Keine Ahnung.«

Der Geschäftsführer wurde nachdenklich. »Ich frage mich immer noch, warum Burgert den überhaupt eingestellt hat ...«

»Find ich auch noch raus«, versprach Carina beflissen.

Gumprecht wollte sich umdrehen, aber da spürte er unter dem dünnen Stoff ihrer Strümpfe den gewaltigen Druck ihrer Oberschenkel an seinem Hals.

2

Jürgen Burgert saß höchstens zwanzig Meter von dem Büro seines Kompagnons entfernt. Doch im Gegensatz zu diesem kämpfte er im Moment weniger mit den Verlockungen des weibliches Geschlechts als vielmehr mit einem vierseitigen Überblick über die Firmenkonten.

»Das gibt es doch nicht«, keuchte der Senior. »Das sieht ja alles noch viel schlimmer aus, als ich befürchtet hatte.« Verzweifelt hämmerte der Sechsundsechzigjährige auf die massive Teakplatte seines Schreibtisches und sank dann in seinen Sessel zurück.

Olaf Kalinowski nickte bedauernd.

»Stimmt aber, Vater. Unsere kurzfristigen Verbindlichkeiten belaufen sich auf sechsunddreißig Millionen, insgesamt stehen wir fast mit achtzig Millionen in der Kreide.

Wir sind das doch schon unzählige Male durchgegangen.«

Burgerts Augen gewannen plötzlich viel von der Kälte zurück, die ihm in jungen Jahren bei seinen Geschäfts- und Parteifreunden mehr als nur den nötigen Respekt eingebracht hatte. »Nenn mich nie wieder Vater, wenn wir in der Firma sind«, drohte er bestimmt.

»Ach«, wehrte Kalinowski schwach ab, »glaubst du wirklich, das interessiert noch irgendjemanden?«

»Mich interessiert es«, bellte der Weißhaarige eingeschnappt. »Gumprecht würde dich mit Haut und Haaren zum Frühstück verspeisen, wenn er davon wüsste.«

»Dem wäre das jetzt auch egal«, antwortete der Prokurist und Sohnemann gepresst. »Ihm ist nur noch wichtig, dass der Kaufvertrag endlich unterschrieben wird.«

Burgert wischte den Einwand mit einer Handbewegung zur Seite und konzentrierte sich erneut auf die Unterlagen vor ihm. Er ließ seine Augen über die schier endlosen Zahlenkolonnen fegen.

»Hier«, meinte er schließlich. »Unsere Außenstände. Wie viel können wir davon sofort eintreiben?«

Kalinowski schüttelte den Kopf. »Theoretisch zehn Millionen. Bringt uns nicht viel weiter. Und wir würden von diesen Firmen keinen Auftrag mehr sehen.«

»Verflixt und zugenäht«, donnerte Burgert. »Wie konntest du die Firma nur in einen derartigen Schlamassel manövrieren? Olaf, wir haben mehr Schulden am Hals als Bochum Baustellen in der Innenstadt.«

Der Prokurist lupfte irritiert seine Nase. »Vater, wenn wir diesen Auftrag von Siemens bekommen hätten, wäre das alles nicht passiert. Ich musste für die Ausschreibung und für die Muster dieses Risiko mit dem Kredit bei der Deutschen eingehen. Sonst wären wir von vorneherein chancenlos gewesen.«

»Ach«, höhnte Burgert angriffslustig. »Und warum haben wir den Auftrag trotzdem nicht gekriegt?«

Kalinowski rutschte auf seinem Stuhl nach vorn. »Wir erfüllten eine ISO-Norm nicht, die nachträgliche Qualifizierung hätte zu lange gedauert.«

»Und das fällt dir erst jetzt ein?«, schimpfte Burgert.

»Jetzt hab ich die Nase aber voll«, bellte Kalinowski zurück. »Ich hab das damals mit Gumprecht und dir abgesprochen, aber du hast dich ja nur in der Firma sehen lassen, wenn es dein Terminkalender ausnahmsweise zugelassen hat. Und Gumprecht hat mich im Regen stehen lassen. ›Das ist Ihr Projekt, Herr Kalinowski.‹ Schöner Mist. Und außerdem weiß ich überhaupt nicht, warum du dich so aufregst. Ich denke, du bist mit dem Verkauf einverstanden.«

Burgerts Stuhl krachte gegen die Heizung, als der Seniorchef überraschend schnell auf die Füße sprang. »Komm mir nicht so. Selbstverständlich bin ich mit der Firmenveräußerung einverstanden, aber nicht auf dieser Basis.« Er verschränkte die Arme auf seinem Rücken und wanderte wie ein Tiger hinter seinem Schreibtisch auf und ab. »Im Moment haben wir gar keine andere Wahl mehr als zu verkaufen. Dabei sitzt uns auch noch der Betriebsrat im Nacken, von wegen der Arbeitsplatzgarantie. Wenn die wüssten, dass die Verträge schon fertig sind ...«

»Wissen die aber nicht«, antwortete Kalinowski. »Also, worüber machst du dir Sorgen? Am Wochenende unterschreibt der Amerikaner den Vertrag und für dich bleibt eine hübsche Summe übrig.«

»Schlaukopf«, brummte Burgert unwillig. »Von wegen hübsche Summe.«

Kalinowski stand ebenfalls auf und trat an den Kühlschrank, in dem sich ständig ein Vorrat an gekühlten Getränken befand. Fragend hielt er eine Dose Diätlimonade hoch und goss, nach einem zustimmenden Nicken, für beide ein Glas ein.

»Dir bleibt eine halbe Million ...«, sagte er nach dem ersten Schluck neidisch. »Da kann dir keiner dran.«

Burgert starrte nachdenklich über den Rand seines Glases hinweg. »Na und? Allein die Immobilien hier sind mindestens das Zehnfache wert, vom derivativen Firmenwert ganz zu schweigen.«

»Sei froh, dass du nicht draufzahlen musst. Außerdem,

mit der Pension aus Bonn kannst du dir trotzdem ein angenehmes Leben machen.«

Burgert wollte gerade einen Schluck Limonade nehmen, setzte das Glas aber wieder ab. Fragend sah er zu seinem Sohn hinüber. »Angenehm nennst du das? Weißt du eigentlich, wie viel der Laden in seinen besten Zeiten abgeworfen hat? Olaf, diese Firma hier habe ich aufgebaut. Und nach all den Jahren bleiben lächerliche fünfhunderttausend übrig!«

»Dafür bist du schuldenfrei. Ich habe mich, als Gumprecht und ich das letzte Mal in den Staaten waren, lange mit Zalynski, Benetts Sekretär, zusammengesetzt. Du weißt, Edward und ich haben seinerzeit gemeinsam studiert. Die Amis übernehmen sämtliche Verbindlichkeiten.«

Burgert hob die Hände. »Da muss ich dir ja richtig dankbar sein«, ätzte er.

Kalinowski stellte sein Glas mit einer heftigen Bewegung auf der Tischplatte ab. »Mehr war einfach nicht drin, verdammt noch mal. Hättest du dich weniger bei deinen Christdemokraten herumgetrieben, sondern dich statdessen etwas mehr um die Firma gekümmert, wärst du nicht so davon überrascht worden, wie es hier aussieht. Jetzt ist die Firma genauso am Ende wie deine Partei. Oder glaubst du, du kriegst einen Job, wenn Rolli-Wolfgang irgendwann mal Kanzler wird?«

»Kein Wort gegen Schäuble«, warnte Burgert aufgebracht. »Und außerdem geht es mir um die Landtagswahlen nächstes Jahr. Clement ist auf dem besten Weg, sich selbst zu ruinieren. Da kann ich mir als hochrangiger CDU-Politiker keine negativen Schlagzeilen im Zusammenhang mit einer in den Konkurs gewirtschafteten Firma erlauben.«

»Hochrangig«, schnaubte Kalinowski verächtlich. »Vater, du warst Staatssekretär, nicht mehr und nicht weniger.«

»Na und? Wenn die Presse wie ein Rudel Hyänen über mich herfällt, werden die Sozis das im Wahlkampf ganz bestimmt ausnutzen«, erwiderte Burgert.

»Stopp«, befahl Kalinowski. »Nicht wieder die Heulerei über diese Schmierfinken. Außerdem – was soll das alles? Jeden Tag werden zig Firmen verkauft, bei denen der neue Eigentümer dann das Rasiermesser ansetzt. In zwei Monaten weiß doch keiner mehr, dass die Hütte dir mal gehört hat.«

Burgert griff ein zweites Mal sein Glas, als ihm ein energisches Klopfen in die Parade fuhr. Sekundenbruchteile später stürmte Rüdiger Schmidt, der Personalchef, mit hochrotem Kopf in Burgerts Büro.

»Komm ich zu spät?«, haspelte der spindeldürre Zwerg hinter der Nickelbrille nervös.

»Wofür?«, wollte Burgert wissen.

»Na, der Termin. Wir sollen uns ... äh, Herr Gumprecht wollte mit uns doch die letzten Einzelheiten besprechen. Wegen der Amerikaner.«

Kalinowski warf einen demonstrativen Blick auf seine Armbanduhr. »Tatsächlich, schon kurz nach drei. Herr Burgert, wir sollten unser Gespräch bei einer anderen Gelegenheit fortsetzen.«

»Wie Sie meinen, Herr Kalinowski. Gehen wir.«

3

»Möchtest du noch frühstücken oder reicht dir ein Kaffee?«

Ulli Zander lugte um die Türzarge des Badezimmers und strahlte über beide Backen. Dafür war weniger die Tatsache ausschlaggebend, dass er seit kurzem stolzer Vater eines strammen Sohnes war; vielmehr versetzte ihn die Aussicht auf mindestens ein ganzes Jahr Erziehungsurlaub in glänzende Stimmung.

Katharina Thalbach, zweiunddreißigjährige Kriminalkommissarin im KK 11 der Bochumer Kripo, fuhr seufzend mit den Händen durch ihre lange, hellblond gefärbte Mähne und schielte misstrauisch auf ihr Spiegelbild. Sie war noch Lichtjahre von ihrer Wunschfigur entfernt, die entnervenden Kilos Übergewicht waren nach Arnes Geburt erst zur Hälfte abgehungert. Auch die Schwangerschaftsstreifen auf den Hüften konnten kein Lächeln auf ihr Gesicht zaubern.

»Bloß kein Frühstück«, maulte sie. »Vielleicht knabber ich nachher im Büro ein Brötchen.«

»Den Spruch kenne ich«, grinste Zander, der seit gut sechs Jahren ihr Lebensgefährte war. »Also lediglich ein Käffchen?«

Katharina nickte.

Der Sozialarbeiter trollte sich in die Küche, wobei er fröhlich vor sich hin pfiff. Kurz darauf war das Klappern und Klirren von Tassen, Löffeln und der Thermoskanne zu hören. Als Katharina endlich aus dem Bad kam, hockte Ulli bereits im Wohnzimmer, verspeiste genüsslich ein Croissant und riskierte einen Blick auf den geschniegelten Nachrichtensprecher des Frühstücksfernsehens.

»Um diese Zeit schon in die Kiste starren«, schüttelte Katharina entrüstet den Kopf. »Pass auf, dass du nicht ganz verblödest.«

»Es war dein Vorschlag«, entgegnete Zander. »Ich hab dich nicht gezwungen, auf den EZU zu verzichten.«

Katharina angelte sich eine halbe Tasse Kaffee und hockte sich noch einen Moment auf die Couchlehne. »Auf meiner Gehaltsabrechnung steht nun mal ein wenig mehr als auf deiner«, konterte sie. »Und Kinder kosten 'ne Stange Geld.«

Zander warf ihr aus den Augenwinkeln einen überraschten Blick zu. Bereits seit einiger Zeit kam ihm die Mutter seines Kindes ziemlich mürrisch vor. Er wechselte lieber das Thema. »Willst du wirklich in den Klamotten los?«

Katharina sah fragend an sich herunter. »Klar. Warum nicht?«

»Na ja, es soll heute ziemlich warm werden. Glaubst du nicht, dein Outfit passt eher an den Polarkreis?«

Die Kommissarin steckte in einem weiten Rollkragenpulli, über dem sie eine bollerige Latzhose trug. Geradezu ideal, um die überflüssigen Körperpolster zu verdecken.

»So lange ich ausseh wie ein Nilpferd, trag ich lieber legere Sachen«, erklärte sie.

»Meinetwegen«, grinste Zander, der um die vermeintlichen Gewichtsprobleme wusste. »Aber bei zwei Kilo zu viel auf den Hüften siehst du eher aus wie ein Elefant.«

»Ich muss los«, sagte die Blonde. »Ich hab den Einkaufszettel neben die Garderobe gelegt.«

»Kommst du pünktlich?«

»Wieso? Willst du etwa kochen?«

»Warum nicht? Wenn ich schon Hausmann spiele, dann auch richtig.«

Katharina leerte ihre Tasse und sprang auf. »Denke schon. An meinem ersten Tag werden mir meine lieben Kollegen wohl kaum Überstunden aufhalsen. Pass schön auf Junior auf.«

Bevor sie ihre Autoschlüssel aus der Handtasche kramte, pflanzte sie Zander einen flüchtigen Kuss auf die Backe. Dann zog sie los. Bereits im Hausflur ging es ihr erheblich besser. Knapp drei Monate war sie nun zu Hause gewesen, heute konnte sie endlich wieder ins Präsidium. Auch wenn sie Ulli gegenüber ein wenig barsch reagiert hatte, insgeheim machte sie drei Kreuzzeichen, endlich aus der nach Babypuder und frisch gewaschenen Strampelanzügen duftenden Wohnung verschwinden zu können.

Ihre Schwangerschaft war komplikationslos verlaufen, ihr ging es bis kurz vor der Entbindung hervorragend. Aber seit das Baby da war, ging Katharina ihre ganze Situation immer mehr auf die Nerven. Ständig lauschte sie mit einem Ohr auf ungewöhnliche Geräusche aus dem Kinderzimmer, und hatte sie sich zu einem Schläfchen hingelegt, riss Arne sie mit Bestimmtheit aus den Federn. Und die ganzen Bücher, die sie und Zander während der Schwangerschaft gelesen hatten, hatten nicht das Geringste mit der Realität zu tun. Zum Glück schien Zander als Vater die Idealbesetzung zu sein. Während sie nervös durch die Wohnung wuselte und das Kind dabei immer rappeliger machte, brauchte Zander lediglich einmal in die Wiege zu lachen und ihr Sprössling war die Ruhe selbst.

Als der Arzt ihr dann sagte, dass sie viel zu wenig Milch produzierte, um den Nachwuchs satt zu bekommen, stand ihr Entschluss, so schnell wie möglich wieder arbeiten zu gehen, fest. Sie verdiente zwar mehr als Zander, aber der Unterschied war weit geringer, als dass das Gehalt ein ausschlaggebendes Argument gewesen wäre.

Der Fiesta stand da, wo er immer stand. Obwohl es erst kurz nach sieben war, wehte schon eine sehr warme Brise vom Ruhrtal hoch. Trotzig schob Thalbach die Ärmel ihres Pullovers über die Ellbogen und enterte ihren Kleinwagen.

Auf der Fahrt über die Königsallee Richtung Innenstadt fühlte sie sich immer besser; als sie schließlich die Jahrhundertbaustelle an der Herner Straße hinter sich gelassen hatte und das Präsidium ansteuerte, lehnte sie fast entspannt in den Polstern des Sitzes. Und als sie dann auch noch auf Anhieb einen Parkplatz fand, war der Tag endgültig ihr Tag.

Schwungvoll hämmerte sie die Fahrertür ins Schloss, hängte ihre Tasche über die Schulter und betrat die ewig finsteren Gewölbe. Natürlich ließ sie den Aufzug links liegen und hastete die Treppe hoch.

Punkt halb acht stürmte sie elanvoll in das Büro, das sie sich seit dem Beginn ihrer Arbeit in Bochum mit Berthold Hofmann, einem vier Jahre älteren Kollegen, teilte. Hofmann entsprach so sehr dem Sinnbild eines typisch deutschen Beamten, dass er schon fast wie eine Karikatur wirkte. Seine penible Ordnung auf dem Schreibtisch, auf dem jeder Stift genau auf einer zugewiesenen Position zu liegen hatte, war nur eine Ausprägung dieser Erscheinung. Als Team passten sie beide allerdings perfekt zueinander. Hofmann arbeitete fleißig und genau, aber meist einfallslos, während sich Katharina sehr häufig auf ihren Riecher verlassen konnte.

Das Büro war leer, in der Luft roch sie deutlich Schwaden dieses ekelhaft süßlichen Tabaks, mit dem Hofmann seine Pfeife vergewaltigte. Natürlich traute er sich nicht, seinen Knoblauchkocher anzuwerfen, wenn Katharina sich in dem gleichen Raum wie er befand, aber in den zurückliegenden drei Monaten schien ihr Kollege seine Freiheit ausgiebig genossen zu haben.

Als Erstes riss die Beamtin die Fenster auf und erhöhte damit den Sauerstoffgehalt in dem Zimmer um mindestens das Achtfache. Dann warf sie einen prüfenden Blick in die Thermoskanne. Leer.

Stirnrunzelnd verstaute sie ihre Tasche in ihrem Schreibtisch und trat wieder auf den Gang. Direkt gegenüber residierten Gisbert Heinzel und Karl Heinz Gassel, die Kollegen, mit denen sie und Hofmann am meisten zu tun hatten. Die vier bildeten eine der fünf Mordkommissionen, die im Wochentakt abwechselnd für die anfallenden Kapitalverbrechen zuständig waren. Bestimmt hatte sich Hofmann bei den beiden älteren verkrochen.

Hinter der Tür hörte Katharina undeutliches Gemurmel. Ohne anzuklopfen, drückte sie die Klinke herunter.

»Ach, guck mal, wer da kommt«, freute sich Gassel. Mit einer für sein Gewicht ungewöhnlichen Schnelligkeit sprang er von seinem Stuhl hoch und streckte der Blonden seine Rechte entgegen. Gassel war bereits jenseits der fünfzig, wie immer mit einem dunkelblauen Anzug aus dem Schlussverkauf von C&A, einem blütenweißen Hemd und einer dezenten Krawatte bekleidet. Mit seinen übermächtigen Rettungsringen um den Hüften, die sein Gewicht bestimmt um mehr als einen Zentner über der Idealnorm liegen ließen, wirkte er wie eine Mischung aus Heinz Erhardt und Helmut Kohl. Die monströse Hornbrille auf seiner Nase rückte ihn allerdings näher in die Ecke des toten denn des lebenden Komikers.

Heinzel, den von den Fünfzigern noch sechs Jahre trennten, zwirbelte die Enden seines imposanten Schnäuzers und wuchtete sich ebenfalls aus seinem Stuhl. »Morgen, Frau Kollegin. Schön dich zu sehen.«

Katharina zwängte sich auf den Besucherstuhl, nachdem sie den beiden die Hand gegeben hatte.

»Kinder, ist das schön, wieder hier zu sein«, seufzte sie grinsend. »Auch auf die Gefahr, dass ihr arrogant werdet, ihr habt mir gefehlt.«

Heinzel blinkerte dem Dicken zu. »Siehst du, Karl Heinz, das Mädchen hatte Sehnsucht nach uns. So ein richtiger Kerl von der Kripo ist doch was anderes als ein schlaffer Sozialarbeiter.«

»Was macht euer Sprössling?«, fragte Gassel.

»Gedeiht prächtig«, gab Thalbach zurück. »Allmählich kriegen wir nachts wieder mehr als zwei Stunden Schlaf am Stück.«

»Gewöhnt man sich dran«, winkte Heinzel ab. »Wenn die ersten fünf, sechs Monate überstanden sind, geht es aufwärts.«

»Ist Berthold nicht hier?«

Gassel griff in die Schublade seines Schreibtisches und beförderte die obligatorische Tüte Backwaren ans Tageslicht. Es war Zeit für sein zweites Frühstück. »Heute Morgen hab ich ihn zwar kurz gesehen, aber wo der im Moment rumwuselt ...«

»Besorgt bestimmt 'n kleinen Happen aus der Kantine«, vermutete Heinzel.

Katharina lehnte sich zurück und schaute Gassel bei der Vernichtung der ersten Mohnschnecke zu. »Gibt es hier was Neues?«

»Das Übliche«, nuschelte der Dicke undeutlich. Aus den Mundwinkeln purzelten kleine Bröckchen, die er geschickt auffing und in den Papierkorb beförderte. »Zurzeit ist recht wenig los.«

»Also keine ungelösten Morde, die ihr für mich aufgehoben habt?«

»Stell dir vor, kein einziger«, grinste Heinzel. »Wahrscheinlich haben unsere Kunden nur auf das Ende deines Mutterschutzes gewartet. Ab nächste Woche habt ihr Bereitschaft, da ist bestimmt wieder der Teufel los.«

»Ihr?«, fragte Katharina nach.

Gassel lutschte sich genießerisch die klebrigen Finger ab, bevor er wieder in die Tüte langte. »Gisbert geht ab Montag in Kur. Was war das noch mal? Vegetative Impotenz?«

»Neidhammel«, zwinkerte Heinzel zurück. »Dagegen gibt es doch neuerdings diese blauen Pillchen.«

»Also wegen 'nem Dauerständer?«, mischte sich Katharina ein.

»Unsinn. Mein Hausarzt meint, dass bei meinen ständig gereizten Bronchien ein ausgedehnter Aufenthalt an der See gut täte.«

»Und dafür kriegst du eine Kur bewilligt?«, wunderte sich Katharina. »Mann, den Arzt leih ich mir mal aus.«

»Nichts da«, warnte Gassel, »du warst lange genug weg.«

Auf dem Flur näherten sich Schritte, kurz darauf bogen Hofmann und Wielert, der Chef des Bochumer KK 11, um die Ecke. Gassel verstaute seine Tüte sicherheitshalber wieder im Schreibtisch, während Heinzel demonstrativ seine Arme vor der Brust verschränkte und den Vorgesetzten herausfordernd anstrahlte. Sein Verhältnis zu Wielert bloß als gespannt zu bezeichnen, war mehr als eine Untertreibung.

»Na, da ist ja die stolze Mutter«, begann Wielert. »Alles in Ordnung?«

»Klar. Schön, wieder da zu sein.«

»Frau Thalbach, kommen Sie doch nachher mal auf einen Sprung bei mir vorbei. Ich müsste etwas mit Ihnen besprechen.« Gleichzeitig nickte er in die Runde und marschierte weiter.

»Plisch und Plumm«, bemerkte Heinzel lauter als nötig. »Na, dem Alten wieder Vaseline in den Darm gepumpt?«

Hofmann lehnte sich an den Türrahmen und verzog die Augen. »Gisbert, wo soll das mit dir enden? Hast du immer noch nicht verdaut, dass Wielert den Job als Dezernatsleiter bekommen hat?«

»Wäre der nicht so inkompetent, wär mir das scheißegal.«

»Mit der Meinung stehst du ziemlich alleine da«, sagte Gassel trocken. »Na ja, du musst wissen, was du tust.«

»Keine Angst, Dicker, das weiß ich sehr genau«, zischte Heinzel und drückte sich vom Schreibtisch weg. »Setz lieber 'n frischen Kaffee auf, ich muss mal für kleine Jungs.«

»Blöder Hund«, meinte Gassel kopfschüttelnd, als Heinzel das Büro verlassen hatte. »Der versaut sich seine ganze Karriere und merkt es noch nicht mal.«

»Verstehen sich die beiden immer noch nicht?«, fragte Katharina rein rhetorisch.

»Eher noch schlechter«, bemerkte Hofmann. »Vor ein paar Wochen hat Wielert Gisbert wohl ordentlich zur Sau gemacht, wegen dieser Sache mit der Brandstiftung in dem Autoladen.«

»Und? Zu Recht?«

Gassel verschränkte die Hände hinter dem Kopf und verzog den Mund zu einer Schnute. »Offensichtlich hatte Gisbert bei den Ermittlungen Mist gebaut und versucht, das zu vertuschen. Wielert hat es gemerkt. Seitdem ist hier richtig dicke Luft.«

»Prost Mahlzeit«, seufzte Katharina. »Da können wir wohl froh sein, dass Gisbert die nächsten Wochen nicht da ist.«

Gassel griff nach der verschmierten Kaffeekanne. »Ist nur noch eine Frage der Zeit, wann es richtig zwischen den beiden knallt.«

Katharina stand auf und strich ihre Haare zurück. Ihr Pullover war wohl doch ein wenig zu warm, auf ihrer Stirn hatten sich ein paar Schweißtropfen gebildet. »Na, dann bis später mal.«

Hofmann gab den Weg frei und stiefelte hinter der Blonden in ihr Büro. Die Luft war zwischenzeitlich von den schlimmsten Emissionen befreit. Thalbachs Augen hefteten sich auf die reglos auf einem Beistelltisch stehende Kaffeemaschine. Hofmann begriff sofort.

»Okay, ich hab verstanden. Gehst du in die Kantine?«

»Nein, ich schau am besten sofort bei Wielert vorbei. Aber du kannst mir ein Brötchen und ein wenig Käse mitbringen.«

Bevor Hofmann ihr ein passende Antwort geben konnte, war sie schon wieder auf dem Flur. Wielert residierte drei Türen weiter und genoss die relative Ruhe eines Einzelzimmers.

Als Katharina eintrat, sortierte Wielert gerade eifrig einen Stapel Rundschreiben, die von ihm gegengezeichnet werden mussten. Falls ihm die Störung ungelegen kam, konnte er das meisterhaft verbergen.

»Nehmen Sie Platz«, bat Wielert. »Ich mach es auch kurz und schmerzlos.«

Während sich die Beamtin in den Sessel vor Wielerts Schreibtisch fallen ließ, kroch ein unangenehmes Gefühl durch ihre Magengegend. Bei Wielert wusste man nie, ob er jemanden auf ein kleines Pläuschchen einlud oder lieber zum Frühstück verspeisen wollte.

»Heute ist Ihr erster Tag nach dem Mutterschutz, richtig? Ich gebe Ihnen einen kleinen Tipp: Lassen Sie es ruhig angehen. Sehen Sie sich am besten die Sachen an, die sich in Ihrer Abwesenheit angesammelt haben. Ist aber, glaub ich, nichts Brisantes darunter.«

»Hört sich nach einer ruhigen ersten Schicht an«, gab Katharina zurück.

»Sind Sie wieder richtig fit?«, erkundigte sich Wielert.

»Ja, natürlich«, antwortete Katharina sofort. In den letzten zehn Wochen vor ihrem Mutterschutz hatte Wielert sie unnachgiebig in den Innendienst verdammt. Die langweiligste Zeit ihres Arbeitslebens, das wollte sie nicht noch mal erleben.

»Gut. Ich habe eine kleine Überraschung für Sie.«

Jetzt kommt es, dachte Katharina.

»Morgen findet eine Fortbildung statt, die auch für Sie sehr interessant sein könnte«, fuhr Wielert fort. »*Neueste psychologische Erkenntnisse im Zusammenhang mit der Vernehmung von Tatverdächtigen* oder so ähnlich. Ich habe zwei Plätze reserviert, aber Kollege Arend, der eigentlich fahren sollte, ist krank geworden. Ich dachte, so eine Veranstaltung wäre als Einstieg nicht verkehrt.«

Lautlos atmete Katharina auf. »Natürlich«, meinte sie dann. »Ich wäre sehr daran interessiert.«

»Sehr gut«, nickte Wielert. »Kollegin Eulenstein hat alle Unterlagen in ihrem Büro. Vielleicht schließen Sie sich mit ihr kurz.«

Katharina bekam kalte Hände. »Frau Eulenstein?«, fragte sie irritiert.

Wielert sah auf. »Sagte ich das nicht?«

Katharina schüttelte stumm den Kopf. Dagmar Eulenstein, zwei Jahre älter als sie selbst, war in ihren Augen so ziemlich der unerträglichste Mensch, den es geben konnte. Hofmann hatte mal gesagt, dass im Hochsommer die beiden Frauen zusammen in einem Raum einen höheren Kältegrad erzeugen würden als die stärkste Klimaanlage.

»Muss das sein?«, entfuhr es Katharina nun doch. »Wir sind nicht gerade die besten Freundinnen.«

Wielert winkte ab. »Die paar Stunden zusammen werden Sie schon überleben.«

4

Die Finger mit den schwarz lackierten Nägeln krampften sich verärgert um das Lenkrad. Die Abfahrt Haltern war noch nicht in Sicht und sie standen bereits seit über anderthalb Stunden auf der Bahn.

Katharina Thalbach streckte ihre Beine in den Fußraum vor dem Beifahrersitz und blinkerte verstohlen nach links. Dagmar Eulenstein starrte konzentriert durch die Windschutzscheibe, vor der sich das Heck eines Dreißigtonners aufbaute. Der Laster war knapp hinter Münster in ihrem Blickfeld erschienen und verpestete die Luft in dem Vectra mit seinen Dieselabgasen.

Um halb acht waren die beiden Frauen heute Morgen in den Wagen geklettert; seitdem hatten sie höchstens fünf Sätze gewechselt. Auf dem Seminar waren sie sich aus dem Weg gegangen, doch nun hockten sie wieder auf engstem Raum zusammen. Katharina hatte den Kopf an die Stütze gelehnt und die Augen geschlossen, doch das rukkelnde Anfahren und Abbremsen ließ sie immer wieder hochschrecken.

»Eigentlich wollte ich um diese Zeit schon zu Hause sein«, murmelte Eulenstein plötzlich.

Thalbach runzelte überrascht die Stirn und warf einen flüchtigen Blick auf ihre Armbanduhr. »Ist doch erst kurz vor fünf«, gab sie zurück. »Vielleicht sind wir ja in Bochum, bevor es dunkel wird.«

»Wenn das so weitergeht, bestimmt nicht«, untermauerte Eulenstein ihre geschwätzige Stimmung.

Katharina holte ein Papiertaschentuch aus ihrer Tasche und schnäuzte kräftig hinein. Unschlüssig überlegte sie, ob sie die Unterhaltung fortsetzen sollte oder nicht. »Fahr doch an der nächsten Abfahrt raus. Über die Landstraße kommen wir bestimmt schneller vorwärts.«

Eulenstein rümpfte die Nase. »Erst mal rauskommen.«

»Nimm doch die Sirene«, schlug Katharina vor.

Ihre Kollegin wendete langsam den Kopf, als hätte die Blonde ihr einen unsittlichen Antrag gemacht. Dann verzog sich ihr schwarz geschminkter Mund zu der Andeutung eines Lächelns.

»Bleibt aber unter uns«, antwortete sie, kurbelte das Seitenfenster herunter und pappte das magnetisch haftende Blaulicht auf das Dach. Gleichzeitig gab sie Saft auf die Tröte, dirigierte den Vectra auf die Standspur und quetschte das Gaspedal bis an das Bodenblech.

»Manchmal liebe ich meinen Job«, grinste Katharina.

»Ich hoffe nur, dass keine Kollegen von der Autobahnpolizei in der Nähe sind. Könnte Schwierigkeiten geben.«

»Als ob die nie mit Beleuchtung zur nächsten Pommesbude fahren würden.«

Eulenstein jagte mit knapp hundert Sachen an der Schlange der Fahrzeuge vorbei. Der Hinweis auf die nächste Abfahrt tauchte auf. Während sie den Wagen allmählich ausrollen ließ, zupfte sie eine imaginäre Fluse von ihrem schwarzen Sweatshirt.

»Hat das eigentlich 'ne besondere Bedeutung?«, tastete sich Katharina auf ungewohntes Terrain vor.

»Was?«, entgegnete Eulenstein scharf.

»Deine modische Erscheinung, natürlich. Ich hab dich noch nie in was anderem als schwarzen Klamotten gesehen.«

Vorsichtig ordnete Eulenstein den Vectra in die Schlange der abfahrenden Fahrzeuge ein. Die meisten Fahrer machten der Sirene Platz, ein paar ganz Verwegene hängten sich an den Schneepflug und mogelten sich hinter dem Dienstfahrzeug aus dem Getümmel.

»Gibt mir ein gutes Gefühl«, sagte Eulenstein. »Ich beklage mich ja auch nicht, dass du wie ein Papagei herumläufst.«

Katharina wollte aufbrausen, aber ein verstohlener Blick an sich herunter machte ihr deutlich, dass Eulenstein gar nicht so Unrecht hatte. Über der gelben Hose breitete sich der Stoff einer weit geschnittenen hellblauen Bluse aus. Zur Krönung war die leichte Sommerjacke so gelb wie die Hose. Hätte sie neben einem Wahlplakat der F.D.P. gestanden, wäre sie glatt unsichtbar gewesen.

»Hat Wielert dich eigentlich wegen der frei werdenden Stelle angesprochen?«, wartete Eulenstein eine Antwort nicht ab.

Katharina sah auf. »Was für eine Stelle?«

»Ab Januar wird eine Hauptkommissarstelle neu besetzt.«

»Ehrlich? In welcher Abteilung denn?«

»Bei uns.«

Daher weht also der Wind, dachte Thalbach verstohlen. Das schwarze Aas wollte wahrscheinlich nur mal sondieren, ob sie eine Konkurrenz war. »Kein einziges Wort. Ich wusste noch nicht mal, dass etwas frei wird.«

Eulenstein riss den Wagen schneller als nötig in die Kurve am Ende der Ausfahrt und schickte die Sirene wieder in den Käfig. Das Blaulicht schaltete sie ebenfalls ab, ließ die Lampe aber für den Fall eines weiteren Staus auf dem Dach kleben.

»Bewirbst du dich?«, hakte Katharina nach.

»Natürlich«, meinte Eulenstein überrascht. »Du nicht?«

»Ich weiß nicht so recht. Jetzt, wo das Kind da ist ...«

»Ehrlich gesagt, wundert es mich sowieso, dass du bereits wieder arbeitest. Hast du keine Lust auf Erziehungsurlaub?«

»Hör bloß auf. Ein Jahr zu Hause und du könntest mich in der Klapse einliefern.«

»Und warum bewirbst du dich dann nicht auf die Stelle?«

Katharina rutschte auf dem Sitz nach vorn und zog ein Päckchen Kaugummi aus ihrer Hosentasche. Gönnerhaft trat sie auch an ihre Fahrerin einen Streifen ab. »Ach, mal sehen. Ich bin ja gerade erst den zweiten Tag wieder da.«

»Gerade mit dem Kind müsstet ihr aber doch eigentlich das Geld ganz gut gebrauchen können, oder nicht?«, gab Eulenstein keine Ruhe.

Katharina schoss das Blut in den Schädel. Sie täuschte einen Hustenanfall vor und spuckte ihr Kaugummi gegen die Abdeckung des Airbags. Anschließend japste sie nach Luft. Eulensteins letzter Satz hatte sie getroffen wie ein Schwinger in den Magen. »Verdammtes Kaugummi«, krächzte sie schließlich.

»Hätte schlimmer kommen können«, tröstete Eulenstein. »Überleg mal, wenn dir das im Hals stecken geblieben wäre ...«

»Traust du mir das etwa nicht zu?«

»Häh?«

»Meine Befähigung für den Posten«, erklärte Thalbach.

»Ach was. Ich dachte nur, da ihr ja gerade diese Villa gekauft habt, wären ein paar zusätzliche Pfennige auf dem Konto sicher hilfreich.«

»So wild ist das mit dem Geld gar nicht«, schwächte Katharina ab. »Erstens haben wir die Bude ziemlich günstig gekriegt und zweitens hat Ulli seinen Vater angepumpt. Wir kommen schon klar.«

Eulenstein sah langsam zu ihr herüber. »Du musst dich nicht vor mir rechtfertigen. An deiner Stelle hätte ich wahrscheinlich genauso gehandelt.«

Für einen Moment hielten die Frauen den Blickkontakt aufrecht, dann schaute Eulenstein wieder nach vorne. Katharina zupfte nachdenklich an ihren Augenbrauen.

»Ach, Mist, diese blöde Fahrbereitschaft«, sagte Eulenstein in die Stille. »Ich muss noch tanken.«

Katharina nickte nur stumm und lehnte sich in den Sitz zurück. Der Schock, den Eulenstein ihr versetzt hatte, setzte sich nur langsam. Fieberhaft überlegte sie, ob ihre Kollegin von der größten Dummheit, die die Blonde jemals begangen hatte, erfahren haben könnte und nun darauf anspielte. Hofmann hatte bestimmt nicht gepetzt, dann wäre er genauso dran wie sie. Wahrscheinlich hatte die schwarze Mamba nur einen Schuss ins Blaue abgegeben.

Eulenstein gönnte ihr kein weiteres Wort, sondern konzentrierte sich auf den Verkehr. Als das blaue Logo einer in Bochum ansässigen Mineralölfirma auftauchte, setzte sie den Blinker und steuerte die Zapfsäulen an.

Während sie die Pistole in den Tankstutzen rammte, stieg Katharina aus und vertrat sich ein wenig die Beine. Als sie auf einer Tür ein futuristisches, entfernt an einen Frauenkörper erinnerndes Piktogramm entdeckte, meldete sich ihre Blase. Schnell ging sie hinüber und rüttelte an der Klinke. Abgeschlossen.

»An der Kassentheke«, tönte es hinter der Kommissarin.

»Bitte?«

Der junge Mann in dem blauen Anzug und dem windschnittigen Käppi rammte seinen Zeigefinger in Richtung des Miniatursupermarktes. »Wenn Se austreten müssen, den Schlüssel kriegen Se beim Chef.«

»Ach so. Danke vielmals«, nickte Thalbach.

Wenig später fühlte sie sich besser. Am Handwaschbecken schüttete sie sich einen Schub kaltes Wasser ins Gesicht und rubbelte sich mit einer Hand voll Papiertaschentücher trocken.

An den Zapfsäulen war nicht viel Betrieb. Der Vectra stand einsam und verlassen, wahrscheinlich war Eulenstein gerade an der Kasse. Der freundliche Tankwart war verschwunden, vor dem Kassenhäuschen parkte inzwischen ein schweres Motorrad.

Katharina wickelte gedankenverloren die Kette des geliehenen Schlüssels um ihre linke Hand, als sie stutzte. Auf den ersten Blick war an der Maschine absolut nichts Ungewöhnliches. Stirnrunzelnd blieb die Kommissarin stehen und sah etwas genauer hin. Und dann hefteten sich ihre Augen auf das Nummernschild.

Das Krad war in Wuppertal zugelassen, aber das registrierte sie nur am Rande. Etwa in der Mitte des Nummernschildes verlief quer eine unscheinbare Naht. Die Kommissarin ging in die Hocke und zwängte ihre Hand hinter das Schild. Tatsächlich, da war eine Schweißnaht, sehr sorgfältig verarbeitet, so dass lediglich auf der Rückseite eine Wulst entstanden war.

Bisher hatte sie lediglich von solchen getürkten Schildern gehört: Man schraubt von zwei Maschinen oder Autos die Schilder ab, schneidet sie in der Mitte durch und schweißt anschließend zwei Phantasienummern zusammen, die garantiert in keinem Fahndungscomputer auftauchen.

Katharina drückte die Knie wieder durch. Unbewusst glitten ihre Finger über den dünnen Stoff ihrer Jacke. Ihr Schulterhalfter mit der Dienstwaffe saß da, wo es sein sollte. Von dem Fahrer des Motorrads war nichts zu sehen. Unschlüssig ging Thalbach Richtung Kassenhalle, als sie durch die Scheiben schemenhaft eine Bewegung ausmachte. Einen Sekundenbruchteil später riss sie ihre Waffe unter der Jacke hervor und trat einen Schritt zurück.

Vor der Theke in dem Verkaufsraum stand ein baumlanger, spindeldürrer Kerl und fuchtelte mit einer silbrig glänzenden Waffe der Eulenstein vor dem Gesicht herum. Die Matrone an der Kasse hielt ihre Hände fast bis an die Deckenlampen, der junge Tankwart klebte mit seinem Gesicht an den Regalen für die Zigaretten.

Katharina riskierte einen weiteren vorsichtigen Blick. Ihre Kollegin hatte die Hände hinter dem Kopf verschränkt und wirkte selbst in dieser hilflosen Pose ruhig und gelassen. Da die Eingangstür geschlossen war, konnte Thalbach nichts von dem hören, was drinnen gesprochen wurde.

Fieberhaft zermarterte sie sich das Hirn. Hineingehen und versuchen, den Räuber festzunehmen? Unmöglich, damit setzte sie höchstens das Leben der drei anderen aufs Spiel. Den Zündschlüssel des Motorrades abziehen und warten, bis der Kerl herauskam, und ihm dann die Waffe ins Kreuz drücken?

Verunsichert presste sich die Blonde neben einen Ständer mit besonders preisgünstigen Reinigungsartikeln und atmete tief durch. Zu warten schien ihr die beste Wahl zu sein; aber auch das machte nur Sinn, so lange der Typ nicht auf die Idee kam, jemanden mit nach draußen zu schleppen, um sich den Rücken frei zu halten.

Katharina schob sich wieder näher an den Eingang, bis sie das Geschehen erneut im Blick hatte. Die Kassiererin propfte gerade einige Bündel Geldscheine in eine Plastiktüte, Eulenstein starrte immer noch in den Lauf der Pistole.

Die Blonde konzentrierte sich einen Moment ganz auf den hünenhaften Typen mit dem schwarzen Integralhelm. Seine Bewegungen waren nicht hektisch oder nervös, scheinbar war dies nicht sein erster Überfall. Wenigstens schien daher die Gefahr, dass der Kerl in Panik geriet und eine seiner Geiseln abknallte, nicht sonderlich hoch zu sein. Am besten hielt sich Katharina erst mal raus.

Die Plastiktüte war voll, die Kassiererin reichte sie dem Räuber über den Tresen und spielte wieder Hampelmann. Der Riese klemmte sich die Tüte unter den Arm, griff über die Theke und zerrte so lange an dem Telefon herum, bis die Schnur nachgab. Dann gab er Eulenstein einen Stoß. Die Beamtin drehte sich langsam zur Seite und lief vor dem Räuber her zum Ausgang.

Katharina nahm die Waffe herunter und steckte sie unter den weiten Saum ihrer Jacke in den Hosenbund. Hinter dem Regal konnte der Kerl sie allenfalls entdecken, wenn er sich nach Verlassen der Kassenhalle noch einmal umdrehte. Sie würde nur eingreifen, wenn für Eulenstein keine Gefahr bestand.

Mit einem leisen Zischen fuhr die automatische Pendeltür auf. Als Erste trat Eulenstein ins Freie, die Knarre hielt der Räuber unter seiner Lederjacke verborgen. Inzwischen trug die Kripofrau die Plastiktüte. Zielstrebig dirigierte sie der Geiselnehmer auf sein Motorrad zu.

»Pack das in die Gepäcktasche. Aber schnell.«

Thalbach drückte sich an die Wand und hielt den Atem an. Die beiden standen mit dem Rücken zu ihr, weder der Räuber noch Eulenstein hatten sie gesehen. Die Hand unter ihrer Jacke zuckte zur Pistole, hielt aber noch mal inne. Bevor sie es sich anders überlegen konnte, nahm ihr der Riese die Entscheidung ab. Er versetzte Eulenstein einen leichten Stoß in den Rücken und schaute sich auf dem Gelände um. Als er Katharina erblickte, riss er unter dem hochgeklappten Visier seines Helms die Augen auf und zeigte für einen knappen Moment seine Pistole.

Die Blonde bewegte sich keinen Millimeter. Eulenstein stand abwartend neben dem Motorrad. Der Räuber ging langsam rückwärts zu seiner Maschine, sein Blick pendelte zwischen den beiden Beamtinnen hin und her.

Insgeheim atmete Katharina auf. Sollte der Kerl doch auf seine Maschine steigen und abdampfen, irgendwann würde man ihn erwischen. Auf jeden Fall hatte sie keine Lust, sich eine Kugel einzufangen.

Der Riese hatte seine Maschine fast erreicht, als er sich ein weiteres Mal umsah. Und dabei fiel sein Blick auf den Vectra, der friedlich neben einer Zapfsäule vor sich hin schlummerte. Als Katharina seinem Blick folgte, fuhr ihr ein glühend heißer Schreck in die Glieder. Auf dem Dach pappte noch das Blaulicht.

»Was soll die Scheiße hier«, zischte der Kerl. »Seid ihr von der Bullerei?«

Eulenstein und Thalbach wechselten einen schnellen Blick. »Wie kommen Sie darauf?«, fragte die Dunkelhaarige.

»Verarsch mich nicht.«

»Bleiben Sie ganz ruhig«, mischte sich Katharina ein. »Am besten steigen Sie einfach auf Ihre Maschine und hauen ab.«

Katharina glaubte die ersten Anzeichen von Panik in den Augen des Räubers zu erkennen. Unbehaglich drückte sie sich an die Wand. Die Szene drohte zu eskalieren.

»Das hättest wohl gerne, wa? Und kaum bretter ich los,

jagt ihr mir 'ne Kugel in den Kopf und brüllt nach Verstärkung. So nicht. Du da, komm her.«

Dabei zeigte er mit der Pistole auf Eulenstein, die mit zusammengebissenen Zähnen zu Thalbach hinüberschaute. Langsam setzte sie einen Fuß vor den anderen.

»Setz deinen Arsch in Bewegung«, röhrte der Behelmte. »Hast du die Schlüssel für die Karre?«

Eulenstein nickte.

»Dann steig ein. Du fährst.«

Katharina stöhnte auf. Der Nachmittag entwickelte sich zu einem Alptraum.

Ihre Kollegin starrte den Riesen herausfordernd an. Dieser krallte seine Linke in ihren Haarschopf und drückte ihr seine Pistole an die Schläfe. »Mädchen, wenn ich dir sach, du sollst rüberkommen, dann tust du das auch. Los jetzt, keine Zicken. Aber zuerst werft eure Knarren weg.«

Folgsam entledigten sich die Polizistinnen ihrer Waffen, dann zog der Räuber Eulenstein Schritt für Schritt im Rückwärtsgang zu dem Vectra. Katharina ließ er dabei keinen Moment aus den Augen. Gerade als der Mann mit dem Hintern an den Kotflügel des Opel knallte, tauchte mit quietschenden Reifen an der Zufahrt zur Tankstelle ein grün-weißer Streifenwagen auf.

Mit einem Aufschrei riss der Räuber Eulenstein herum und drückte, ohne zu überlegen, ab. Die Kugel bohrte sich in die Motorhaube der Wanne, die schleudernd zum Stehen kam. Gleichzeitig flogen die Türen auf, hinter denen die Besatzung in Deckung abtauchte.

Katharina handelte sofort. Als der Räuber ihr mit Eulenstein den Rücken zudrehte, hechtete sie nach ihrer Waffe, die nur zwei, drei Meter von ihr entfernt lag. Die Kommissarin entsicherte die Pistole und verkeilte die linke Hand zur Verstärkung am rechten Handgelenk. »Waffe weg!«

Die nächsten Sekunden dauerten endlos. Der Behelmte umklammerte Eulenstein mit der Linken und hielt sie als Schutzschild vor sich, während die Streifenwagenbesatzung in dem Zwischenraum von Tür und Chassis auf ihn anlegte. Thalbach registrierte plötzlich, dass der Arm mit der Pistole zu ihr herumschwenkte und auf sie zielte. Bevor der Räuber abdrücken konnte, zog sie selbst den Abzug durch.

Unmittelbar nach dem ohrenbetäubenden Knall wusste sie, dass sie getroffen hatte. Erst zitterten die Finger, die die auf sie gerichtete Pistole festhielten, dann polterte die Knarre auf den Boden. Schließlich griff sich der Behelmte an die Brust, stolperte gegen Eulenstein und fiel, wobei er die Polizistin mit sich auf den Boden riss.

Die Streifenhörnchen trauten sich zögernd aus ihrer Deckung. Mit entsicherten Waffen näherten sie sich langsam den am Boden liegenden Gestalten. Katharina setzte sich ebenfalls in Bewegung.

»Dagmar, alles in Ordnung?«, rief sie mit flattriger Stimme.

Von den beiden Körpern am Boden erfolgte keine Reaktion. Katharina vergaß ihre Vorsicht und legte die letzten drei, vier Meter im Laufschritt zurück. Mit einem Kick beförderte sie die Waffe des Räubers außer Reichweite, aber das war überflüssig. Unter dem Visier starrten die Augen des Täters weit aufgerissen ins Leere.

Keuchend ging Katharina neben Eulenstein in die Hocke. Die Kollegin lag auf dem Bauch, das Gesicht leicht nach links gewandt. Auf dem Asphalt breitete sich langsam eine schmierige Lache aus. Einen winzigen Moment hatte Katharina die Hoffnung, dass es sich dabei um Öl handelte, aber noch bevor sie Eulenstein an den Schultern gepackt und auf den Rücken gedreht hatte, wusste sie, was los war. Das hässliche, blutverschmierte Loch an der rechten Schläfe nahm sie wie durch einen Schleier wahr.

5

Erwin Lindemann hatte Glück. Hinter dem Verkaufsstand für die Brat- und Brühwürstchen stand die gemütliche Dicke, die schon mal fünfe gerade sein ließ. Bisher hatte sie ihm für die Reste vom Grill noch nie Geld abgenommen.

Ganz anders als dieses junge Ding, bei dem er immer erst bitten und betteln musste, um nach Geschäftsschluss die verkohlten oder aufgeplatzten, übrig gebliebenen Lebensmittel abstauben zu können.

Natürlich bekam er nicht alles, was sich noch auf dem Grill oder im heißen Wasser befand. Aber zumindest konnte er kostenlos eine warme Mahlzeit einnehmen, bevor er sich auf seinen Stammplatz, einen Warmluftabzugsschacht eines nahe gelegenen Krankenhauses, zurückzog. Tagsüber hielt er sich höchstens zum Betteln in der Haupteinkaufsstraße auf, aber die Zeiten, in denen die Passanten bereitwillig ihr Kleingeld in seinen sauber ausgespülten Plastikbecher klimpern ließen, waren lange vorbei. Kein Wunder, bei dem Berg an Arbeitslosen.

Er selbst war schon seit fünfundzwanzig Jahren ohne Job. Dabei hatte er früher mal eine richtige Ausbildung gemacht, Schriftsetzer hatte er gelernt. Sein Chef hatte ihn sogar übernommen, fast zehn Jahre war er jeden Morgen zur Arbeit gegangen, hatte nie krankgefeiert, bis das mit seiner Frau passiert war. Unterleibskrebs, zack, festgestellt bei einer Routineuntersuchung. Drei Monate später war sie schon tot. Von dem Schock hatte er sich nie mehr erholt, er fing an zu trinken, machte immer öfter blau, bis er seine Arbeit los war. Kurz darauf verlor er auch die Wohnung. Seitdem lebte er auf der Straße.

Die Dicke hinter dem Grill hatte ihn bemerkt und winkte ihn unauffällig heran. Nach einem schnellen Kontrollblick packte sie zwei Bratwürstchen in ein Brötchen, wickelte eine Serviette um das Backwerk, kleckste einen ordentlichen Schlag Senf oben drauf und schob ihm sein Abendessen über die Theke. Er nickte dankbar und biss hungrig in die schon leicht schwarz verfärbten Würstchen. Für die Zweiliterflasche Rotwein in einer seiner Plastiktüten war die Gabe als Grundlage allemal gut genug.

Die Einkaufsstraße hatte sich zusehends geleert. Ein Stück weiter, direkt unter dem die Flaniermeile in luftiger Höhe überspannenden Eiscafé packten die Verkäufer des Obdachlosenmagazins ihre Brocken zusammen. Lindemann gönnte ihnen noch nicht einmal einen flüchtigen Blick. Als *BODO* ein brandneues Projekt war, hatte er ebenfalls mitarbeiten wollen, bei seinem früheren Beruf hätte er sicherlich eine Hilfe sein können. Aber ein fester Job war nicht drin, und sich als Verkäufer des Blättchens für vielleicht drei, vier Mark in der Stunde die Füße platt zu stehen, war nicht sein Ding. Da saß er lieber mit seinem Plastikbecher auf dem Husemannplatz oder machte mit Heini, seinem einzigen wirklichen Kumpel auf der Trebe, ein Fläschchen leer, wenn sie es sich leisten konnten.

Lindemann verdrückte den letzten Rest seines Wurstbrötchens und wischte sich mit der Serviette die fettverschmierten Finger ab. Unter seinen Fingernägeln stapelte sich der Dreck, seine Klamotten schrien nach einer Waschmaschine. Aber keine zehn Pferde würden ihn jemals wieder in den Pennerbunker auf dem Springerplatz bringen. Dort hätte er zwar duschen und gelegentlich seine Sachen waschen können, aber die ständige Angst um seine paar Habseligkeiten machte ihn verrückt. Als er das letzte Mal dort gepennt hatte, war sogar diese Schwuchtel zu ihm ins Bett gekrochen. Nee, da ging er nicht wieder hin. Und wenn, dann nur im Winter, wenn es mal richtig arschkalt werden sollte.

In den Geschäften waren die Aufräumarbeiten in vollem Gang; junge, knackige Mädchen in knapper Oberbekleidung rückten die Ständer mit Garderobe in die Geschäfte zurück, der Marktleiter des Supermarktes, zu dem auch der barmherzige Würstchenstand gehörte, überwachte persönlich den Transport des Obsts und Gemüses ins Kühlhaus. Feierabendstimmung.

Lindemann schluckte und drehte sich auf dem Absatz um. Er hatte sich mit Heini verabredet; die beiden teilten sich den Schlafplatz am Elisabeth-Krankenhaus.

Tagsüber kam er eigentlich ganz gut mit seinem Leben klar; wenn er den Strom der Leute an sich vorbeilaufen sah, spürte er wenigstens das pralle Leben um ihn herum. Abends jedoch, wenn die meisten Leute nach Hause zu ihren Familien gegangen waren oder sich mit ihren Freunden trafen, wurde ihm schmerzlich bewusst, dass er früher ebenfalls ›dazugehört‹ hatte. Dann war es für ihn höchste Zeit, dagegen etwas zu unternehmen. Anderthalb Promille später ging es ihm schon etwas besser.

»Guten Abend. Hätten Sie einen Moment Zeit für mich?«

Im ersten Moment wollte Lindemann unbeeindruckt weitergehen, bis er merkte, dass der Satz ihm galt. Überrascht sah er auf. »Meinste mich, Meister?«

Vor Lindemann stand ein elegant gekleideter Mann. Trotz der noch recht hohen Temperatur trug er einen sündhaft teuer aussehenden Anzug inklusive Weste, auf der eine protzige Uhrkette schimmerte.

»Genau Sie meine ich«, lächelte der Anzugträger.

»Wat gibbet denn?«

»Nun, ich habe mich gefragt, ob Sie sich nicht auf die Schnelle ein paar Mark verdienen möchten.«

Lindemann tat, als müsste er über dieses Angebot erst nachdenken. »Wat sind denn ein paar Mark?«

»Sagen wir fünfhundert?«

Dem Obdachlosen fiel die Kinnlade herunter. Das war fast der Sozialhilfesatz für einen ganzen Monat. Zu schön, um wahr zu sein. »Bisse etwa vom Sozialamt? Nee, Meister, mich krisse nich am Arsch. Such dir 'n anderen Blöden, der auf dich reinfällt.«

Der Mann im Anzug wirkte amüsiert. »Glauben Sie wirklich, ein Bediensteter der Stadt Bochum hätte nichts Besseres zu tun, als freitagabends durch die Innenstadt zu laufen, um eventuellen Sozialhilfemissbrauch aufspüren zu können?«

Jetzt dachte Lindemann wirklich nach. Was der Typ von sich gab, klang logisch. Außerdem hatte von den ganzen Fuzzis auf dem Amt sicher keiner die Kohle, um sich so einzukleiden.

»Um wat geht et denn?«, signalisierte Lindemann verhalten Interesse.

»Ein kleiner Job, nichts weiter. Dauert allerhöchstens zwei Stunden.«

Misstrauisch trat der Obdachlose einen Schritt zurück. Zweihundertfünfzig Schleifen netto in der Stunde kriegte ja noch nicht mal der Bundeskanzler. Glaubte Erwin wenigstens. »Bisse etwa pervers?«

Der Elegante lachte laut auf. »Nein, keineswegs. Gehen wir ein Stück, dann erkläre ich Ihnen alles.« Ohne eine Antwort abzuwarten, schlenderte der Mann weiter die Einkaufsstraße herunter.

Lindemann zögerte einen Moment und setzte sich dann ebenfalls in Bewegung. »'tschuldigung, Meister, aber so 'n Angebot krieg ich nich so oft.«

»Keine Ursache. Die Sache, wegen der ich Sie angesprochen habe, ist ein wenig heikel.«

»Um wat geht et denn jetz?«

Sie hatten inzwischen das untere Ende der Kortumstraße erreicht. Unter dem Vordach eines großen Verkaufstempels blieb der Elegante stehen. Hier waren sie einigermaßen ungestört.

»Damit eines klar ist: Sie haben mich nie gesehen und nie mit mir gesprochen. Und Sie werden niemandem von unserer geschäftlichen Abmachung etwas erzählen; auch nicht, wenn Sie, was ich nicht annehme, mal einen über den Durst trinken.«

Lindemann nickte. Die Ironie in den Worten war ihm völlig entgangen.

»Also, es geht eigentlich nur darum, ein Lager aufzuräumen«, fuhr der andere fort. »Es handelt sich dabei ausschließlich um Papiere und Unterlagen, die ..., sagen wir mal, deren Inhalt meiner Firma unter gewissen Umständen zum Nachteil gereichen könnte. Sie verstehen?«

Lindemann verstand kein Wort, nickte aber zum zweiten Mal. Die Kohle, die ihm der Typ angeboten hatte, schien er sich leicht verdienen zu können.

»Sind Sie dabei?«, fragte der Yuppie mit ein wenig Ungeduld in der Stimme.

»Klar, Meister. Wann soll dat Ganze denn steigen?«

»Jetzt sofort. Oder haben Sie einen anderen Termin?«

Heini konnte warten.

»Ich bin dabei«, bekräftigte Lindemann und streckte seine Rechte zum Vertragsabschluss aus.

Der Mann im Anzug lächelte. »Nehmen Sie es nicht persönlich, aber ... Ihre Hygiene lässt etwas zu wünschen übrig.«

»Nee, Meister, is schon in Ordnung. Wo steht denn Ihr Schuppen?«

»Ein Stück außerhalb. Am besten, Sie warten vorn bei der Propsteikirche. Ich hole eben meinen Wagen und komme dann dorthin.« Er griff in die Tasche seine Jacketts und zog einen Blauen ins Freie. Mit spitzen Fingern hielt er ihn dem Obdachlosen hin. »Eine kleine Anzahlung. Als Beweis, dass ich mir keinen Spaß mit Ihnen erlaube.«

Lindemann griff nach dem Schein, wobei er versuchte, nicht zu gierig zu wirken. Mit einer schnellen Bewegung landete der Hunni in der linken Gesäßtasche seiner abgeschabten Jeans, die einzige Tasche, die kein Loch hatte. »Alles klar, Meister. Ich warte anner Kirche auf Sie.«

Der Geschäftsmann nickte zur Bestätigung und wechselte die Straßenseite. Zielstrebig ging er auf das nahe gelegene Parkhaus zu, während Lindemann gut gelaunt den Weg zur Kirche einschlug. Er musste sich nicht beeilen, die Fassade des protzigsten Bochumer Gotteshauses konnte er von seinem jetzigen Standort schon sehen.

Als der Anzugmann endlich in dem Aufgang zu den Parkdecks verschwunden war, setzte Lindemann seine Plastiktüten ab und beförderte seinen Nachtisch ans Licht. Routiniert kurbelte er den Drehverschluss der Jumboflasche auf und gönnte sich einen herzhaften Schluck. Einen solchen Grund zum Feiern hatte er lange nicht gehabt.

Vor der Kirche war nichts los, auch die Außentische des hier ansässigen Cafés waren verwaist. Lindemann hockte sich auf das kleine Mäuerchen, mit dem die Katholiken ihren Grund und Boden eingefasst hatten, und griff erneut zur Flasche. Als er den billigen Italiener wieder in die Tüte gesteckt hatte, hielt vor ihm ein nachtschwarzer Benz mit quietschenden Bremsen.

Der Obdachlose stand auf und wackelte auf die Beifahrertür zu, da sprang der Fahrer auf die Straße. Mit einem Ruck riss er eine Tür zum Fond der Karre auf. Lindemann bemerkte erst jetzt, dass die Rückfenster der Limousine schwarz eingefärbt waren. Von draußen konnte niemand erkennen, was auf der Rückbank vor sich ging oder ob überhaupt jemand auf der Rückbank saß.

»Es muss ja nicht jeder sehen, dass wir gemeinsam durch die Stadt fahren«, erklärte sein Chauffeur. »Einen Mann Ihrer sozialen Schicht sieht man, glaube ich, nicht allzu häufig in einem Dreihunderter. Und ich möchte nicht auffallen.«

Lindemann schluckte die Beleidigung wie gerade den Lambrusco und krabbelte auf die hintere Sitzbank. Vorsorglich hatte jemand die Polster mit einer widerstandsfähigen Plastikfolie abgedeckt. Wahrscheinlich wollte der Kerl kein Ungeziefer in seiner Kutsche haben. Lindemann rümpfte die Nase, sparte sich aber einen Kommentar.

Sobald beide im Wagen saßen, gab der Kerl hinter dem Steuer Gas. Als er den Ostring erreichte, setzte er den Blinker nach rechts und dirigierte den Schlitten Richtung Hauptbahnhof.

»Ein feines Auto haben Sie da, Meister. War bestimmt teuer«, versuchte Lindemann ein wenig Konversation.

»Firmenwagen«, kam die einsilbige Antwort.

»Wo fahren wir denn jetz hin?«

»Warten Sie es ab. Möchten Sie vielleicht eine Zigarette?«

Überrascht über so viel Aufmerksamkeit hätte Lindemann beinahe ja gesagt. »Nee, danke, Meister, aber ich vertrag dat nich. Wie komm ich denn nachher wieder zurück? Von da oben is dat ein ganz schönes Stück zu Fuß.«

»Ich bringe Sie wieder zurück«, erklärte der Anzugmann. »Keine Sorge, wird alles glatt gehen.«

Lindemann nickte und sah sich aufmerksam das Innere der Nobelkutsche an. Er hatte noch nie in einem Benz gesessen, selbst früher nicht, als er noch Arbeit und ein geregeltes Leben hatte. Sein Schwager hatte mal einen Ford Taunus gefahren, aber im Vergleich zu dem Schlitten hier war das 'ne richtige Proletenschaukel gewesen.

»Sagen Se mal, Meister, wat is dat denn für ein Kram, den ich für Sie beseitigen soll?«

»Nichts, was Sie interessieren könnte.«

»Ich mein ja nur, ich mach nich gerne was Ungesetzliches. Die Bullen ham unsereins sowieso auf'm Kieker. Und bei dat Risiko, wat ich jetz eingeh ...«

Der Benz nahm am Hauptbahnhof die Kurve in die Wittener, wobei der Fahrer einen amüsierten Blick in den Rückspiegel warf. »Wie meinen Sie das?«

Lindemann wurde heiß. »Wie ich schon sachte, wenn Se so heiß da drauf sind, dass Ihnen einer das Zeuch vom Hals schafft, muss dat ganz schön brenzlich für Sie sein. Ich mein, da müssten doch mehr als fünfhundert für mich drin sein.«

Die Reaktion des Fahrers überraschte Lindemann völlig. Am ehesten hätte er mit einem Wutausbruch gerechnet, aber der Kerl hinter dem Steuer lachte schallend.

»Sie sind mir vielleicht eine Marke«, meinte er dann, mühsam beherrscht. »Erst ja sagen und dann, bei der ersten sich bietenden Gelegenheit, nachfordern.«

»Ich denk mir doch nur, das geht für Ihren Laden bestimmt um 'nen Haufen Kohle«, erklärte Lindemann entschuldigend.

»Schon in Ordnung«, grinste der andere. »An was haben Sie denn gedacht?«

»Wie wär et denn mit dem Doppelten?«, fragte Lindemann verhalten.

Der Fahrer klatschte sich vergnügt auf die Oberschenkel. »Sie sind richtig«, erklärte er. »Sie gefallen mir. Einverstanden, wenn Sie fertig sind, haben Sie sich den Riesen verdient. Aber noch einen Nachschlag gibt es nicht, klar?«

Lindemann ballte seine Hände zu Fäusten und zog seine Plastiktüten neben sich auf den Sitz. »Einverstanden. Und wenn Sie wieder mal 'n Kerl zum Aufräumen brauchen, ich bin meistens inner Stadt zu finden.«

Gleichzeitig zog er den Lambrusco auf den Schoß und schraubte die Kappe ab. Im ersten Moment wollte er dem Fahrer ebenfalls einen Schluck anbieten, aber der würde höchstens verächtlich die Nase rümpfen. Wein für unter 'nem Zwanziger pro Flasche war für den doch sicher ungenießbar.

Lindemann fläzte sich auf den plastikverhüllten Polstern, befühlte ehrfürchtig die edlen Bezugstoffe der Innenverkleidung und genoss das sanfte Schaukeln, wenn der Wagen fast unmerklich eine der wenigen Kurven nahm.

Der Fahrer setzte den Blinker, als der Hinweis auf ein Gewerbegebiet auftauchte. Neugierig starrte Lindemann durch die abgedunkelten Seitenfenster. In dieser Ecke war er zuletzt kurz vor seiner Entlassung gewesen, seitdem war hier ein komplett neues Geschäftsviertel entstanden. Im Vorbeifahren erkannte er eine Videothek, einen Möbelhändler, einen Supermarkt und etliche weitere Geschäfte. Der Benz durchquerte fast das komplette Viertel, ehe er auf einen einsam vor sich hin dösenden Firmenparkplatz zog. Anstatt vor dem Haupteingang zu halten, fuhren sie zwischen zwei der Hallen durch und stoppten erst vor einem kleinen Nebeneingang.

»Da wären wir«, erklärte der Fahrer. »Lassen Sie Ihre Tüten ruhig hinten drin, die klaut schon niemand.«

Lindemann kletterte aus dem Fond und sah zu, wie sich der Anzugmann an der Tür zu schaffen machte. Kurz darauf traten sie in die Halle. Der Yuppie machte Licht.

»Wat stellen Sie denn hier her?«, fragte Lindemann verwundert. In der schummrigen Beleuchtung war zwar nicht viel zu erkennen, aber dass hier alles wie Kraut und Rüben durcheinander stand, war nicht zu übersehen.

»Diese Halle nutzen wir lediglich als Lager«, erklärte sein Begleiter. »Kommen Sie, wir müssen runter in den Keller.«

Der Weg dorthin führte die beiden Männer vorbei an meterhohen Regalen, leer stehenden Metallspinden und auseinander genommenen Maschinen. Schließlich erreichten sie eine kleine Treppe. Lindemann hielt sich direkt hinter dem Kerl im Anzug, während dieser erneut mit seinem Schlüsselbund hantierte. Die Luft in den Gewölben war schal und abgestanden, hier unten war bestimmt schon seit Ewigkeiten kein Mensch mehr gewesen. Die spärlichen Zwanzig-Watt-Birnen über ihren Köpfen spendeten gerade mal so viel Licht, dass sie die größten Spinnweben erkennen und ihnen ausweichen konnten.

»So, da ist es«, erklärte der Yuppie und blieb vor einer soliden Metalltür stehen, die genauso gut in einen Luftschutzbunker gepasst hätte. Mit einem kräftigen Schwung drückte er den Verschlusshebel nach oben und zog die Tür auf. Dann lächelte er Lindemann gewinnend an.

»Dann krempeln Sie mal die Ärmel hoch. Das ganze Zeug muss hier raus.«

Vorsichtig machte der Obdachlose einige Schritte nach vorne in die Dunkelheit, da verspürte er plötzlich einen Stoß in seinem Rücken. Stolpernd schoss er nach vorn und schob seine Arme vor sich, um sich abstützen zu können. Mit einem Krachen flog hinter ihm die Tür ins Schloss.

»Wat soll die Scheiße!?«, fluchte er erschrocken. »Hee, Meister, machen Sie die Tür auf.«

Als einzige Antwort hörte Lindemann, wie sich jenseits der Tür Schritte entfernten. Atemlos vor Schreck tastete er durch die Schwärze, bis er unter seinen Fingerspitzen die Tür spürte.

»Hee, du Arsch, mach die Tür auf. Aufmachen«, schrie er. »Lass mich hier raus.«

Inzwischen waren die Schritte verstummt. Lindemann spürte Panik in sich aufsteigen, verzweifelt drückte er sich gegen das kalte Metall, aber die Tür bewegte sich keinen Millimeter. Blind wie ein Maulwurf tastete der Gefangene die Wand ab, da stießen seine Finger auf einen etwa handtellergroßen Gegenstand. Ein Lichtschalter.

Seine Finger patschten so lange auf das Plastik, bis der Kontakt hergestellt war. Sofort ging über ihm eine weitere der mickrigen Birnen an. Ängstlich drehte sich Lindemann um.

Keine zwei Meter von ihm entfernt lag eine alte, fleckige Matratze auf dem Boden, daneben standen zwei Plastikflaschen mit Wasser und zwei Beutel mit Schnittbrot. Hinter der Matratze befand sich ein rostiger, henkelloser Eimer.

Ansonsten war der höchstens drei mal vier Meter große Raum leer.

Mit einem Aufschrei drehte sich Lindemann um und hämmerte wie ein Berserker erneut auf die Tür ein.

6

»Verdammter Mist, ich hoffe, jemand hat sich einen bösen Scherz mit uns erlaubt«, grantelte Wielert unwillig. »Wenn das stimmt, ist das eine Katastrophe.«

Berthold Hofmann schaltete ruckartig vom vierten in den dritten Gang zurück und quetschte sich auf die Überholspur. Eigentlich war die Zeit für den Feierabendverkehr schon vorbei, aber immer noch waren zu viele Leute unterwegs. Und weder das kreisende Blaulicht noch die röhrende Sirene konnten sie dazu bewegen, den Bochumern Platz zu machen.

»Mit wem haben Sie denn gesprochen?«, erkundigte sich der Fahrer bei seinem Chef.

»Keine Ahnung. Der Kollege hatte Schwierigkeiten, sich verständlich zu machen. Ich hab nur kapiert, dass Eulenstein tot ist.«

»Herr im Himmel«, krächzte Hofmann benommen. »Gestern hab ich sie noch in der Kantine getroffen.«

Der Leiter des KK 11 ging nicht auf die philosophische Betrachtung seines Mitarbeiters ein, sondern repetierte in Gedanken wieder und wieder das, was ihm ein Kollege vor einer halben Stunde am Telefon berichtet hatte. Hofmann war als Einziger aus der Abteilung noch im Haus gewesen. Wielert hatte ihm noch nicht erzählt, dass wahrscheinlich Thalbach Eulenstein erschossen hatte.

»Wann kommen wir denn endlich an?«, fauchte Wielert angefressen.

An sich war Hofmann ein eher zurückhaltender Fahrer, der sich lieber unterhalb der jeweils erlaubten Geschwindigkeit hielt, als sie zu überschreiten. Heute jedoch penetrierte er das Gaspedal, als säße ihm der Teufel im Nacken.

»Und was ist mit Katharina?«, wollte er wissen. »Ist sie in Ordnung?«

»Physisch bestimmt«, rutschte es Wielert heraus. »Ich glaube, dort vorn ist es.«

Sowohl RTL als auch der WDR waren bereits mit einem Ü-Wagen präsent, steckten aber hinter dem großzügig verteilten Flatterband fest, das zudem durch eine Kette aus Streifenbeamten geschützt wurde. Hofmann quetschte den Wagen direkt neben einen der Transitbusse; Wielert war schon ausgestiegen, bevor das Auto richtig stand.

Eines der Streifenhörnchen hielt das Absperrband nach oben, als er Wielerts Dienstausweis erkannte. Mit einem Kopfnicken kam er der Frage des Bochumers zuvor.

Der Einsatzleiter parkte mit zweien seiner Leute an einer der Zapfsäulen. Jemand war so rücksichtsvoll gewesen und hatte eine Plane über die beiden Leichen gelegt.

»Herr Wielert?«, fragte ein rotblonder Mittfünfziger, als dieser wie eine Lokomotive auf ihn zugeprescht kam.

»Ja. Mein Kollege Hofmann.«

»Lohkamp«, begrüßte sie der andere. »Herr Hofmann und ich kennen uns bereits. Üble Sache, die wir da haben.«

»Was ist hier eigentlich passiert?«

Lohkamp nahm die Neuankömmlinge ein wenig zur Seite und griff nach seiner Zigarettenschachtel. Bevor er sich seine Kippe anzünden konnte, fiel ihm ein, wo er sich befand. Zu rauchen war vielleicht keine so gute Idee.

»Anscheinend ist das hier dumm gelaufen«, erklärte er, das Päckchen mit seiner Lieblingsmarke wieder wegsteckend. »Ein Kerl kam mit seinem Motorrad, hielt der Kassiererin eine Pistole unter die Nase, hat sich die Tageseinnahmen einpacken lassen und dann zusammen mit Frau Eulenstein als Geisel die Kassenhalle verlassen. Bevor er abhauen konnte, erreichte ein Streifenwagen den Tatort. Der Kerl hat sofort geschossen, sich umgedreht und auf Frau Thalbach angelegt. Dann hat es geknallt.«

Hofmann hörte mit kalkweißer Nasenspitze zu. »Wie meinen Sie das? Wer hat denn nun wen erschossen?«

Lohkamp seufzte. »Nach unseren bisherigen Erkenntnissen war der Schuss, den Frau Thalbach auf den Räuber abgab, Ursache für beide Leichen. Ich sagte ja, äußerst üble Sache.«

»Scheiße«, fluchte Hofmann entsetzt. »Wo ist sie?«

»Hinten, im Aufenthaltsraum des Tankstellenpersonals. Ich hielt es für besser, ihr erst mal ein wenig Ruhe zu gönnen.« Nachdenklich kratzte sich der Rotblonde am Nasenrücken und schüttelte bedauernd den Kopf. »Schade um die Kollegin. Eulenstein war ein tolle Polizistin. Hätte es noch sehr weit bringen können.«

Wielert sah auf. »Sie kannten sie?«

»Ich habe mal kurzzeitig in Bochum ausgeholfen. Damals habe ich eng mit Frau Eulenstein und Herrn Hardenberg zusammengearbeitet.«

»Der Mord an dem jungen Punk«, erklärte Hofmann seinem Chef. »Nach dem Weinfest.«

Wielert nickte stumm, schnaufte durch und schickte seinen Blick auf Wanderschaft. Etwa fünf Kollegen der Kriminaltechnik sicherten die Spuren. Dabei benutzten sie die altbekannten Utensilien: nummerierte Täfelchen, bergeweise Plastikbeutel, in die vorsichtig die Fundstücke verpackt wurden.

»Können wir mit ihr sprechen?«, fragte er Lohkamp.

»Natürlich«, nickte dieser. »Ich begleite Sie.«

Er setzte sich vor die beiden Bochumer und marschierte mit ihnen durch die Kassenhalle auf eine hinter der Theke gelegene Tür zu. Vor der Schwelle hatte sich ein Streifenbeamter postiert, der bei ihrem Erscheinen respektvoll zur Seite trat.

Katharina hockte hinter einem schäbigen Resopaltisch, über sich der glitzernde Pin-up-Kalender eines bekannten Männermagazins. Ihre Hände umklammerten verzweifelt eine Dose Cola, die ihr ein aufmerksamer Kollege aus dem Kühlregal besorgt hatte.

Nachdem alle drei den kleinen Pausenraum betreten hatten, zog Wielert die Tür zu. Thalbach sah noch nicht mal auf.

Wielert hockte sich ihr gegenüber und stützte sein Kinn auf die verschränkten Handflächen. Lohkamp postierte sich neben einem der Spinde und kam auf den Einfall mit seiner Lieblingsmarke zurück. Als Hofmann die verknautschte Schachtel entdeckte und gierig darauf starrte, trat ihm Lohkamp eine Zigarette ab.

»Na, geht's wieder?«, begann Wielert sanft.

Katharina hob für einen Moment die Augenbrauen, konzentrierte sich aber nach wie vor auf das Getränk zwischen ihren Fingern.

»Frau Thalbach, es wäre eine Lüge, wenn ich behauptete, ich wüsste, wie Sie sich fühlen«, fuhr Wielert fort. »Dass es Ihnen schlecht geht, sieht man ziemlich deutlich.«

Damit hatte Wielert noch untertrieben. Die Blonde sah aus, als hätte sie gerade Achtlinge auf die Welt gebracht.

»Falls es Sie beruhigt, niemand hier macht Ihnen einen Vorwurf«, meldete sich Lohkamp zwischen zwei Zügen. »Unsere Streifenbeamten haben übereinstimmend ausgesagt, dass Sie in Notwehr gehandelt haben.«

»Na toll«, meinte Katharina fast unhörbar. »Dann ist ja alles in Ordnung. Haben Sie das Dagmar schon erzählt?«

Hofmann verzog das Gesicht. Vorsichtshalber quetschte er sich auf den letzten freien Hocker. Seine Beine fühlten sich reichlich schwummerig an. »Katharina, mach es nicht schlimmer, als es ohnehin schon ist. Erzähl, was passiert ist.«

»Was passiert ist?«, jaulte Thalbach auf. »Schau dich gefälligst draußen um. Dann siehst du, was passiert ist.«

»Ruhig«, ging Wielert dazwischen. »Irgendwann brauchen wir einen Bericht, aber es muss nicht jetzt sein. Herr Lohkamp, haben Sie eigentlich einen Arzt verständigt?«

»Selbstverständlich. Frau Thalbach war jedoch der Meinung, sie sei in Ordnung. Der Doc hat sich dann um die beiden anderen Geiseln gekümmert. Die stehen gehörig unter Schock.«

»Andere Geiseln?«, echote Hofmann.

»Ein Tankwart und die Kassiererin. Beide sind jetzt im Krankenhaus, haben aber schon eine Aussage gemacht.«

»Und?«, quengelte Wielert.

»Beide haben die Beobachtungen der Streifenbeamten bestätigt. Als der Streifenwagen auftauchte, eröffnete der Täter sofort das Feuer, worauf er unmittelbar danach seine Waffe auf Frau Thalbach richtete. Einen klassischeren Fall von Notwehr gibt's kaum.«

»Warum kam eigentlich der Streifenwagen hierher?«, fragte Hofmann. »Zufall?«

»Keineswegs. Die Einsatzleitstelle ist von einem Autofahrer per Handy über den Überfall informiert worden. Erst war er sich seiner Sache nicht sicher, da er lediglich im Vorbeifahren gesehen hat, wie ein Mann mit einer Waffe die Tankstelle betrat. Also hat der PKW-Fahrer gewendet und ist noch einmal langsam vorbeigefahren. Dann hat er uns alarmiert.«

»Haben Sie das Überwachungsvideo schon ausgewertet?«, wollte Wielert wissen.

»Noch nicht. Ich werde aber veranlassen, dass Sie eine Kopie von dem Band bekommen.«

»Danke«, meinte Wielert automatisch.

Katharina stellte endlich die Coladose zur Seite und lehnte sich zurück. »Und wie geht es jetzt weiter?«

Wie aufs Stichwort schwenkten die Bochumer ihre Blicke zu Lohkamp.

»Abwarten, bis der Staatsanwalt auftaucht, eigentlich müsste der schon längst da sein. Und dann sollten wir uns langsam Gedanken machen, wie wir Sie hier unauffällig herausbekommen.«

Katharina runzelte die Stirn.

»Oder haben Sie große Lust auf ein Spießrutenlaufen vorbei an den Kameras?«, ergänzte Lohkamp.

7

»Möchtest du einen Kaffee? Oder einen Cognac?«

Hofmann hing mit seinem Oberkörper über dem Schreibtisch, hinter dem Katharina zusammengekauert wie ein Häufchen Elend saß. Dabei setzte er seinen treudoofsten Dackelblick auf.

»Nein, danke«, lehnte Katharina müde ab.

»Der Chef müsste jeden Moment eintreffen«, meinte Wielert. Er hockte in Thalbachs und Hofmanns Büro auf dem Besuchersessel und schaute alle dreißig Sekunden auf die Uhr. Lohkamp hatte Wort gehalten und Katharina unauffällig in einen zivilen Wagen verfrachtet. Erst ein paar Kilometer von dem Ort des Geschehens entfernt war die Kommissarin zu ihren beiden Bochumer Kollegen in den Fond geklettert.

»Hast du Ulli angerufen?«, fragte Thalbach leise.

»Na klar«, bestätigte Hofmann. »Hab ihm allerdings nur gesagt, dass es später wird. Ich wusste nicht, ob ...«

»Schon gut.«

Wielert hatte Thalbach absichtlich in ihr eigenes Büro gesetzt. Der Polizeipräsident war zwar, entgegen anders lautender Gerüchte, hin und wieder doch kein Menschenfresser, konnte allerdings in seinen eigenen vier Wänden jeden allein durch ein lautstarkes Räuspern einschüchtern. Wielert wollte Katharina den Heimvorteil zugute kommen lassen.

Als Wielert wohl zum dreißigsten Mal auf die Uhr sehen wollte, näherten sich auf dem Flur Schritte. Gleich darauf steckte Polizeipräsident Flenner sein hochrotes Gesicht durch den Türrahmen. Hofmann und Wielert standen schwerfällig auf, Katharina seufzte nur hörbar.

»Bitte, bleiben Sie sitzen«, begann ihr Häuptling ungewöhnlich ruhig. »Und sagen Sie mir, dass das Ganze ein gut inszenierter, aber schlechter Witz ist.«

»Keine Chance«, entgegnete Wielert.

»Wie geht es Ihnen, Frau Thalbach?«, wechselte Flenner das Thema.

»Mir ging es schon mal besser«, meldete sich Katharina leise.

»Glaub ich Ihnen gern. Können Sie uns bitte berichten, wie sich alles zugetragen hat?«

Katharina sah noch einmal aus dem Fenster auf den ruhig vor sich hin dämmernden Vorplatz und holte tief Luft. Dann begann sie mit ihrem Bericht.

Zehn Minuten später wechselten die drei Männer stumme Blicke. Die Blonde hatte nüchtern das Geschehen geschildert, mit einigen Unterbrechungen, weil der Kloß in ihrem Hals zu dick geworden war, aber doch präzise.

»Haben die anderen Zeugen gegenteilige Aussagen gemacht?«, wandte sich der PP an Wielert.

»Nein. Kollege Lohkamp von der Kripo Recklinghausen hat vor Ort die Ermittlungen geführt. Nach seinen Worten haben sowohl die beiden Geiseln aus der Kassenhalle wie auch die uniformierten Beamten Frau Thalbachs Ausführungen bestätigt. Und außerdem haben wir noch das Video von der Überwachungsanlage.«

Der PP sah auf. »Haben Sie die Kassette dabei?«

Statt zu antworten, griff Wielert zu der rechteckigen Pappschachtel, die ihm Lohkamp in die Hand gedrückt hatte. Wo der Recklinghäuser so schnell das Duplikat hatte anfertigen lassen, würde wohl sein Geheimnis bleiben.

Mit einem eleganten Schwung warf Wielert Hofmann das Band zu. Der Jüngere schob die Kassette in einen Videorekorder und schaltete den kleinen Fernseher ein.

»Lohkamp hat das Band ab der Stelle überspielt, an der der Motorradfahrer auf dem Gelände der Tankstelle eintrifft«, erklärte Wielert gespannt.

Die Aufnahme besaß überraschend viel Schärfe. Auf dem Bildschirm war deutlich zu erkennen, wie der Täter seine Maschine abstellte und hastig die Kassenhalle betrat. Nach ein paar weiteren Sekunden tauchte Katharina auf. Vier Augenpaare beobachteten atemlos, wie sie erst auf die Kassenhalle zuging, dann aber unvermittelt hinter dem Motorrad in die Hocke ging.

»Was machen Sie da?«, fragte der PP, ohne die Augen vom Bildschirm zu nehmen.

»In der Mitte des Nummernschildes war deutlich eine Naht zu sehen. Ich wollte mich vergewissern, ob das wirklich geschweißt war.«

Wielert nickte. Das Videoband war inzwischen bis zu

der Stelle weitergelaufen, an der sich Katharina eng an die Wand des Gebäudes drückte.

»Halt!«, befahl Wielert.

Hofmann verstauchte sich fast den Zeigefinger, als er auf die Pausentaste hämmerte.

»Sie hatten Ihre Waffe schon zu diesem Zeitpunkt gezogen?«, mischte sich der PP wieder ein.

»Ein Reflex«, antwortete Katharina schwach. »Gleich werden Sie sehen, wie ich sie wieder wegstecke.«

»Warum sind Sie nicht in die Kassenhalle gegangen und haben versucht, den Täter sofort zu überwältigen?«

Katharina pflückte ihre Augen von dem Fernseher und sah den Leiter der Bochumer Polizei entgeistert an. »Das erschien mir einfach zu riskant«, gab sie eine Spur zu scharf zurück. »Ich wollte auf gar keinen Fall ein Risiko für die Geiseln eingehen.«

»Gut«, bestätigte der PP. »Lassen Sie weiterlaufen.«

Das Bild flammte wieder auf. Schließlich erschien zuerst Eulenstein in der Tür, dicht gefolgt von dem Täter. Als der Räuber offensichtlich das Blaulicht entdeckte, runzelte Wielert einen Augenblick die Stirn, sagte aber nichts.

Kurz darauf kam der Film zu seinem Höhepunkt. Als ihr Ebenbild die Pistole hochriss und abdrückte, schloss Katharina die Augen.

»Scheiße«, fluchte Wielert. »Hofmann, spulen Sie ein kleines Stück zurück und schalten dann auf Zeitlupe.«

Thalbach wandte sich ab, als die Szene zum zweiten Mal abgespielt wurde. So notwendig die Analyse des Bandes für ihre Kollegen auch war, sie hätte gut auf die Ansicht des Videos verzichten können.

»Da, sehen Sie?«, bemerkte Wielert. Immerhin war er so rücksichtsvoll, seine Beobachtung nicht in Worte zu fassen. Bei der verlangsamten Wiedergabe erkannten die drei Männer deutlich, dass der Täter und Eulenstein nahezu zeitgleich zusammenzuckten. Die Kugel musste den Körper des Motorradfahrers glatt durchschlagen haben, um dann Eulenstein zu treffen.

»Herr im Himmel«, stöhnte Hofmann entsetzt.

Flenner holte tief Luft und hockte sich neben Wielert auf die Schreibtischkante. »Danken Sie wem auch immer für die Existenz dieses Videos«, wandte er sich an die Kommissarin. »Sie haben absolut richtig gehandelt. Dass Frau Eulenstein getötet wurde, war ein grausames Unglück, das sich aber Ihrer Verantwortung entzieht.«

Katharina nickte schwach. Der Heini hatte gut reden.

»Wir nehmen Sie völlig aus der Schusslinie«, entging dem PP die Doppeldeutigkeit seiner Worte. »Lohkamp hat noch für heute Abend eine Pressekonferenz angesetzt. Ich fahre gleich nach Recklinghausen, bei der Gelegenheit werde ich mir den Staatsanwalt vornehmen. Glaube kaum, dass es zu einem Ermittlungsverfahren kommen wird.«

Hofmann spulte die Kassette zurück und ließ sie aus dem Rekorder springen. »Wollen Sie die mitnehmen?«

»Nicht nötig«, meinte der PP. »Frau Thalbach, ich schätze Sie als eine meiner besten Beamtinnen. So schlimm das Ganze für Sie auch ist, versuchen Sie, ein wenig zur Ruhe zu kommen. Sie hätten genauso gut an Eulensteins Stelle sein können. Haben Sie schon mal daran gedacht? Hätte Ihre Kollegin nicht genauso wie Sie gehandelt?«

Ohne Antwort ließ Flenner sie bestimmt nicht in Ruhe. Dabei wünschte sich Katharina im Augenblick nichts sehnlicher, als in einer Tonne die Niagarafälle herunterzupoltern.

»Wahrscheinlich ja«, presste sie schließlich leise hervor.

»Na, sehen Sie«, meinte der PP, als sei alles wieder in Ordnung. »Wir sehen uns Montagmorgen. Bis dahin müssten wir die Ergebnisse der Spurensicherung und die Obduktionsberichte haben.« Er nickte noch einmal in die Runde und machte sich wieder auf den Weg.

Katharina rieb sich mit den Fingerknöcheln über die Augen und lehnte sich auf ihren Schreibtisch. »Und nun?«

Wielert verschränkte die Arme hinter dem Kopf und fixierte einen Punkt oberhalb des Fensterrahmens. »Warum war das Blaulicht auf dem Dach?«, antwortete er mit einer Gegenfrage.

»Was?«, entfuhr es Hofmann.

»Raus damit, Thalbach.«

Katharina schloss erneut die Augen und druckste herum. »Wir standen im Stau«, erklärte sie schließlich.

»Na und?«, polterte Wielert lauter als beabsichtigt. »Herrje, selbst wenn Sie sich, entgegen jeglicher Vorschriften, eine Gasse freiräumen, dann versteckt man die Reklame so schnell wie möglich wieder.«

»Dagmar hat vergessen, das Ding herunterzunehmen«, brach es aus Katharina hervor. »Meinen Sie wirklich, das hätte etwas geändert?«

»Wahrscheinlich nicht«, antwortete Wielert ruhiger. »Hoffentlich sieht das außer uns niemand.«

Hofmann hielt es für besser, nichts zu sagen.

»Und was jetzt?«, wiederholte Katharina ihre Frage. »Bin ich suspendiert?«

»Darüber entscheidet letztlich der PP, immerhin hat er nichts dergleichen gesagt. Ich könnte Sie beurlauben, aber vorerst sehe ich eigentlich keinen Grund. Wie der Chef gesagt hat, Sie haben sich vollkommen richtig verhalten. Die Entscheidung, ob Sie weiter arbeiten wollen, überlasse ich Ihnen. Meinetwegen können Sie auch Urlaub nehmen, bis die ganze Sache ein wenig verheilt ist.«

»Also etwa vier oder fünf Jahrzehnte«, stöhnte Thalbach.

Wielert schenkte ihr einen Blick, winkte aber ab. »Versuchen Sie, sich zu entspannen«, sagte er. »Kommen Sie zu Hause klar?«

»Ich denke schon«, antwortete Thalbach. »Berthold, bringst du mich wohl nach Haus?«

8

Es geschah immer wieder.

Zuerst das blanke Entsetzen, als der Kerl die Waffe auf den Streifenwagen anlegte und abdrückte, die unendlich lang dauernde Sekunde, in der sie zu ihrer eigenen Pistole hechtete und der Motorradfahrer auf sie zielte, sie ihre Waffe hochriss und abdrückte.

An dieser Stelle wachte sie auf. Jedes Mal.

Im ersten Moment wusste Katharina nicht, wo sie war. Ihr lediglich mit einem knappen Bikini bedeckter Körper war schweißgebadet. Die Sonne war schon vor einiger Zeit hinter dem Giebel des Daches verschwunden, von wo aus sie zwar noch den Garten überflutete, den Balkon aber im Schatten ließ. Von der Ruhr wehte eine angenehme Brise hoch.

Irritiert blinzelte sie und setzte sich in der bequemen Liege auf. Sie war zu Hause, neben sich einen ordentlich gekühlten Eistee auf dem kleinen Beistelltischchen, und tankte einen Hektoliter Sauerstoff. Trotzdem fühlte sie sich wie gerädert.

Sie schnappte sich das Handtuch und rubbelte sich über die Haut, wobei sie einen schnellen Blick auf die Uhr warf. Der Vorfall an der Tankstelle war gerade mal vierundzwanzig Stunden her. Es war wohl keine Stunde vergangen, in der sie das grausame Geschehen nicht vor ihrem inneren Auge hatte Revue passieren lassen. An Schlaf war in der letzten Nacht nicht zu denken gewesen, allerhöchstens waren ihr mal für eine halbe Stunde die Augen zugefallen, bevor sie wieder hochgefahren war.

Hofmann hatte sie am gestrigen Abend nach Hause gebracht. Ulli war wie ein Flummi durch die Wohnung gesprungen, natürlich hatte er im Radio längst die Sensationsmeldung gehört, ohne zu wissen, was genau vorgefallen war. Wahrscheinlich hatte er sie insgeheim schon im Leichenschauhaus gesehen. Seine Erleichterung, als Katharina endlich die Treppe hochstolperte, war ziemlich schnell dahin gewesen, als sie ihm erzählt hatte, was passiert war.

Die Tagesschau hatte, direkt vor der Wettervorhersage, einen kurzen Filmbericht gezeigt. Obwohl der Reporter den Vorfall so sachlich wie möglich schilderte, saß Katharina mit geballten Fäusten vor dem Bildschirm. Wenigstens hatte der Sender kein einziges Bild von ihr veröffentlicht.

Ulli hatte sich toll verhalten, sich stumm neben sie gesetzt und war einfach da gewesen, als sie ihn brauchte.

RTL benutzte die Geschichte als großen Aufmacher für

die Spätnachrichten. Der Bericht passte sich nahtlos dem Niveau der anschließenden Telefonsexwerbung an, von schießwütiger Polizei war die Rede, von schlechter Ausbildung und überforderten Beamten. Aber auch hier war Katharina nicht im Bild gewesen. Lohkamps Maßnahme, sie still vom Ort des Geschehens verschwinden zu lassen, ließ den dümmlich aus der Wäsche grienenden Reporter über wilde Verschleierungstaktiken der Polizei schwadronieren.

Die Zeitungen vom Morgen hatten Katharina dann den Rest gegeben. Die seriösen Blätter orientierten sich zwar an den Aussagen der Pressekonferenz und brachten fast wörtlich Lohkamps Bericht, das größte Boulevardblatt der Republik allerdings dichtete mal wieder wild drauflos. Nach deren Erkenntnissen hatte eine übernervöse Polizistin ohne Rücksicht auf ihre Kollegin ein komplettes Magazin leer geballert, bevor sie mit einem Schock ins Krankenhaus gebracht werden musste. Der halbe Toast, den Katharina bis dahin geknabbert hatte, kam postwendend wieder hoch. Aber auch hier war nirgends ihr Name zu lesen oder ein Bild zu sehen.

»Möchtest du noch etwas trinken?«

Erschrocken fuhr Katharina herum. Ulli betrat den Balkon und knallte sich neben sie auf seine Liege.

»Danke, ich hab noch.«

Zander nickte und angelte sich eine Zigarette aus den Taschen seiner Shorts. Seit ihr Nachwuchs da war, qualmte er konsequent nur noch auf dem Balkon, ohne dass Katharina ihn ermahnen musste. »Wie geht's dir?«

»Blendend«, gab Katharina zurück. »Sieht man das nicht.«

Ihr Lebensgefährte nahm einen tiefen Zug. »Nein. Ganz und gar nicht. Man könnte eher vermuten, du gibst in den nächsten zwei Stunden den Löffel ab.«

»Keine Bange, ein wenig länger halt ich noch durch.«

»Soll ich uns 'n Happen zu essen machen? Im Kühlschrank steht noch Hackbraten.«

»Bloß nicht«, meinte Katharina sofort. »Ich hab keinen Appetit.«

»Das glaube ich dir aufs Wort. Trotzdem musst du etwas zu dir nehmen.«

Katharina atmete tief durch, um nicht zu explodieren. »Ulli, lass es, bitte. Wenn ich Hunger habe, esse ich schon was. Nerv mich nicht.«

Der Sozialarbeiter schnippte die Asche von der Spitze seiner Kippe und sah aufmerksam zu Katharina herüber. »Kleines, ich mach mir Sorgen um dich. Du darfst dich nicht fertig machen.«

»Und was soll ich deiner Meinung nach tun?«, entgegnete Katharina scharf.

Ulli konzentrierte sich auf seine Zigarette. »Keine Ahnung. Aber es bringt weder dir noch deiner bedauernswerten Kollegin etwas, wenn du dich zerfleischst. Herrgott noch mal, du hattest keinen Einfluss darauf, was gestern Abend passiert ist!«

»Woher willst du das denn wissen?«, ätzte die Blonde.

»Heute Morgen hat dein Chef angerufen und gefragt, wie es dir geht«, erklärte Ulli ruhig. »Bei der Gelegenheit hat er mir den vorläufigen Bericht vorgelesen.«

»Na toll. Dann ist ja alles in bester Ordnung.«

Zander seufzte und bediente sich an ihrem Eistee. »Gar nichts ist in Ordnung. Menschenskind, ginge es dir genauso beschissen, wenn du nur diesen Verbrecher erschossen hättest? Es war Notwehr.«

Katharina setzte zu einer Antwort an, aber Ulli war schneller: »Als du dich für diesen Job entschieden hast, war dir doch hoffentlich klar, dass du mal in eine solche Situation kommen könntest. Kriminalbeamte müssen nun mal mit einem anderen Berufsrisiko leben als Buchhalter oder Ökotrophologen.«

»So lange ich diesen Job mache, habe ich noch nie auf einen Menschen geschossen«, zischte Katharina. »Gezielt ja, aber abgedrückt ...«

»Aber Berthold, zum Beispiel. Damals, als dich dieser Serienmörder umnieten wollte. Macht der sich in irgendeiner Art und Weise Vorwürfe?«

»Nein«, gab Katharina nach einer Pause zu.

»Eben«, bekräftigte Ulli. »In dieser Situation konnte er nicht anders handeln. Mit Sicherheit hat er keine einzige Sekunde daran gedacht, ob er dich ebenfalls mit seinem Schuss gefährden würde.«

»Das war doch etwas völlig anderes«, warf Katharina kopfschüttelnd ein. »Ich lag doch schon auf dem Boden, da konnte Berthold ...«

»Unsinn«, erregte sich Zander. »Immerhin ist der Kerl volles Rohr auf dich drauf geknallt, du hast danach vier Wochen Gips tragen müssen.«

»Aber ...«

»Nichts da. Damals hätte es für dich auch wesentlich schlimmer kommen können. Du hast getan, was du tun musstest. Akzeptier das endlich.«

»Ja, du hast gut reden«, fauchte Katharina. »Wie viele Menschen hast du denn schon erschossen?«

»Jetzt wirst du unfair«, meinte Ulli.

»Ganz und gar nicht. So lange du nicht weißt, wovon du redest, solltest du dich geschlossen halten.«

Ulli sah sie einen langen Moment an und wuchtete sich von der Liege. »Ich wollte dir eigentlich nur klarmachen, dass du allein mit der Situation wohl nicht fertig wirst. Lass dir helfen.«

»Von wem denn?«, höhnte Katharina. »Bist du als Sozialarbeiter dafür qualifiziert?«

»Nein«, überhörte Ulli die Provokation. »Aber es wäre vielleicht nicht verkehrt, wenn du dich mit einem Psychologen zusammensetzen würdest. Und jetzt geh ich duschen.«

Bevor die Blonde erneut aufbrausen konnte, war Ulli verschwunden. Ihre wenigen Auseinandersetzungen beendete er gerne auf diese Art; den Hammer sparte er sich immer für den Schluss auf und verschwand, bevor sie die passende Antwort geben konnte.

Wütend stand sie ebenfalls auf, warf sich das Handtuch über die Schultern und ging in die Wohnung. Sie kramte einen frischen Slip aus ihrer Kommode, sprang in eine zufällig herumliegende Jeans und ein verwaschenes ärmelloses T-Shirt. Kaum hatte sie ihre Mähne im Nacken mit einem Band zusammengebunden, als ihr Sohnemann nebenan loskreischte.

Auch das noch, schoss es ihr durch den Kopf. Mit einem Knall pfefferte sie die Schublade der Kommode zu und enterte das Kinderzimmer. Eine schreckliche Sekunde war sie kurz davor, den Kleinen anzubrüllen, ihren ganzen Frust herauszuschreien und mit den Fäusten auf irgendetwas einzutrommeln.

Stattdessen blieb sie unbeweglich keine zwei Schritte von der Wiege entfernt stehen und starrte hilflos auf das Kind. Der Kloß in ihrem Hals wurde immer dicker, ihre Knie bestanden offensichtlich nur noch aus Pudding.

Der Kleine schrie immer lauter. Katharina rührte sich nicht, unfähig zu der kleinsten Bewegung.

Schließlich schoss Zander, lediglich mit einem Handtuch bekleidet, an ihr vorbei, nahm das Kind hoch und redete beruhigend auf es ein.

Katharinas Erstarrung löste sich. Verzweifelt nahm sie ihren Kopf zwischen die Hände, machte auf dem Absatz kehrt und rannte aus dem Zimmer. Ohne zu überlegen, schnappte sie sich die Autoschlüssel, schlüpfte in ihre Espadrilles und flüchtete aus der Wohnung.

9

Abschätzend warf Carina Rürich einen Blick auf das Arrangement. Das Porzellan war auf den Millimeter genau ausgerichtet, das Besteck wartete exakt positioniert neben den Tellern, die Gläser konnten unbesorgt die Hauptrolle in einem Werbespot für ein Spülmaschinenmittel übernehmen. In der Mitte des Tisches glänzte die Warmhalteplatte wie frisch poliert, ein kleines Stückchen weiter stand die extravagante Vase, in der eine einzelne rote Rose einen schönen Kontrast zu dem zitronengelben Tischtuch und dem leicht ins Grünliche spielende Geschirr bildete.

Aus der Küche lockten die appetitanregenden Düfte des

Auflaufs, der im Backofen allmählich gar wurde. Auf der Herdplatte köchelte die leichte Suppe, die Carina als Vorspeise servieren wollte. Der Abend konnte beginnen.

Leise pfeifend wechselte sie vom Wohnzimmer ins Bad, um ihr Make-up zu checken. Der Lippenstift war noch genauso knallig wie vor einer Stunde, das leichte Rouge auf den Wangen überspielte die leichten Unebenheiten ihrer Haut, wirkte aber kein bisschen zu dick aufgetragen. Sie griff nach der Haarbürste und fuhr sich zum x-ten Mal durch ihre Haare. Ihr Spiegelbild schaute zufrieden zurück. Wenn doch nur nicht diese viel zu eng beieinander stehenden Augen wären ...

Sie sah auf ihre Armbanduhr. Kurz vor halb acht. Gleich würde Gumprecht auftauchen, wie immer mit einem Blumenstrauß von einer Tankstelle bewaffnet und einer Flasche Wein in der Hand. An dieses Ritual hatte sie sich immer noch nicht gewöhnt, obwohl ihre Beziehung schon über ein Jahr andauerte.

Die Stelle bei *Burgert & Gumprecht* war ihr erster Job nach dem Studium. Für ihr Diplom hatte sie gerade mal neun Semester gebraucht, hartnäckig hatte sie sich in den drögen Lehrstoff verbissen und die Nächte um die Ohren geschlagen. Ihre Noten lagen weit über dem Durchschnitt, trotzdem hatte sie sich an ihren Bewerbungen die Finger wund geschrieben, bevor sie endlich zu einem Vorstellungsgespräch eingeladen wurde. Und dann hatte es geklappt.

Doch statt einer steilen Karriere erwarteten sie bessere Hilfstätigkeiten, bei denen sie sich vorkommen musste wie eine kleine Sekretärin. Klar, sie war jung und, zumindest was den Job betraf, unerfahren, aber dennoch war sie tief enttäuscht gewesen. Also hatte sie neben ihrem Kopf ihre körperlichen Asse eingesetzt und dabei ganz auf Gumprecht spekuliert. Seitdem ging es bergauf, ihr Job war jetzt wesentlich interessanter, die Bezahlung anständig. Und es boten sich rosige Zukunftsperspektiven.

In die Stille dröhnte das Schrillen ihrer Küchenuhr, der Auflauf war fertig. So schnell sie in dem engen Kleid, das sich wie eine zweite Haut an ihren Körper schmiegte, laufen konnte, tapste sie in die Küche und drehte die Temperatur des Backofens herunter. Der Käse war zerlaufen und bildete über dem Fleisch und den Nudeln eine tiefbraune Kruste. Als sie die Herdklappe einen Spalt öffnete und prüfend schnupperte, gongte die Türschelle.

Gumprecht erkannte sie schon am Gang. Er bollerte wie ein Sumoringer über die Stufen, seine Absätze klackten schwerfällig über jede Schwelle.

»'n Abend, mein Schatz. Komm ich zu früh?«

Rürich verkniff sich einen zweideutigen Kommentar und schenkte ihrem Lover stattdessen ein strahlendes Lächeln. »Genau richtig. Wir können gleich essen.«

Der Besucher stürmte in ihre Wohnung, patschte ihr die Blumen in die Hand und einen Kuss auf die Wange. Als er sich wieder von ihr löste, wanderten seine Augen anerkennend über ihren Körper. »Mein lieber Mann, enger ging es wohl nicht, oder?«

Unschuldig sah Carina an sich herunter und zuckte die Achseln. »Gefällt es dir nicht?«, fragte sie herausfordernd.

»Natürlich.«

Die Blumen landeten in einer Vase, während Gumprecht schon ins Wohnzimmer ging, um die Weinflasche zu öffnen. Er hatte eine beinahe schon abartige Vorliebe für Lambrusco. Wenigstens schleppte er nicht das letzte Pennergesöff an, aber ihre Versuche, ihn auch mal für einen Barolo oder andere edlere Tropfen zu begeistern, waren regelmäßig fehlgeschlagen. Na ja, es gab Schlimmeres.

»Sind unsere Amis gut versorgt?«, fragte Rürich, während sie die Auflaufform aus dem Herd holte.

»Bestens«, gab Gumprecht zurück. »Kalinowski opfert sich und verbringt den heutigen Abend gemeinsam mit unseren neuen Geschäftspartnern in irgendeinem Nobelpuff.«

»Besitzt Bochum so etwas überhaupt?«

»Ach was. Nee, die sind nach Düsseldorf.«

Mit der dampfenden Suppenschüssel, die sie zwischen zwei dicke Handschuhe gepresst hatte, betrat nun auch

Carina das Wohnzimmer. »Und? Warum bist du nicht mitgefahren?«

Der Geschäftsführer lachte auf. »Spinnst du? Also wirklich, ich hab noch nie dafür bezahlt und werde das auch in Zukunft nicht tun.«

Glaubst du auch nur, dachte die Frau in Rot und setzte die Schüssel auf den Untersetzer. »Immerhin geht das auf Firmenkosten«, antwortete sie laut. »Und wenn man bei den Mädels richtig was springen lässt, soll das richtig klasse sein.«

Gumprecht sah auf. »Woher willst du denn das wissen?«

»Och, man hört doch so einiges.«

»Trotzdem«, beharrte Gumprecht, während er den Wein in eine Karaffe umfüllte. »Mein Ding ist das nicht.«

Rürich tunkte eine futuristisch aussehende Kelle in die Schüssel und versorgte ihren Gast mit der ersten Ladung Kalorien. Der Enddreißiger setzte sich an den Esstisch, bewaffnete sich mit dem Löffel und einem Stückchen Baguette und verbrannte sich sofort die Lippen. »Scheiße, ist das heiß.«

Carina pustete vorsichtig auf die Minestrone. »Wie lief es denn sonst heute Nachmittag?«

Gumprecht bleckte immer noch seine Wunden und rührte angestrengt in seiner Vorspeise, damit sie eine einigermaßen annehmbare Temperatur erreichte. »Geht so. Bochum und Umgebung scheint denen wohl nicht sonderlich zuzusagen. War ja auch eine Schnapsidee, eine Stadtrundfahrt zu machen. Dieser Benett ist im Bergbaumuseum beinahe eingeschlafen. Lediglich als der die Kemnade gesehen hat, kam Begeisterung auf. Am liebsten hätte er sofort sein Scheckbuch gezückt und die Burg gekauft.«

»Das haben schon andere ohne Erfolg versucht. Schmeckt es dir?«

»Klasse«, gab Gumprecht automatisch zurück.

»Dann habt ihr heute noch gar nicht über die Verträge gesprochen?«

»Nur wenig. Die drei waren doch völlig durch den Wind, allein schon wegen der Zeitumstellung. Und außerdem scheinen die allesamt ganz gerne einen zu kippen. Gestern Abend müssen die ordentlich gebechert haben, so rot geränderte Augen kenne ich eigentlich sonst nur von Kalinowski.«

Nachdenklich nippte Carina an ihrem Glas und setzte es vorsichtig wieder ab. »Sag mal, Werner, ich frage mich schon die ganze Zeit, warum die den Laden überhaupt übernehmen wollen. Eigentlich müssten die doch schreiend die Flucht ergriffen haben, nachdem sie die Verbindlichkeiten gesehen haben.«

Gumprecht nickte und probierte den nächsten Löffel. Annehmbar, wenigstens ätzte das Zeug einem jetzt nicht mehr die Lippen weg. »Auf den ersten Blick, ja«, meinte er. »Aber für den Konzern, den die vertreten, sind das doch Peanuts.«

»Trotzdem«, beharrte Carina. »Auf lange Sicht können die weder mit Gewinnen noch mit eventuellen Subventionen rechnen. Abschreibungsfähig ist der Laden auch nicht. Die Anlagen sind doch hoffnungslos veraltet.«

Gumprecht legte seinen Löffel zur Seite und griff nach einem zweiten Brotstückchen. »Zerbrich dir nicht deinen hübschen Kopf darüber. Ab morgen ist das deren Problem.«

»Weich mir bitte nicht aus. Die Firma ist für die Amis ein Fass ohne Boden. Da muss doch mehr dahinter stecken als reine Menschenfreundlichkeit.«

In den Augen des Geschäftsführers blitzte es für einen Moment auf. »Carina, du kennst die Verträge. Du weißt außerdem, was ich mit diesem Benett bei meinem letzten Besuch in den Staaten abgemacht habe. Die geben mir einen Fünfjahresvertrag, der mir einen ordentlichen Batzen Geld sichert. Außerdem verpflichten die sich, in den nächsten zwei Jahren über fünfzig Millionen in die Firma zu investieren. Glaubst du wirklich, da überlege ich groß?«

»Du weißt genauso gut wie ich, dass ihr eigentlich schon längst hättet Konkurs anmelden müssen. Wenn Kalinowski nicht die Amis aus dem Ärmel geschüttelt hätte, hätte das für ihn, für Burgert und auch für dich rechtliche Konsequenzen haben können. Erhebliche sogar.«

Der Geschäftsführer klammerte sich an sein Glas und äugte misstrauisch über den Tisch. »Was willst du damit sagen?«

»Hör auf, mich für dumm zu verkaufen«, antwortete Rürich gelassen. »An der ganzen Geschichte passt rein gar nichts zusammen. Burgert und du, ihr hättet auf jeden Fall verkaufen müssen, selbst wenn die nur die Hälfte von dem jetzigen Kaufpreis geboten hätten. Aber so könnt ihr alle Schulden begleichen und dir bietet man sogar einen regelrechten Traumjob an. Das stinkt doch zum Himmel.«

Anerkennend nickte Gumprecht mit dem Kopf. »Gut, dass du auf meiner Seite stehst. Du hast Recht, alles steht nicht in den Verträgen. Die möchten aus unserem Laden einen Zulieferbetrieb machen, weg von der breiten Produktpalette. Und außerdem interessieren die unsere Exportlizenzen.«

»Häh?«, fragte Rürich nicht gerade geistreich.

»Der Reihe nach. Die Firma wird umstrukturiert. Die Amis wollen expandieren, denen gehören bereits einige Betriebe, die sich mit unserem vergleichen lassen. Keiner davon arbeitet rentabel, bei der Konkurrenz aus Fernost auch kein Wunder. Benett will nun in diesen Betrieben nur noch einzelne Module herstellen lassen, die dann irgendwo anders wiederum zusammengeführt werden. So kann sehr viel automatisiert werden, die Produktionskosten betragen nur noch einen Bruchteil des jetzigen Aufwandes.«

»Aber das kostet doch tierisch viele Arbeitsplätze«, warf Carina ein.

»Weder deinen noch meinen. Überleg doch mal: Wenn die Amis nicht auf der Bildfläche erschienen wären, hätte unser Laden ganz schließen müssen. So können wir vielleicht dreißig oder vierzig Leute vor der Arbeitslosigkeit bewahren. Ich weiß, das ist nicht viel, aber besser als gar nichts.«

Die Suppenteller waren leer, Rürich räumte ab und kehrte mit dem Auflauf zurück. Während sie den Hauptgang auf die Teller verteilte, goss ihnen Gumprecht nach.

»Die Exportlizenzen sind die andere Seite«, dozierte er nun weiter. »Wir haben bereits Geschäftsbeziehungen in den ehemaligen Ostblock, in die Türkei und in den Iran. Die Amis haben da bisher einfach kein Bein auf die Erde bekommen. Durch den Kauf unserer Firma haben sie die Chance, in diesen Ländern neue Märkte zu erschließen. Und das hat nun mal seinen Preis.«

Gedankenversunken spielte die Rürich mit einer Nudel, bevor sie sie mit einem Zinken ihrer Gabel aufspießte. »Sei mir nicht böse, Werner. Das ist großer Mist. Betriebswirtschaft erstes Semester.«

»Was soll das heißen?«, gab Gumprecht irritiert zurück.

»Dein ganzer schlauer Vortrag enthält nicht einen Punkt, den ich nicht schon kannte. Was für einen Umsatz macht dieser Konzern? Vierhundert Milliarden im Jahr? Fünfhundert? Ich schätze, mindestens fünfhundert, und das in Dollar. Glaubst du wirklich, die sind auf unsere bescheidenen Geschäftsverbindungen angewiesen, damit sie ihren Umsatz steigern können? Wenn die ihrer asiatischen Konkurrenz eins auswischen wollen, dann kaufen sie die. Mach dich nicht lächerlich. Und diesen Benett habe ich zwar erst gestern Abend kennen gelernt, aber auf mich wirkt er nicht gerade wie ein Mensch mit Macherqualitäten. Der würde doch mit einer Würstchenbude Bankrott gehen.«

Gumprecht zupfte an seiner Mahlzeit herum, ohne einen Brocken zu probieren. »Dass Benett nicht gerade ein Spitzenmann ist, weiß ich auch.«

»Und der wird nach Europa geschickt, um ein angeblich so wichtiges Geschäft unter Dach und Fach zu bringen? Lachhaft. Und noch was anderes: Warum hast du schon im Vorfeld versucht, Kalinowski loszuwerden? Wenn die Amis tatsächlich die ganze Firma umstrukturieren wollen, wäre es doch ein Leichtes, den zum nächsten Ersten zu feuern.«

»Er hat einen Vertrag, der ...«

»Papperlapapp. Den kann er sich an die Backe nageln, wenn der Laden einem neuen Besitzer gehört. Selbst wenn er diesen Assistenten von Benett – wie heißt der noch? – Zalynski, aus seiner Studienzeit kennt ... Wenn die Amis bereit sind, weit mehr als die Hälfte unserer Mitarbeiter an die Luft zu setzen, macht einer mehr oder weniger den Kohl auch nicht fett. Und warum Burgert mit diesem Geschäft einverstanden ist, verstehe ich auch nicht.«

»Was hat der denn damit zu tun?«, begehrte Gumprecht auf. »Der muss doch froh sein, ohne Verluste aus dem Laden aussteigen zu können.«

»Wirklich? Euch gehört die Firma zu gleichen Teilen. Du kriegst einen Millionenvertrag und der andere Eigentümer schaut in die Röhre.«

»Burgert ist sechsundsechzig«, wehrte sich Gumprecht schlapp. »Den als Geschäftsführer weiter zu beschäftigen, wäre doch irrsinnig.«

»Werner, wir reden hier von Millionen. Die lässt sich niemand durch die Finger gehen, egal, ob er sechsundsechzig oder sechsundneunzig ist.«

»Was willst du damit sagen?«

»Hast du was gegen ihn in der Hand?«, fragte Rürich direkt heraus.

»Inwiefern?«

»Burgert unterschreibt bestimmt nicht freiwillig, da gehe ich jede Wette ein.«

»Ich glaube, du hast deinen Job verfehlt. An dir ist eine gute Staatsanwältin verloren gegangen.«

»Lenk nicht ab«, warnte Carina nachdrücklich.

»Schatz, du hörst die Flöhe husten. Welche Pläne die Amis langfristig mit der Firma haben, weiß ich genauso wenig wie du. Was ich dir gerade gesagt habe, ist nichts als die reine Wahrheit. Machst du dir Sorgen, ebenfalls auf dem Arbeitsamt zu landen?«

Carina setzte zu einer Antwort an, aber Gumprecht ließ sie nicht zu Wort kommen. »Wenn es alleine darum geht, kann ich dich beruhigen. Ich wollte es dir eigentlich erst sagen, wenn der Vertrag unterschrieben ist, aber warum nicht jetzt schon. Du erhältst ebenfalls einen neuen Arbeitsvertrag, mit anständig verbesserten Konditionen. Und auch nicht mehr als Assistentin, sondern mit Prokura. Na, ist das was?«

Einen Moment wusste Carina nicht, ob sie sich freuen oder ihrem Besucher die Auflaufschüssel über das Haupthaar schütten sollte. Der Köder war zu verlockend, um ihn nicht zu schlucken. Schließlich nahm sie ihr Glas, hielt es hoch und wartete darauf, dass Gumprecht mit ihr anstieß.

»Na, siehst du«, triumphierte der Geschäftsführer. »Warte ab, wenn sich alles ein wenig beruhigt hat, erkennst du, dass du Gespenster gesehen hast. Jetzt lass uns das Thema wechseln, morgen wird noch anstrengend genug.«

»Meinetwegen«, stimmte die Rürich zu. Aber als sie an dem billigen Fusel nippte, dachte sie befriedigt an ihren Trumpf, den sie bei Bedarf aus der Hinterhand zaubern konnte.

10

»Verfluchter Mist.«

Katharina knallte genervt ein weiteres Mal ihre Hand auf den Klingelknopf neben Hofmanns Namenszug, obwohl sie es schon zweimal vergeblich versucht hatte. Entweder hatte sich ihr Kollege von seiner Sabrina mal wieder ans Bett fesseln lassen und konnte beziehungsweise wollte nicht öffnen, oder die beiden waren schlicht und einfach nicht da.

Fast eine ganze Stunde war sie kreuz und quer durch Bochum gekurvt, bis sie ihre Gedanken wieder einigermaßen im Griff hatte. Der scheußliche Druck in der Magengegend war nicht mehr ganz so groß, aber Ulli wollte sie noch nicht wieder unter die Augen treten. So bescheuert, wie sie sich benommen hatte, musste sie sich eine extra große Entschuldigung zurechtlegen, und dazu war sie noch nicht in der Lage.

Schließlich war sie die sinnlose Fahrerei leid geworden. Bei Hofmann vorbeizuschauen schien ihr eine gute Idee zu sein. Aber wenn man diesen Kerl mal brauchte, war er nicht da.

Missmutig kletterte sie in Zanders verbeulten Mazda. Ihr eigener Wagen stand noch brav vor dem Präsidium. Mit quietschenden Reifen zwängte sie sich wieder in den Verkehr und bretterte auf die Innenstadt zu. Erst als sie zum dritten Mal Bochums neueste Baustelle am Nordring passierte, wusste sie, wohin sie wollte.

Thilo Preuß war Zanders und ihr bester Freund in der Ruhrgebietsmetropole. Sie hatte ihn anlässlich ihres ersten Bochumer Falls kennen gelernt, bei dem er, hart über den Rand der Legalität hinaus, letztlich den Schlüssel zur Lösung geliefert hatte. Der Büroklammerbieger residierte nebst Gattin und Zoo unweit der Herner Straße in einer großzügigen Altbauwohnung.

Noch bevor Katharina die Füße auf dem Gehweg hatte, wusste sie, dass Preuß daheim war. Aus den auf Kipp stehenden Fenstern unter dem Dachgeschoss wummerte bärenharter Hardrock. Selbst die gesammelte Wattzahl der Cranger Kirmes war gegen Thilos Boxen chancenlos.

Ungeduldig wartete sie auf einen Break zwischen zwei Stücken und malträtierte dann die Klingel. Preuß hörte sie tatsächlich, er drückte beinahe sofort die Haustür auf.

»Hi«, grüßte der gefährlich an die zwei Zentner reichende Hüne, als die Blonde keuchend den dritten Stock erreichte. »Hast du dich verlaufen? Oder hängen dir die Windeln schon Oberkante Unterlippe?«

»So ähnlich«, quetschte Katharina heraus. »Komm ich ungelegen?«

»Keineswegs.«

Preuß gab den Eingang frei. Wie der Blitz schoss eine Dogge an ihm vorbei, auf der Katharina bequem hätte reiten können. Das Tier erblickte die Kommissarin, stellte seinen Schwanz auf Propeller und pfefferte Katharina die Pfoten auf die Schultern. Bevor die Blonde reagieren konnte, landete ein feuchter, heißer Lappen in ihrem Gesicht.

»Aus, Lady. Schwanzwedeln hätte auch gereicht«, griente Thilo.

»Irgendwann dreh ich deiner Töle den Hals um«, prophezeite Katharina, nicht wirklich verärgert. Im Laufe der Jahre war die Begrüßung zwischen ihr und dem etwa gleich schweren Hund fast ein Ritual geworden.

»Versuch es doch mal«, lachte Preuß hämisch. »Ich halte jede Wette auf Lady.«

Der Hund zwängte sich neben Katharina in die Wohnung, während Preuß der Anlage den Saft abdrehte. »Möchtest du etwas trinken?«, fragte er dann.

»Gerne«, antwortete Katharina unkonzentriert. »Ein Bier wäre nicht schlecht.«

»Ein Bier?«, verdrehte ihr Gastgeber die Augen. »Du? Hast du deine Kalorientabelle verloren?«

»Ist deine Frau nicht da?«, wollte die Blonde wissen.

»Simone muss arbeiten.«

Katharina nickte, scheuchte die beiden prächtigen Stubentiger von der Couch und ließ sich in die Polster fallen. Auf dem Wohnzimmertisch lag die Samstagsausgabe der WAZ. Beim Anblick der Schlagzeile kamen sofort die Magenschmerzen zurück. Preuß kramte die Zeitung zusammen und legte sie in den überquellenden Zeitungsständer.

»Ganz schöner Hammer, das mit der Polizistin«, meinte er unschuldig. »War die wirklich aus Bochum?«

Katharina nickte stumm.

»Kanntest du die?«

»Eulenstein«, meinte Thalbach automatisch.

Preuß' Augen wurden groß. »Etwa die Wavetante, mit der du so klasse klargekommen bist?«

»Genau die.«

»Himmel, das ist ein Hammer«, antwortete Preuß und ließ sich neben der Dogge auf die andere Couch fallen. »Weißt du etwas, was nicht in der Zeitung steht?«

»Ich hab sie umgebracht«, erklärte Katharina nüchtern.

Preuß wurde blass. »Ach du Scheiße«, sagte er schließlich. »Wie ist denn das passiert?«

»Lädst du mich auf ein Bier ein?«, fragte Katharina. »Ich muss unter Menschen.«

»Logo. Egal wohin?«

»Völlig egal. Nur raus hier.«

Lady schoss wie der Blitz von der Couch, hocherfreut über einen zusätzlichen Spaziergang. Zu dritt polterten sie durch das Treppenhaus. Als sie endlich auf der Straße standen, brauchte Katharina eine kurze Verschnaufspause, bevor sie sich ausführlich den Kummer von der Seele redete. Sie war mit ihrer Geschichte fertig, als Preuß sie mit dem Kopf in eine von außen unscheinbar wirkende Kneipe dirigierte.

Der Laden war urgemütlich. Die Einrichtung wirkte, als sei sie aus dem Sperrmüll zusammengesucht worden; blanke Holztische, einfache Stühle. Hinter der Theke prangte ein beeindruckendes Arsenal an Hochprozentigem. Auf den Hockern lümmelten sich zwei, drei Gäste, lediglich ein einziger Tisch war besetzt. Die beiden Gestalten hinter der Theke grüßten herüber, offensichtlich war Preuß nicht zum ersten Mal in dem Laden.

»Scheint nicht gerade sonderlich gut zu laufen«, meinte Katharina leise.

»Vertu dich nicht«, antwortete Preuß. »Der Biergarten ist bestimmt proppenvoll. Aber ich dachte, ein bisschen Ruhe wäre dir lieber.«

Das *Simplon* war schon lange über den Status eines Geheimtipps hinaus. So konnte es auch unter der Woche passieren, dass man mit einem Stehplatz vorlieb nehmen musste.

Preuß steuerte einen der entlegensten Tische auf einem kleinen Podest an. Lady hockte sich neben ihr Herrchen und starrte erwartungsvoll zur Theke. Die Bedienung verschwand kurz in der Küche und kam mit einem Tablett zurück. Gekonnt balancierte sie es zu den Gästen und setzte eine Schüssel Wasser und eine Schale mit Schokokeksen vor den Hund. Das angeleinte Pony vernichtete die Plätzchen mit einem Happs, schaufelte die Hälfte des Wassers ins Maul, die andere auf den Boden, rülpste herzerfrischend und knallte sich, nach zwei Umdrehungen um die eigene Achse, auf den blank polierten Boden, um sich von der Anstrengung zu erholen.

»Darf ich dir mal eine Frage stellen?«, begann Preuß umständlich, als er die Bestellung für sie beide aufgegeben hatte.

»Klar.«

»Hat es einen tieferen Sinn, dass du heute bei mir vorbeigekommen bist? Ich meine, wenn mir so etwas passiert wäre, würde ich bestimmt erst mal mit Simone darüber reden.«

Katharina lehnte sich zurück und streckte unbehaglich die Beine aus. »Ulli und ich haben uns ein wenig in die Haare gekriegt«, erklärte sie nach einer Pause. »Der wollte mich dazu überreden, dass ich mich mit einem Seelenklempner zusammensetze.«

»Und? Was wäre daran verkehrt?«

»Jetzt fang du auch noch an«, brauste die Blonde auf. »Ich komm schon damit klar.«

»Sehe ich«, nickte Preuß. »Und bei dem Streit mit Ulli ging es bestimmt um die Farbe deines Nagellacks, stimmt's?«

Katharina holte tief Luft, hielt sich aber zurück, weil die Bedienung mit den Gerstenkaltschalen anrückte. Bereits nach dem ersten Schluck wurde ihr flau im Magen.

»So was brauche ich nicht«, beschwerte sie sich. »Ich ... ich hab doch keine Macke.«

»Nee«, bekräftigte Preuß, »noch nicht. Aber darum geht es auch gar nicht.«

»Sondern?«

»Mädchen, Mädchen, markiere hier nicht das Fräulein Eisblock. Glaubst du, du könntest die Geschichte mir nichts, dir nichts wegstecken?«

»Ich komm schon damit klar«, wiederholte Katharina bockig.

»Jetzt vielleicht, obwohl ich dir nicht so recht glaube. Mal ehrlich, wie fühlst du dich?«

Katharina schickte ihre Augen auf Wanderschaft. An und für sich stand sie mehr auf eine etwas gehobenere Ausstattung.

»Ich warte«, unterbrach Preuß ihren Gedankengang.

»Beschissen«, erklärte die Blonde ehrlich. »Am schlimmsten dabei ist, ich weiß nicht, was mich mehr fertig macht. Dagmars Tod war ein Unfall, sicher, aber vorher hatte ich meine Pistole höchstens auf dem Schießstand abgefeuert. Auf einen Menschen abzudrücken ..., na ja, das ist schon ganz schön happig. Und dass ich gleich beim ersten Mal zwei Menschen töte ...«

»Falls ich dich richtig verstanden habe, wäre es doch ansonsten dir an den Kragen gegangen, oder?«

»Klar. Aber komm jetzt nicht mit der abgestandenen Floskel, die dir auf der Zunge liegt.«

»Da hat sich höchstens jede Menge pelziger Belag angesammelt«, meinte Preuß ruhig. »Unfälle dieser Art passieren nun mal, so grausam das auch klingen mag.«

Katharina nahm einen weiteren Schluck Bier und nickte. Vielleicht hätte sie auf nüchternen Magen lieber keinen Alkohol trinken sollen; aus dem leichten Flattern im Magen entwickelte sich allmählich ein Tornado.

»Hat sich dein Chef schon zu der ganzen Angelegenheit geäußert?«, wollte Preuß wissen.

»Natürlich. Wielert hat mich gestern Abend mit Samthandschuhen angefasst. Seiner Meinung nach ist das alles äußerst dumm gelaufen. Der PP und Lohkamp sagen genau das Gleiche.«

»Lohkamp?«, horchte Preuß auf.

»Kripo Recklinghausen, die waren als Erste an der Tankstelle.«

Preuß hielt sein geleertes Glas in die Höhe. Die Bedienung hinter der Theke nickte und klemmte ein frisches Glas unter den Zapfhahn.

»Weiß Ulli eigentlich, wo du dich herumtreibst?«

»Ehrlich gesagt, nein. Ich hab mir seine Autoschlüssel geschnappt und bin ab durch die Mitte.«

»Ich mach dir 'n Vorschlag. Auf dem Weg zum Klo ruf ich deinen Herzallerliebsten an und stecke ihm, dass er sich keine Sorgen um dich machen muss. Und dann werden wir zwei uns richtig schön einen brennen. Bist du dabei?«

Katharina nickte. »Bring aber bitte auf dem Rückweg die Speisekarte mit; sonst liege ich schon nach dem zweiten Bier unter dem Tisch.«

11

Olaf Kalinowski dirigierte seinen schnittigen japanischen Sportwagen in die Tiefgarage, die im Kellergeschoss des Komplexes mit Eigentumswohnungen lag, in dem er wohnte. Obwohl es schon nach Mitternacht war, fuhr er mit offenem Verdeck, die Nacht war angenehm mild und wolkenlos. Die frische Luft tat ungemein gut.

Hinter ihm rasselte das Tor mit der Schließautomatik vor die Zufahrt, im Schritttempo dirigierte Kalinowski sein Auto an den übrigen abgestellten Fahrzeugen vorbei, bis er zu seinem Einstellplatz kam. Er parkte die Reisschüssel mit den Rücklichtern zur Wand, drehte die Zündung aus und kletterte aus dem Geschoss.

Von der Tiefgarage führten ein enges, schäbiges Treppenhaus und ein Aufzug hinauf ins Haus. Kalinowski entschied sich für die zweite Alternative. Während er auf das gedämpfte Klingeln wartete, welches den Lift als gelandet meldete, kramte er seine Wohnungsschlüssel hervor.

Seine Hütte lag im sechsten Stock, so dass er einen guten Ausblick genießen konnte. Die Wohnung befand sich in Langendreer, unweit des kleineren Opelwerkes. Bei guter Sicht konnte Kalinowski fast bis nach Wuppertal schielen.

Im Haus war es um diese Uhrzeit totenstill. In den meisten Wohnungen vegetierten hoch dotierte Beamtenwitwen, nur in den ersten beiden Stockwerken hausten auch Familien mit Kindern. Aber Kalinowski lebte so hoch über dem kreischenden Pack, dass ihn die Blagen auch nicht störten, wenn sie im Garten herumtobten.

Kalinowski schlüpfte noch im Hausflur aus seinem Jackett. Als er seine Wohnung aufschloss, hing der Knoten seiner Krawatte schon etliche Zentimeter unter seinem Adamsapfel.

Er ging ins Bad, entledigte sich seiner restlichen Klamotten, die, bis auf den Anzug, ausnahmslos im Wäschekorb landeten, und sprang unter die Dusche. Der Luxuspuff, in den er die Amis geführt hatte, legte zwar überaus großen Wert auf Hygiene, aber dennoch fühlte er sich dreckig. Nutte blieb Nutte, auch wenn die Miezen in dem Laden den Tausender pro Nase wert waren.

Frisch geduscht fühlte er sich besser. Nachdem er sich trocken gerubbelt hatte, zog er den weichen, flauschigen Bademantel über, stülpte die bequemen Badelatschen über seine Zehen und betrat das Wohnzimmer. Bevor er sich in das Monstrum von Fernsehsessel fallen ließ, mixte er sich an seiner Bar einen krachenden Gin-Tonic und schaltete den Fernseher ein.

Er zappte sich durch die zur Verfügung stehenden einunddreißig Kanäle. Die Öffentlich-Rechtlichen quälten ihre Gebührensklaven mit abgestandenen Wiederholungen, die Privaten zeigten entweder schwachsinnige Comedys oder etwas unterhaltsamere Sex-Werbespots. Kalinowski malträtierte so lange die Fernbedienung, bis er den zuletzt auf Sendung gegangenen Musiksender erwischte. Bei harmlosen Country-Balladen, die honigsüß aus den Lautsprechern tröpfelten, legte er seine Füße hoch und nippte an seinem Absacker.

Noch ein paar Wochen und er hatte die ganze Scheiße hinter sich. Ein halbes Jahr hatte er darauf hingearbeitet, morgen würden die Verträge endlich unterschrieben werden. Zwanzig Millionen sprangen für ihn und seinen Partner heraus, das Ganze nahezu steuerfrei. Die Briefkastenfirma auf den Cayman-Islands würde endlich den Zweck erfüllen, zu dem sie gegründet worden war. Und sobald die Kohle da war: tschüss, Deutschland! Irgendwohin in die Karibik, vielleicht Jamaika oder die Bahamas. Irgendwohin, wo man das Leben in vollen Zügen genießen konnte.

Vor Zufriedenheit grunzend stellte er sein Glas auf den Wohnzimmertisch und verschränkte die Arme hinter dem Kopf. In seinem Leben hatte er schon so viel Mist gebaut, dass es endlich mal Zeit war für den richtig großen Coup.

Sein verdammter Jähzorn hatte ihn schon mehrmals fast hinter Gittern gebracht, nur gut, dass sein Vater das jedes Mal hatte geradebiegen können. Wenn der Alte auch sonst zu nichts nütze war, mit Hilfe seiner Kontakte hatte er so manches unter den Teppich kehren können.

Meistens hatte Kalinowski wegen Körperverletzung in der Klemme gesessen. Einmal konnte sogar fast sein Alter nichts ausrichten. Irgend so ein Arsch hatte sich darüber aufgeregt, dass Kalinowski ihm die Vorfahrt genommen hatte. Sie hatten sich beide immer lauter angeschrien, bis Kalinowski die Geduld verlor. Der Blödmann war mit einer Schädelprellung, Gehirnerschütterung, fünf ausgeschlagenen Zähnen, gebrochenen Handgelenken, etlichen Platzwunden und leichten inneren Blutungen ins Krankenhaus gekommen. Dummerweise hatte jemand beobachtet, wie Kalinowski den anderen verprügelt hatte. Sein Vater hatte gehörig mehr als sonst abdrücken müssen und seinem Sohn versprochen, ihn das nächste Mal im Knast schmoren zu lassen.

Seither riss sich Kalinowski zusammen, trank kaum noch Alkohol – was er in betrunkenem Zustand alles angerichtet hatte, wusste er größtenteils gar nicht mehr – und verschwand lieber, bevor es zu einer Eskalation kommen konnte. Er traute seinem Vater zu, ihn eines Tages wirklich hängen zu lassen.

Okay, Burgert hatte ihm auch das Studium finanziert und vorher seine Mutter und ihn über Wasser gehalten, aber darüber hinaus hatte er nie etwas von seinen Kröten herausgerückt.

In der Diele bimmelte die Türklingel und riss Kalinowski aus seinen Gedanken. Schwerfällig walzte er sich aus seinem Sessel und drückte auf den Türöffner. Dann lehnte er die Tür nur an und ging wieder ins Wohnzimmer. Um diese Zeit konnte ihn eigentlich nur einer besuchen.

»Grüß dich, Olaf«, meinte Gumprecht, als er die Diele stürmte. »So früh schon zurück? Keinen hochgekriegt?«

»Ich schon«, gab Kalinowski leise zurück. »Aber dieser Benett sollte sich 'ne Familienpackung Viagra schenken lassen. 'ne große Klappe wie Lothar Matthäus, 'nen Schniedel wie Käpt'n Blaubär und so potent wie der Papst nach einem Fass Messwein.«

»Hauptsache, der unterschreibt morgen die Verträge. Was dagegen, wenn ich mir etwas zu trinken mache?«

»Bedien dich.«

Gumprecht trat an die Bar, studierte die dort deponierten Alkoholika und entschied sich für einen Calvados. Noch an der Bar kippte er den ersten, schenkte nach und plumpste erschöpft auf Kalinowskis Couch.

»Und?«, drängte er, wobei er den samtigen Rachenputzer im Glas kreisen ließ. »Hat unser Freund Wort gehalten?«

Kalinowski nahm ebenfalls sein Glas und nickte. »Aber natürlich. Edward bringt mir unsere privaten Zusatzvereinbarungen morgen mit, wenn wir ins Starlight gehen.«

Gumprecht richtete sich alarmiert auf. »Warum erst morgen? Ich dachte, ich kann jetzt schon unterschreiben.«

»Immer langsam«, wehrte Kalinowski ab. »Benett und der andere, dieser Snyder, hängen wie die Kletten an ihm.«

Der Geschäftsführer zückte eine Zigarette, die er hinter vorgehaltener Hand anzündete. Kalinowski rümpfte zwar die Nase, sagte aber nichts.

»Olaf, zieh kein linkes Ding mit mir ab«, warnte Gumprecht nach dem ersten Zug. »Ohne mich siehst du keinen Pfennig.«

Der Prokurist schlug die Beine übereinander und grinste. »Das hör ich schon seit drei Monaten bei jeder Gelegenheit von dir. Reg dich ab, Werner. Ich weiß genauso gut wie du, dass ich den Deal ohne dich nicht durchziehen kann.«

»Hoffentlich«, bekräftigte Gumprecht. »Ist mit dem Alten alles klar?«

»Sicher. Burgert hat nicht die leiseste Ahnung, worum es wirklich geht.«

»Gut«, nickte Gumprecht. »Wann ist es denn so weit?«

Kalinowski kippte den Rest seines Drinks in sich hinein. »Morgen Mittag läuft der offizielle Abschluss, da wird der

Kaufvertrag unterschrieben. Und dann, wenn Zalynski die beiden anderen ins Bett verfrachtet hat, ist es so weit. Wir kommen dann bei dir vorbei, mit den anderen Papieren.«

Der Geschäftsführer runzelte die Stirn. »Morgen Abend? Nach Starlight?«

»Natürlich. Passt dir das nicht?«

»Schon. Aber wie ich Carina kenne, wird die sicherlich erwarten, dass ich noch mit zu ihr komme. Oder umgekehrt.«

»Schaff dir endlich diesen Ballast vom Hals«, empfahl Kalinowski. »Diese Sorte Frauen macht nur Ärger. Würde mich nicht wundern, wenn die versucht, herauszufinden, warum die Amis die Bude tatsächlich kaufen.«

Gumprecht zupfte nervös an seinen Augenbrauen. »Das tut sie schon. Vorhin hat sie mir ein paar unangenehme Fragen gestellt.«

Kalinowski horchte auf. »Und?«

»Na, was schon? Ich hab ihr unseren Standardspruch vorgetragen und ihr einen gut bezahlten Job angeboten.«

»Herrgott noch mal, ich hab dir schon vor Wochen gesagt, dass die unangenehm werden kann. Was willst du eigentlich von der?«

»Reg dich ab, ich hab alles im Griff. Wenn die Rürich Geld sieht, gibt die ganz schnell Ruhe. Und wenn du neben mir neuer Geschäftsführer wirst, brauchen wir sowieso noch jemanden mit Prokura, der sich um den ganzen Kleinkram kümmert, so wie du jetzt. Fachlich hat sie es drauf.«

»Aber konntest du dir für deinen Hormonausgleich nicht jemanden suchen, der dir nicht jeden Tag im Büro auf die Finger schauen kann? Bis das Geld fließt, vergeht noch etwas Zeit. Ich hab keine Lust darauf, ständig ihre neugierige Nase in unseren Angelegenheiten zu finden.«

»Keine Bange. Ich denke, wir übertragen ihr das Südosteuropageschäft. Dann ist sie derart viel unterwegs, dass sie zum Schnüffeln keine Zeit mehr hat.«

»Hat sie die Geschichte wenigstens geschluckt?«

Gumprecht griente. »Klar. Und die Story, dass ich dir

unbedingt was ans Zeug flicken will, um dich loszuwerden, hat sie auch gekauft.«

»Arschloch«, urteilte Kalinowski. »Irgendwann bringt es dich um, dass du deinen Schwanz überall reinstecken musst.«

»Überall ist übertrieben. In den letzten Wochen war ich erstaunlich monogam.«

»Trotzdem solltest du vorsichtig sein«, riet Kalinowski. »Vielleicht erwartet sie irgendwann etwas in der Art von ›Bis das der Tod euch scheidet‹ von dir.«

»Carina? Unmöglich.«

Kalinowski ging zur Bar. Als sein Glas wieder gefüllt war, lehnte er sich an die Theke und sah seinen Gesprächspartner fast herausfordernd an. »Jedenfalls ziehen wir den Deal morgen Abend durch. Wann bist du zu Hause?«

Gumprecht vernichtete den Calvados und seufzte. »Sagen wir nach elf, oder besser, halb zwölf. Bis dahin müsste ich es Carina derart besorgt haben, dass ich mich unauffällig absentieren kann.«

12

Das grelle Licht der Taschenlampe stach Lindemann brutal in die Augen. Vor einer Ewigkeit hatte sich die Mickerbirne verabschiedet. Seitdem hatte er in völliger Dunkelheit gehockt und konnte nicht einmal annähernd abschätzen, wie viel Zeit vergangen war.

»Mein Gott, das stinkt ja bestialisch hier drin. Komm raus da, aber sofort.«

Lindemann erkannte die Stimme bereits beim ersten Wort. Der Anzugträger war wieder da.

Mühsam krabbelte der Obdachlose von der Matratze und rappelte sich hoch. Seine Kehle war ausgedörrt, obwohl er sparsam mit dem Wasser umgegangen war. Der Gestank war nur in den ersten Stunden unerträglich gewesen, mit der Zeit nahm seine Nase den Geruch kaum noch wahr. Schlimm waren jedoch die Entzugserscheinungen, unter denen er litt. In den letzten Jahren hatte es kaum einen Tag gegeben, an dem er abends nicht eine gehörige Ladung Alkohol getankt hatte. Seine Hände zitterten nun erbärmlich, sämtliche Knochen taten ihm weh. Die ersten drei, vier Scheiben des Brotes hatte er noch bei sich behalten können, doch dann war ihm jeder Bissen sofort wieder hochgekommen. Er hätte alles für einen Schluck seines geliebten Lambrusco gegeben.

»Beweg dich, aber ein bisschen plötzlich«, bellte der Mann auf dem Flur erneut. »Wir haben auch was für dich.«

Lindemann stand jetzt einigermaßen sicher auf seinen Füßen. Seine Augen hatten sich an die ungewohnte Helligkeit gewöhnt, undeutlich erkannte er hinter dem Anzugmann eine weitere Gestalt. Das sah nicht gut aus.

Ängstlich machte er ein paar Schritte, bis er auf dem Flur stand. Heute Abend hatte sein Gastgeber auf den Edelzwirn verzichtet; stattdessen steckte er in einem einfachen, aber sauberen Overall. Der andere Kerl sah genauso aus. Dann erkannten Lindemanns Augen etwas, was seine Stimmung ein wenig hob. Neben dem zweiten Mann stand seine Tüte, aus dessen Öffnung der Hals der angebrochenen Flasche Lambrusco herausragte.

Impulsiv beschleunigte er seine Schritte, verlor aber das Gleichgewicht und knallte der Länge nach auf den staubigen Estrich. Die beiden Männer lachten amüsiert, der Typ, den er schon kannte, knallte die Tür zu dem Gefängnis mit großem Getöse zu.

»Genau, gönn dir erst mal einen kräftigen Schluck. Hast du dir verdient.«

Lindemann kam langsam auf die Knie. Der Stumme hatte sich den Hals der Flasche zwischen die Finger geklemmt und schwenkte sie aufreizend vor ihm her. Einen grausamen Moment fürchtete Lindemann nichts mehr, als dass sie vor ihm auf den Boden fallen und zerplatzen könnte. So schnell es ging, klammerte er seine Rechte um das Glas, riss die Flasche an sich, zerrte die Kappe herunter und nahm einen großen Schluck.

»Sieh dir das an«, sagte der Anzugmann zu seinem Kumpel. »Zwei Tage in dem Loch gesessen und keinen größeren Wunsch, als an der Flasche nuckeln zu können. Ekelhaft.«

Der andere nickte wortlos und verschränkte die Arme vor der Brust.

Lindemann nahm die Flasche herunter und rülpste unbewusst. »Wat soll die Scheiße hier eigentlich?«, fragte er ängstlich.

»Nun, wie du sicher schon gemerkt hast, brauchen wir dich nicht, um alte Unterlagen zu vernichten«, grinste seine Bekanntschaft vom Freitag.

»Und wat soll dat dann hier?«

»Wir möchten mit dir ein Spiel spielen. Nichts weiter.«

Lindemann verstand nur Bahnhof. »Ein Spiel?«, echote er.

»Genau. Du darfst dir sogar aussuchen, wie es heißt. *Hase und Igel, Katz und Maus,* irgendetwas in der Art.«

»Häh?«

»Ganz einfach. Du bist die Maus, wir beide die Katzen.«

In Lindemanns Magengegend krampfte sich plötzlich alles zusammen. Er stellte die Flasche kraftlos auf die Erde. »Wat soll dat heißen?«, wollte er wissen.

»Pass auf, ich erkläre es dir«, fuhr der Yuppie bereitwillig fort. »Oben die Halle ist das Spielfeld. Du bekommst gleich eine Minute Vorsprung, danach werden wir dir folgen. Eigentlich ist das ein Spiel zwischen meinem Freund und mir. Wer dich als Erster erwischt, hat gewonnen. Übrigens, wir haben alle Ausgänge absolut sicher verschlossen. Abhauen kannst du also nicht.«

Der Obdachlose schüttelte verständnislos den Kopf. Das konnte doch alles nicht wahr sein. Und dann sah er, was hinter dem Anzugmann an die Wand gelehnt stand.

»Nein«, quiekte er auf. »Ihr seid doch bescheuert. Dat könnt ihr doch nich mit mir machen.«

»Und ob wir das können«, antwortete der Mann emotionslos. »Sieh mal, bei dem Spiel kann jeder gewinnen. Mein Freund hier und ich haben jeder fünftausend Mark gesetzt. Wenn er dich erwischt, kassiert er, wenn ich dich erwische, bekomme ich das Geld. Wenn du es allerdings schaffst, nach einer Stunde noch zu leben, hast du gewonnen und darfst dir das Geld einstecken.«

»Ihr seid ja wahnsinnig«, kreischte Lindemann in Panik.

»Nicht unbedingt. Wir haben das schon einmal gespielt. Der Letzte hätte es fast geschafft. Dem fehlten nur fünf Minuten. Und damit du auch eine einigermaßen gerechte Chance hast, besitzt jeder von uns beiden nur fünf Schuss.«

Wie unter Zwang hefteten sich Lindemanns Augen erneut auf die beiden Armbrüste. In jede war ein Pfeil schussbereit eingelegt, in den Ersatzhalterungen klemmten jeweils noch vier weitere Projektile; die Stabilisierungsfedern der linken Waffe waren rot, die der anderen blau.

»Verrückt«, stellte Lindemann fest. »Ihr killt mich doch auf jeden Fall. Ihr könnt doch gar nich riskieren, dat ich zu den Bullen renn.«

»Warum solltest du das tun? Stell dich einigermaßen geschickt an, dann gehören dir die zehn Riesen. Und glaubst du allen Ernstes, dass einem versoffenen Penner wie dir irgendjemand so eine Räuberpistole glauben würde?«

Lindemann sackte zurück. In seinem Kopf wirbelte alles durcheinander. Die beiden Typen meinten das anscheinend wirklich ernst.

»Los jetzt. Wenn du an der Kellertreppe bist, warten wir noch genau sechzig Sekunden.«

Wie in Zeitlupe kam Lindemann wieder auf die Füße. Ein Blick in die Augen der beiden Männer belehrte ihn, dass er keine Wahl hatte. Sowohl der Sprecher als auch der Stumme gaben ihm keinen Anlass, an seiner nächsten Zukunft zu zweifeln.

Lindemann lief los, zuerst langsam, wobei er sich umdrehte, weil er befürchtete, dass sie schon hier unten auf ihn schießen würden.

Als er bemerkte, dass der Sprecher demonstrativ auf seine Armbanduhr starrte, bekamen seine Füße Flügel. Vielleicht schaffte er es ja wirklich, sich in dem Chaos der Halle lange genug versteckt zu halten.

Die Treppe lag vor ihm, mit drei schnellen Schritten war er auf dem ›Spielfeld‹. Wider besseres Wissen humpelte er, so schnell er konnte, zu der Tür, durch die er diese Räumlichkeiten betreten hatte. Durch die lange Bewegungslosigkeit auf der Matratze waren seine Muskeln bereits ein wenig erschlafft, in seinen Waden und Oberschenkeln kündigte sich ein Krampf an. Sollte er schnell laufen müssen, hätte er nicht den Hauch einer Chance.

Die Tür war verschlossen, so wie der Kerl gesagt hatte. Wütend knallte Lindemann seine Faust gegen das Metall und sah sich keuchend um. Zwischen den Regalen würden sie ihn sofort entdecken, in einem der Spinde an der lang gezogenen Wand konnte er sich auch nicht verstecken. Erstens passte er dort nicht hinein und zweitens würden sie sicherlich in jedem einzelnen nachsehen. Am besten, er versuchte es an der entlegenen Stirnseite.

Die Halle war höchstens sechzig Meter lang und vielleicht fünfundzwanzig Meter breit. Lindemann benötigte nicht viel Phantasie, um sich vorzustellen, wie lange seine Jäger brauchen würden, bis sie jeden Winkel durchsucht hatten.

Inzwischen hatte er die Stirnwand erreicht. Hier standen dicht gedrängt ausgemusterte Maschinen, einige ziemlich verrottet, andere, die vielleicht noch einmal gebraucht wurden, sorgfältig mit einer Plane abgedeckt. Die Minute, die die beiden ihm gegeben hatten, musste bald um sein. Kurz entschlossen hob er die nächstbeste Plane hoch und krabbelte darunter.

Das sah gar nicht so schlecht aus. Unter der Plane befanden sich gleich mehrere Maschinen, die irgendwie zusammengeschoben worden waren. So war ein Hohlraum entstanden, in den Lindemann sich nun mühsam hineinquetschte. Hastig drehte er den Kopf. Von seiner Position aus war kein Fitzelchen der Abdeckplane zu erkennen. Vielleicht würden sie ihn nicht bemerken, wenn sie hier unter die Schutzfolie schauten.

In den nächsten Minuten hörte er außer seinen Atemzügen keinen einzigen Laut. Wahrscheinlich gingen die zwei gründlich vor, in dem sie sich von einem Ende der Halle zum anderen durcharbeiteten.

Dann hörte Lindemann die ersten Geräusche. Hier und da ein paar nachhallende Schritte, das Klappern von Metall, einige leise, undeutliche Flüche. Lindemann brach der Schweiß aus. Seine Jäger kamen näher.

Zitternd robbte er ein kleines Stück nach vorn. Nach einigen Zentimetern konnte er die Plane erkennen, die an dieser Seite seines Versteckes nicht ganz bis auf den Boden reichte. In dem Dämmerlicht der altersschwachen Lampen erkannte er, dass keine zwei Meter weiter ein stabiles Regal stand, welches das Licht der darüber befindlichen Lampe abschirmte. Der erste Boden des Regals befand sich erst in knapp vierzig Zentimeter Höhe. Er könnte darunter hindurchkriechen. Hinter dem Regal war einer der ganz wenigen Flecken Dunkelheit.

Lindemann legte sich flach auf den Bauch und atmete tief durch. Wenn er es schaffte, hinter das Regal zu kommen, gelang es ihm vielleicht auch, wieder das andere Ende der Halle zu erreichen. Eventuell gab es in dem Keller, in dem er gefangen gehalten worden war, dunkle Ecken, in die er sich verkriechen konnte. Hoffentlich hatten sie den Zugang nicht versperrt. Auf gar keinen Fall konnte er hier bleiben und einfach warten, bis die Stunde vorüber war.

»Scheiße, der kann sich doch nicht in Luft aufgelöst haben«, fluchte plötzlich eine Stimme keine drei Meter von Lindemann entfernt.

Dem Gejagten blieb vor Schreck fast das Herz stehen. Eines der Schweine musste sich unbemerkt angeschlichen haben.

Er machte sich so klein wie möglich, aber es kam, was kommen musste. Mit einem Ruck wurde die Plane hochgerissen. Hoffentlich war er in dem Hohlraum wirklich auf den ersten Blick nicht zu sehen.

Lindemann wartete darauf, dass die Plane wieder zu Boden fiel, aber das geschah nicht. Unendlich langsam begann er, auf das Regal zuzukriechen, als ihm eine warme

Feuchtigkeit in seiner Leistengegend bewusst wurde. Vor lauter Panik hatte er sich in die Hose gepinkelt, ohne dass es ihm bewusst geworden wäre.

»Scheiße«, fluchte er tonlos. Er beschleunigte seine Bewegungen, der Stoff seines Mantels blieb an einer Kante hängen und riss mit einem leisen Ratschen ein. Jetzt hatte er den Salat.

Lindemann sprang in Panik auf die Knie. Mit einem letzten Rucken kroch er unter der Plane hervor, immer den Spalt zwischen Regal und Boden im Blick. Plötzlich spürte er eine Bewegung im Stoff seines Mantels und etwas klirrte anschließend laut gegen eine der gewaltigen Flansche, mit denen das Regal am Boden befestigt war. Der Pfeil hatte seinen Hinterkopf nur um Zentimeter verfehlt.

Lindemann schrie auf und hechtete unter das Regal. Sein Kopf landete unsanft auf dem Boden, einen Augenblick später hatte er den Mund voll Blut. Einer seiner Schneidezähne war abgebrochen, seine Unterlippe war aufgeplatzt. Ohne sich um die stechenden Schmerzen zu kümmern, rappelte er sich auf der anderen Seite hoch und lief los. Doch er hörte, dass ihm jemand folgte. Als er das Ende der Regalkonstruktion erreicht hatte, erklang das Sirren erneut. Sekundenbruchteile später bohrte sich ein Pfeil von hinten in seinen Oberschenkel.

Der Gehetzte schrie gequält auf und ging zu Boden. Das Geschoss hatte sein Bein fast durchschlagen, die scharfkantige Spitze schaute auf der Vorderseite seines Beines aus dem Fleisch.

Lindemann zog sich verzweifelt mit seinen Fingern weiter nach vorn. Hinter ihm erklangen wieder Schritte, die rasch näher kamen. Der Verletzte drehte sich kraftlos auf den Rücken.

Über ihm stand der Typ, der ihn am Freitag hierhin verfrachtet hatte, seine Armbrust im Anschlag. Lindemann schüttelte weinend den Kopf und hob abwehrend die Hände.

Es nützte nichts. Das Letzte, was er sah, war, wie der Yuppie siegesgewiss grinste und den Abzug drückte.

13

Erschrocken riss Jürgen Burgert den Kopf hoch. Hinter ihm malträtierte ein ungeduldiger Bengel in einem Kabriolett die Hupe, die sich gegen das Gestampfe und Gedröhne aus den Lautsprechern des Autoradios nur schwer durchsetzen konnte. Die Ampel für die Linksabbiegerspur zeigte auf Grün.

Burgert löste den Fuß von der Bremse und gab ein wenig Gas. Das Automatikgetriebe seines Benz griff sofort, sanft setzte sich die Limousine in Bewegung. Burgert nahm die Kurve Richtung Gewerbegebiet und beschleunigte auf knapp unter fünfzig.

Der Bengel in dem Kabrio hatte es offensichtlich eilig. Noch in der Kurve tauchte die silberne Schnauze des kleinen Flitzers neben dem Beifahrerfenster auf, obwohl es eigentlich keine zweite Spur gab. Burgert schätzte den Fahrer, dem die flusigen Haare über die Brille baumelten, auf höchstens zwanzig. Wagemutig bretterte der Jüngling vor ihm in die Spur und ließ den Benz in einer Wolke aus Abgasen und dem, was er wohl für Musik hielt, zurück.

Burgert schüttelte erst belustigt den Kopf und seufzte dann. Diese Burschen wussten gar nicht, wie gut sie es hatten. Als er in dem Alter war, war der Krieg zwar schon seit ein paar Jahren beendet gewesen, aber er selbst hatte, trotz des allmählich anlaufenden Wirtschaftswunders, mit seinen Eltern und seinem jüngeren Bruder in den Überresten des Hofes gesessen, den eine verirrte Bombe in Schutt und Asche gelegt hatte. An ein eigenes Auto hatte er seinerzeit nicht zu denken gewagt.

Er steuerte den Wagen in die nächste Linkskurve. Noch gut anderthalb Kilometer und er war in der Firma. Seiner Firma. Oder besser, seiner ehemaligen Firma.

Heute, nach dem Mittagessen, waren die Verträge unterschrieben worden, das Unternehmen *Burgert & Gumprecht* gehörte der Vergangenheit an; es war jetzt ein Anhängsel dieses vermaledeiten *Cirrus*-Konzerns. Burgert machte sich keine Illusionen. Wahrscheinlich würden die Amis den Laden in spätestens zwei Jahren dichtmachen.

Er lenkte den Wagen an den Straßenrand, drehte die Zündung auf aus und zog den Schlüssel ab. Urplötzlich war der Wunsch über ihn gekommen, ein paar Schritte spazieren zu gehen. Nun, in den nächsten Jahren würde er viel Gelegenheit dazu haben, da konnte er gleich anfangen zu trainieren.

Wenigstens kam er ohne Schulden aus der Sache heraus. Die Amis hatten nicht mehr versucht, den Kaufpreis zu drücken, sondern ausschließlich über einige Details des Kaufvertrages diskutiert. Knappe drei Stunden hatte das letzte Gespräch gedauert, dann gehörte sein Lebenswerk nicht mehr ihm.

Nun ja, Lebenswerk war vielleicht zu viel gesagt. In den Anfangsjahren, da hatte er natürlich geschuftet wie ein Ochse, sich manche Nacht und viele Wochenenden um die Ohren geschlagen. Als es dann lief, hatte er sich zunehmend politisch engagiert. Sein Kompagnon kam alleine klar, also war Burgert nach Bonn gegangen. Erst, als es viel zu spät war, hatte er sich wieder um das Geschäft gekümmert. Gumprechts Sohn leitete nun den Laden, Burgert erkannte neidlos an, dass er das gar nicht schlecht machte, aber die Zeiten hatten sich nun mal geändert. In Deutschland hatten sie zu den Ersten gehört, die Mess- und Regelsysteme entwickelt und an die großen Elektronikriesen verscherbelt hatten. Im Zeitalter des Global Sourcing konnten sie jedoch mit den Billigimporten aus Fernost nicht mehr mithalten.

Notgedrungen hatten sie die Produktpalette der Firma vergrößert, wodurch sich der Laden vom hoch qualifizierten Spezialbetrieb zu einem x-beliebigen Gemischtwarenladen entwickelt hatte; zuletzt mussten sie jeden Auftrag annehmen, den sie bekommen konnten. Den Tod der Firma hatte das allerdings lediglich verzögern, nicht verhindern können. Und sein eigener Sohn hatte fleißig dazu beigetragen, Erde auf den Sarg zu schippen.

Dieser Bastard hatte Burgert, seit er auf der Welt war, nur Ärger bereitet. Alleine die Verrenkungen, um die Existenz des Kindes vor seiner Frau geheim zu halten. Olafs Mutter hatte er in der Partei kennen gelernt, sie war eines dieser blutjungen Dinger gewesen, die man aus Ostpreußen vertrieben hatte und die in Massen der CDU in die Arme gelaufen waren, von der sie sich die Rückkehr in ihre alte Heimat versprachen. Burgert erinnerte sich noch wie gestern an diesen verflixten Abend. Adenauer hatte eine Rede in Essen gehalten, als Ortsvorsitzender der Partei war für ihn, Burgert, Anwesenheit natürlich Pflicht gewesen. Nach der Veranstaltung hatte er sie dann gesehen; sie stand, in eine lächerliche Tracht gepresst, direkt vor der Rednerbühne und diskutierte lautstark mit einigen Politbonzen, die erst einige kurze Jahre zuvor die schwarze Uniform gegen das christliche Parteibuch getauscht hatten. Burgert hatte die Frau angesprochen, sie hatten einen Kaffee getrunken und waren dann irgendwann in einem Nebenraum auf eine schnelle Nummer verschwunden. Drei Monate später stand die Frau plötzlich in seinem Büro und eröffnete ihm, dass er Vater werden würde.

Erst ein Jahr vorher hatte er geheiratet, seine Frau hatte glänzende geschäftliche Verbindungen mit in die Ehe gebracht, die er für nichts auf der Welt aufs Spiel setzen wollte. Seine Karriere befand sich gerade erst am Anfang, also ging er kein Risiko ein. Er zahlte, zuerst nur eine kleine Aufbesserung zum Unterhalt, dann ein wenig mehr, als sein Sohn in die Schule kam, schließlich finanzierte er das Studium.

Seine Gattin war zwischenzeitlich verstorben, ohne dass sie Nachwuchs bekommen hatten. Trotzdem erzählte Burgert niemandem, dass Kalinowski sein Sohn war. Heute wäre das alles kein Problem mehr, aber in der damaligen Zeit hatte er sich als angesehener Geschäftsmann und aufstrebender CDU-Politiker einen solchen Skandal nicht erlauben dürfen.

Olaf war aber auch wirklich zu blöde. Das Studium schaffte er nur mit Ach und Krach, obwohl es ihm tatsächlich gelungen war, in den Staaten auf einer renommierten, aber auch sündhaft teuren Universität aufgenommen zu werden. Das hatte Burgert zwar eine Stange Geld gekostet, aber er dachte damals, dass der Firma ein Geschäftsführer mit dem Diplom einer der besten Unis der Welt gut zu Gesicht stünde. Und was machte dieser Blödmann? Verzapfte den größten Mist und musste Hals über Kopf die Staaten wieder verlassen. Und dann die ganzen Eskapaden, die er sich später in seinem Heimatland leistete! Mehr als einmal hatte Burgert seinen Einfluss spielen lassen müssen, damit das Erzeugnis seiner Lenden nicht für mehrere Jahre Urlaub auf Staatskosten machen musste.

Burgert hatte die Firma erreicht. Er war in einer ungewohnt melancholischen Stimmung, als er das dicke Schlüsselbund aus der Tasche zog und das kleine Tor neben der LKW-Zufahrt aufsperrte. Das Gelände lag still und friedlich in der Abendsonne, die sich auf den Scheiben des Verwaltungsgebäudes spiegelte. Wann hatten sie da Richtfest für den Neubau gefeiert? Tatsächlich schon vor zwölf Jahren?

Seufzend ließ er die Schlüssel durch die Finger gleiten, bis er den für die Eingangstür gefunden hatte. In der Stille hörte er deutlich das Schnappen des Schlosses. Sanft schwang die Tür hinter ihm zu.

Die Luft war abgestanden, am Freitag wurde die Klimaanlage abgeschaltet und erst am Montagmorgen wieder in Betrieb genommen. Burgert lehnte sich einen Moment an die Theke der Telefonzentrale, deren Besatzung gegebenenfalls auch das Besuchskomitee für etwaige Gäste zu spielen hatte. Die beiden Arbeitsplätze sahen ordentlich und aufgeräumt aus und machten auf jeden, der die Firma betrat, einen guten Eindruck.

Burgert ließ die Aufzüge links liegen und ging durch den Flur, vorbei an den Räumen der Materialwirtschaft und der EDV. Das Treppenhaus war durch einen Glaskorridor von den übrigen Räumlichkeiten abgetrennt und wand sich spiralförmig an der Außenwand des Gebäudes bis in den dritten Stock hoch.

Im ersten Stock lagen die Büros der Buchhaltung und des Verkaufs, ein Stockwerk höher residierte die Personalabteilung, der Einkauf und der Controller. Ganz oben befanden sich der Konferenzraum und die Büros der Geschäftsführung.

Wehmütig schlenderte Burgert über den flauschigen Teppich und enterte sein Büro. Sein Schreibtisch war blank, richtig gearbeitet hatte er hier schon seit Jahren nicht mehr.

Ächzend fiel er in seinen Sessel und drehte die Lehne so, dass er das Panorama bewundern konnte. Langsam lockerte er den Knoten seiner Krawatte und atmete tief durch. Vorhin hatte er mit der gesamten Bagage auch noch dieses grottenschlechte Musical, das Bochum angeblich weit über Deutschlands Grenzen hinaus bekannt machte, besuchen müssen. Burgert hatte für diese seichte Form der Singspiele wenig übrig.

Er zog das kurze Ende seiner Krawatte aus dem Knoten und stopfte das seidene Bekleidungsstück in seine Jackentasche. Der Senior war nicht ohne Grund hierher gekommen. Schwungvoll öffnete er die unterste seiner Schreibtischschubladen und sah den Kram durch, der sich im Laufe der Zeit dort angesammelt hatte. Nichts Wichtiges dabei, also weiter zur nächsten.

Die Inspektion der Schubfächer war schnell beendet; bis auf einen alten Taschenkalender, der einige brisante Telefonnummern enthielt, konnte alles an dem Platz bleiben, an dem es sich befand. Als Letztes pflückte Burgert den teuren Füllfederhalter aus dem Ständer. Bevor er ihn in seiner Brusttasche verstauen konnte, rutschte ihm das Schreibgerät aus der Hand und kullerte unter den Tisch.

Fluchend ging Burgert auf die Knie und zwängte seinen Kopf in den für die Beine vorgesehenen Hohlraum. Der Füller war bis zu dessen Ende gerollt. Anstatt aufzustehen und den Stift einfach von der anderen Seite aufzuheben, kroch Burgert ganz unter die Tischplatte und krallte seine Finger um das schwärzlich glänzende Gehäuse. Als er den Rückweg antrat, entdeckte er das Mikrofon.

Burgerts Rückgrat schrie Zeter und Mordio, trotzdem verharrte er eine Zeit lang in dieser unnatürlichen Haltung. Unter dem Tisch war das Licht natürlich äußerst schummrig, aber er hatte keine Zweifel an dem, was er sah.

Endlich richtete er sich wieder auf und atmete durch. Er griff die kleine Tischlampe und stellte sie neben sich auf den Boden. Dann robbte er wieder unter den Tisch zurück.

Am Ende des dunklen Rollcontainers prangte tatsächlich der Kopf eines Mikrofons, mit mehreren Streifen Tesafilm festgeklebt. Von dem Mikrofon führte ein Kabel hinter den Container. Burgert machte sich lang und steckte seine Finger in den Zwischenraum.

Hinter dem Container befand sich der Sender, er spürte deutlich das Plastikgehäuse unter seinen Fingerspitzen. Das Teil war mit drei Streifen dicken Isolierbandes befestigt, außer dem Kabel des Mikros entdeckte Burgert keine weiteren Strippen. Es musste sich um einen drahtlosen Sender handeln.

Grunzend schob Burgert sich wieder zurück, wischte sich den Schweiß von der Stirn und plumpste in seinen Sessel. Er wurde abgehört, fragte sich nur, von wem, warum und wie lange schon?

Nachdenklich stützte er sein Kinn auf den Handflächen ab. Wer, zum Teufel, war für diese Sauerei verantwortlich? Jemand von außerhalb der Firma kam dafür nicht in Frage, und wieso sollte es sich für jemanden aus der eigenen Firma lohnen?

Gumprecht? Schmidtchen? Die Rürich? Oder vielleicht sogar sein eigener Sohn? Warum sollten die ein Interesse daran haben, ihn abzuhören?

Burgerts Nasenflügel bebten vor Wut. Schwungvoll stand er auf und ging zurück auf den Flur. Gumprechts Büro lag direkt gegenüber. Sofern sein Exkompagnon vorsichtshalber nicht inzwischen das Schloss ausgewechselt hatte, musste sein eigener General noch passen.

Er passte. Die Tür zu Gumprechts Büro schwang auf, Burgerts Füße betraten den Teppich. Suchend sah sich der alte Mann um.

Als Erstes checkte er selbstverständlich den Schreibtisch. Seine knubbeligen Knie scheuerten über die Schurwolle. Nichts.

Burgert grunzte zufrieden, stutzte dann und überlegte. Wenn Gumprecht mit der Abhöraktion nichts zu tun hatte, war der eigentliche Missetäter bestimmt nicht so dumm, ein zweites Mikro an dem gleichen Platz wie bei ihm zu verstecken. Sollte eines der Geräte zufällig entdeckt werden, war es logisch, dass sofort sämtliche anderen Räume untersucht würden.

Also suchte Burgert weiter. Viele Möglichkeiten gab es nicht, das Mikro war zwar leicht zu verbergen, nicht aber der dazugehörende Senderkasten.

Systematisch befingerte der ehemalige Firmenbesitzer die Ränder der Deckenlampe, lugte in den Zwischenraum zwischen Heizkörper und Wand, riss sämtliche Schranktüren auf und wollte gerade die Blende der Klimaanlage abschrauben, als er endlich an das Nächstliegende dachte.

Mit schnellen Schritten hatte er Gumprechts Stuhl erreicht und auf einer Seite angehoben. Da war es.

Unter der Sitzfläche klebte das Gegenstück zu der Wanze aus seinem Büro, also wurde der Geschäftsführer ebenfalls belauscht.

Danach war das Büro seines Sohnes an der Reihe. Schreibtisch und Stuhl waren sauber, hier entdeckte er Mikro und Sender an der Rückseite von Kalinowskis Computergehäuse. Ganz schön raffiniert.

Das letzte Büro in dieser Etage gehörte der Rürich. Eines musste man ihr lassen, ihre vier Wände waren tadellos in Schuss. Wahrscheinlich verbrachte sie sowieso die meiste Zeit mit dem Kopf zwischen Gumprechts Oberschenkeln, aber wenigstens lag hier nichts herum. Ein Mikro und ein Sender allerdings auch nicht.

Um ganz sicher zu gehen, warf Burgert auch noch einen Blick in den Konferenzraum, aber der schien ebenfalls sauber.

Gedankenversunken trabte er zurück in den Flur und betrat unbewusst das Büro seines Sohnes. Dass bei der

Rürich kein Mikro zu finden war, war zu erklären, sie war zwar Gumprechts Assistentin, um es vornehm zu umschreiben, aber Burgert hielt es für unwahrscheinlich, dass sie Zugang zu wirklich wichtigen Informationen hatte. Gelegentlich benutzte Gumprecht auch mal seinen Verstand.

Der zukünftige Pensionär hockte sich auf Kalinowskis Schreibtisch und schlug die Beine übereinander. Das alles ergab keinen Sinn. Warum machte sich jemand die Mühe und verkabelte die drei Büros? Wer hatte einen Vorteil, wenn er Informationen über interne Firmenbelange erhielt.

Die Amerikaner bestimmt nicht. Andernfalls hätten sie sicherlich versucht, den Kaufpreis zu drücken und nicht bereitwillig sämtliche Verbindlichkeiten der Firma übernommen und Gumprecht und ihm noch jeweils eine halbe Million zugesichert. Also musste ein Außenstehender die Mikrofone angebracht haben.

Burgert fuhr der Schreck in die Glieder. Konnten die Justizbehörden nach so vielen Jahren ...?

Panik nahm von Burgert Besitz. Er wusste nur zu gut, dass er damals, als die Geschäfte mit den Sowjets aufzufliegen drohten, einen Pakt mit dem Teufel eingegangen war, um die Untersuchung bereits im Keim zu ersticken. Jetzt, da seine eigene Partei nicht mehr an der Macht war, hatte er keine Möglichkeit, die Angelegenheit noch einmal unter den Tisch kehren zu lassen. Und die verdammten Sozis warteten schon lange darauf, ihn ans Messer zu liefern.

Natürlich, das musste es sein. Burgert rutschte auf den Schreibtischstuhl und rieb sich die Schläfen. Seine Migräne klopfte an, wie immer, wenn er unter Stress stand. Olaf hatte doch immer eine Packung Aspirin in einer der Schubladen gehabt. Hastig riss Burgert eine Lade nach der anderen auf, bis er das Röhrchen entdeckte. Wie ein Süchtiger steckte er sich zwei Brausetabletten in den Mund und kaute darauf herum.

Der bittere Geschmack des Medikamentes beruhigte ihn ein wenig. Er warf das Röhrchen zurück in die Schublade, als er die Mappe entdeckte, die, halb unter einem Nachrichtenmagazin verborgen, darin lag. Bei seiner Suchaktion hatte er lediglich nach den Mikrofonen Ausschau gehalten und nur am Rande auf den sonstigen Inhalt der Schubladen geachtet. Nun nahm Burgert den Hefter in die Hand und schlug ihn neugierig auf.

14

»Hast du noch eins von den Aspirin da?«

Katharina stützte den Brummschädel in die geöffneten Handflächen und starrte aus verquollenen Augen auf ihre Schreibtischunterlage. Von der anderen Seite des Tisches sah Hofmann amüsiert und besorgt zugleich herüber.

»Immer noch so schlimm?«

Statt einer Antwort hob Katharina ihren Kopf circa zwei Zentimeter in die Höhe und präsentierte ihre wachsbleiche Gesichtshaut. Die geringe Bewegung reichte, um einen neuen Bolzen aus Schmerz durch ihr Kleinhirn zu jagen.

Ihr Kollege langte in seine Schublade und warf ihr das Päckchen mit den Seligmachern zu. »Soll ich dich bei Wielert krankmelden?«

»Unsinn«, meinte die Blonde schlapp. »Irgendwann müssen diese Scheißtabletten doch mal Wirkung zeigen.«

»Hast du zu Hause schon was eingenommen?«

»Vier Dolormin.«

»Herrje, dann läufst du ja bald auf Wolken.«

Katharina bröselte zwei Tabletten in das Glas mit dem lauwarmen Kranwasser und sah ungeduldig zu, wie sich die Wirkstoffe auflösten. Als sie am frühen Sonntagmorgen auf Thilos Wohnzimmercouch die Augen aufgeschlagen hatte, hatte sie wenigstens gewusst, warum ihr Kopf so breit wie eine Bahnschranke war. Obwohl sie vielleicht noch zwei Promille zu viel im Blut hatte, war sie vorsichtig gen Heimat gezockelt, das Fenster schön weit heruntergekurbelt. Ulli hatte ihr keine Szene gemacht, aber die Kopfschmerzen waren nicht verschwunden, sondern zu einer handfesten Migräne ausgewachsen. Wenigstens verdrängten die ekelhaften Schmerzen ihre ständigen Gedanken an den Freitag.

»Guten Morgen, ihr beiden«, tönte Gassel auf dem Flur. »Mädchen, du machst ja Sachen. Alles in Ordnung mit dir?«

Der Dicke quetschte sich auf den im Vergleich zu seiner Statur nahezu zierlichen Besucherstuhl. Das Möbelstück ächzte gefährlich, hielt der Belastung aber stand.

»Halbwegs«, gab Katharina zurück. »Ich hatte allerdings schon mal bessere Tage.«

»Glaube ich dir aufs Wort. Stimmt das, was ich der Presse entnehmen konnte, so halbwegs?«

Hofmann sprang seiner Kollegin hilfreich zur Seite. »Im Großen und Ganzen war das 'ne faire Berichterstattung. Lohkamp hat den Untersuchungsbericht bestimmt schon fertig, und wenn da nichts anderes drinsteht, als er am Freitag gesagt hat ...«

»Trotzdem eine äußerst blöde Angelegenheit«, unterbrach Gassel den Stoppelhaarigen. »Erst wollte ich dich am Wochenende anrufen, aber du warst bestimmt froh, in Ruhe gelassen zu werden.«

»Danke«, nickte Katharina und kippte ihren Cocktail auf einen Zug. Mit angewidertem Gesicht griff sie nach der Mineralwasserflasche auf der Fensterbank und spülte den bitteren Geschmack herunter.

»Bestimmt hast du dir dein Comeback nach deiner Babypause anders vorgestellt«, sinnierte der Dicke. »Und wie geht es jetzt weiter?«

»Gleich ist Besprechung beim Chef«, antwortete Hofmann.

»Mit oder ohne uns?«, fragte Gassel.

»Ohne. Es sei denn, Katharina möchte einen von uns dabeihaben.«

»Schon in Ordnung«, lehnte die Kommissarin dankend ab. »Es geht bestimmt nur um den Abschlussbericht. Das steh ich schon durch.«

»Na ja, dann drück ich dir sämtliche Daumen«, seufzte Gassel teilnahmsvoll.

Mit einem Ruck flog die Verbindungstür zum angrenzenden Büro auf und Ewald Hardenberg, der sich seine Sporen als Kriminalmeister unter Eulensteins Knute verdient hatte, katapultierte sich ins Büro. Atemlos schnappte er wie ein Karpfen nach Luft. Bevor er das erste Wort herausbringen konnte, war den anderen klar, was er sagen wollte.

»Es stimmt«, meinte Hofmann ruhig. »Dagmar ist tot.«

»Aber ... aber wie konnte das denn passieren?«, stammelte der Rangniedrigere aufgeregt.

»Keine Zeitung gelesen?«, meinte Gassel.

»Nein. Ich war übers Wochenende in Holland. Ich hab gerade erst gehört ...«

Gassel wuchtete sich von seinem Platz und nahm den Eindringling sanft, aber bestimmt am Ellbogen und führte ihn in sein eigenes Büro zurück. Mit einem leisen Klicken schnappte das Schloss hinter den beiden zu.

»Karl Heinz ist wirklich ein Menschenfreund«, atmete Katharina tief durch.

»Er kann bestimmt gut nachempfinden, wie es dir geht«, erklärte Hofmann. Als ihn Katharina fragend ansah, ergänzte er: »Karl Heinz ist früher auf Streife gegangen, bevor er zur Kripo gekommen ist. Vor etlichen Jahren ist sein Kollege von einem Bankräuber erschossen worden, ohne dass unser Dicker etwas dagegen unternehmen konnte. Ist zwar eine etwas andere Situation, aber, na ja.«

»Davon wusste ich ja gar nichts«, antwortete die Blonde langsam.

»Ist schon eine Ewigkeit her. Außerdem bindet er das nur ungern irgendjemandem auf die Nase.«

Katharina nuckelte den Rest aus ihrer Mineralwasserflasche und warf einen flüchtigen Blick auf ihre Uhr. So allmählich war es Zeit für die Visite bei Flenner.

Hofmann klopfte ihr beim Hinausgehen linkisch auf die Schulter, dann gab es kein Zurück mehr. Der Weg zum Büro des Präsidenten war nicht sonderlich weit, trotzdem kamen Thalbach die paar Schritte über den Flur endlos vor.

Die Residenz des PP war bereits voll. An dem kleinen Besprechungstisch tummelte sich direkt neben Flenner Wielert, der bei ihrem Eintreten demonstrativ aufstand und sie mit Handschlag begrüßte. Außerdem erkannte Katharina den Leiter der Spurensicherung aus Recklinghausen, der neben Lohkamp dem Präsi und Wielert gegenübersaß. Für Katharina war der Sünderstuhl direkt vor Kopf reserviert.

»Guten Morgen, Frau Thalbach«, bequemte sich Flenner endlich zu einer Begrüßung. »Bitte, nehmen Sie doch Platz.«

Katharina nickte den Übrigen zu und hockte sich auf die Kante der um etliche Klassen bequemeren Sitzgelegenheit als die, die sie üblicherweise gewöhnt war.

»Frau Thalbach, ich habe mir gerade den vorläufigen Abschlussbericht der Kollegen aus Recklinghausen angesehen. Und es sieht so aus, als würde sich die erste Einschätzung von Freitagabend hinsichtlich des Ablaufs des Vorfalls auch in diesem Bericht wiederfinden.«

Katharina brauchte einige Sekunden, um aus den rhetorischen Verirrungen die eigentliche Information herauszufiltern. Dann aber atmete sie unhörbar auf.

»Ausschlaggebend war das umfassende Studium des Überwachungsvideos der Tankstellenkette«, fuhr Flenner fort. »Herr Lohkamp hat in seinem Bericht ausdrücklich betont, dass sowohl Sie als auch Frau Eulenstein der Situation angemessen reagiert haben. Sie sind kein unnötiges Risiko eingegangen. Frau Eulenstein hat in der Kassenhalle nicht versucht, zu ihrer Waffe zu greifen, da sie augenscheinlich das Leben der beiden anderen Geiseln nicht gefährden wollte. Und Ihre Reaktion, die Waffe wieder wegzustecken, bevor der Täter mit ihrer Kollegin die Kassenhalle verließ, war ebenso korrekt. Dass die Situation eskalierte, lag einzig und allein an der unvorhersehbaren Reaktion des Täters beim Eintreffen des Streifenwagens. Frau Eulensteins Tod war ein Unglücksfall.«

Endlich wagte es Katharina, auf der Sitzfläche zwei Zentimeter nach hinten zu rutschen. Ihre Kopfschmerzen piesackten sie zwar immer noch gnadenlos, dafür war der Druck im Magen um etwa fünf Prozent zurückgegangen.

»Dieser Meinung wird sich höchstwahrscheinlich auch die Staatsanwaltschaft anschließen«, ergänzte Lohkamp, der Thalbachs Gesichtsfarbe wohl falsch interpretierte. »Jedenfalls hat der zuständige Vertreter der Behörden mir gegenüber eine dementsprechende Bemerkung fallen lassen. Es wird vielleicht noch eine Anhörung geben, aber das scheint mir eine reine Formsache zu sein.«

Wielert griff zu der vor ihm liegenden Mappe und blätterte darin herum, bis er die Stelle fand, die jemand farblich markiert hatte. Mit einem kurzen Räuspern meldete er sich zu Wort. »Nach dem Obduktionsbericht können wir nun auch erklären, warum Frau Eulenstein gestorben ist. Wie Sie alle sicher wissen, benutzen wir als Munition für unsere Dienstwaffen Vollmantelgeschosse, Kaliber neun Millimeter. Die Bleiprojektile werden von einer Stahlschicht umschlossen, was dazu führt, dass sich die Geschosse beim Aufprall kaum verformen.«

»Maximale Hinterlandgefahr«, murmelte der Leiter der Recklinghäuser Spurensicherung undeutlich.

»Was sagten Sie?«, spitzte Flenner die Ohren.

»Maximale Hinterlandgefahr«, wiederholte die Spürnase lauter. »Es ist schon seit einiger Zeit bekannt, dass so ein Projektil bis zu siebzig Zentimeter an organischem Gewebe durchschlagen kann. Das sind bis zu drei hintereinander stehende Erwachsene.«

Katharina sah auf. Das hatte sie bisher nicht gewusst.

»Laut Obduktionsbericht ist genau das passiert«, nahm Wielert den Faden wieder auf. »Ihre Kugel drang aus kurzer Entfernung in den Brustkorb des Täters ein, das heißt, das Geschoss war mindestens 1200 Stundenkilometer schnell. Wäre es auf eine Rippe geprallt, hätte die Kugel ihre Bahn verändert, aber sie ist genau zwischen den Knochen hindurch ins Herz eingedrungen, hat es durchschlagen und ist am Rücken des Täters wieder ausgetreten. Dummerweise war Frau Eulenstein um etliches kleiner als der Kerl, so dass die Kugel anschließend ihre Schläfe traf.«

»Ist übrigens nicht zum ersten Mal passiert«, ergänzte der Vertreter der Spurensicherung. »Erst Anfang Dezember hat es in München neben einem amoklaufenden Randalierer auch einen Zivilisten erwischt. Brettschneider hat das ausdrücklich in seinem Bericht vermerkt.«

»Wie dem auch sei«, meinte Lohkamp. »Unser Abschlussbericht wird sich nicht sonderlich von diesem hier unterscheiden. Wir warten noch, bis sich die beiden Geiseln von dem Schock soweit erholt haben, dass wir eine protokollierte Aussage aufnehmen können. Und, so Leid es mir tut, Frau Kollegin, Sie müssen wir auch noch offiziell vernehmen.«

»Verstehe«, nickte Katharina. »Können wir das sofort hinter uns bringen?«

»Sie können gleich mein Büro benutzen«, bot Wielert schnell an. »Sagen wir in einer Viertelstunde?«

Alle Augenpaare am Tisch richteten sich verdutzt auf den Leiter des KK 11. Wielert grinste. »So wie ich Frau Thalbach kenne, hat sie bestimmt noch keinen Bissen im Magen. Bevor Sie sie in die Mangel nehmen, werde ich sie persönlich dazu bringen, einen kleinen Happen zu sich zu nehmen.«

Lohkamp und der andere Recklinghäuser wechselten einen Blick, aber Flenner nickte zustimmend. »Machen Sie das. Meine Herren, möchten Sie solange einen Kaffee?«

Wielert steuerte zur Tür, ohne auf Katharina zu warten. Die Blonde erhob sich schwerfällig und erreichte ihren Chef erst, als der schon fast das Sekretariat durchquert hatte.

»Wir gehen doch jetzt nicht frühstücken, oder?«, fragte sie.

»Nur, wenn Sie unbedingt möchten. Ansonsten sollten wir uns kurz in Ruhe unterhalten. Bevor Sie mit Lohkamp sprechen.«

Unbehaglich versuchte Katharina Schritt zu halten.

In Wielerts Büro war es angenehm kühl. »Gab es für Ihre Differenzen mit Frau Eulenstein eigentlich einen konkreten Grund?«, begann er ohne Umschweife.

Katharina umklammerte mit der rechten Hand ihren linken Knöchel so stark, das es wehtat. »Was hat das denn mit der Sache von Freitag zu tun?«, fragte sie verdattert.

»Ich möchte eine Antwort, bevor Lohkamp Ihnen eventuell die gleiche Frage stellt«, entgegnete Wielert scharf. »Gab es da was zwischen Ihnen?«

»Nein. Wir konnten uns nicht besonders gut leiden, aber das war, glaube ich, ein offenes Geheimnis. Sie haben es doch auch gewusst.«

»Allerdings«, nickte Wielert. »Und Lohkamp weiß das auch. Ich will nicht behaupten, dass er Sie in die Pfanne hauen will, aber bei dem weiß man nie.«

»Ehrlich, Herr Wielert, Dagmar und ich sind uns so gut es ging aus dem Weg gegangen. Aber außer einer gewissen Antipathie war da nichts.«

»Hoffen wir es«, erklärte Wielert. »Ansonsten gibt es nichts, was ich wissen müsste?«

Die Blonde hob den Kopf. »Wie meinen Sie das?«

Kopfschüttelnd zog Wielert endlich seinen Stuhl zurück und setzte sich. »Ich habe vor einigen Wochen mit Frau Eulenstein ein langes Gespräch geführt. Demnächst steht im KK 11 eine Beförderung an. Und für mich kamen nur zwei Kandidaten in Frage. Eulenstein und Sie.«

»Und?«

»Nun, Frau Eulenstein meinte damals sehr überzeugt, dass Sie zurzeit sicherlich kein Interesse an einer verantwortungsvolleren Tätigkeit hätten, allein schon wegen des Kindes. Ich hielt das damals für eine taktische Bemerkung. Aber je länger ich darüber nachdenke, umso merkwürdiger kommt mir das alles vor.«

Katharinas Knie wurden weich. »Was wollen Sie damit sagen?«, fragte sie tonlos.

»Gar nichts«, schnappte Wielert. »Aber Frau Eulenstein wirkte so sicher, dass Sie sich der Konkurrenz gar nicht stellen würden. Zu sicher. Deshalb frage ich Sie noch einmal: Gibt es etwas, das ich wissen müsste? Ich will nicht, dass Lohkamp irgendwo herumstochert und dreckige Wäsche findet, von der ich nichts weiß.«

»Muss ich erst einen Eid schwören?«, antwortete Katharina, wobei sie hoffte, dass Wielert das leichte Zittern in ihrer Stimme nicht hörte. »Vielleicht hat Dagmar damit einfach nur deutlich machen wollen, dass sie sich auf jeden Fall für die Geeignetere für den Posten hielt, weil ich eben mit Kind privat stärker eingebunden bin. Wer kannte sich denn schon bei der Frau aus?«

Wielert dachte nach und verdrehte schließlich die Augen. »Wahrscheinlich sehe ich Gespenster«, nickte er. »Okay, vergessen wir die Sache. Und wenn dieser Lohkamp bei Ihnen ein linkes Ding versucht, klopfe ich dem heftig auf die Finger.«

15

Die Ampel direkt vor der Zufahrt zur Nettelbeckstraße zeigte Rot. Katharina hämmerte auf die Bremse und brachte den Fiesta etwa zwei Zentimeter vor der Haltelinie zum Stehen.

Vor ihrer Stoßstange überquerte eine Familie die Kemnader Straße. Die Blonde strich sich die Haare aus dem Gesicht und drehte das Radio, in dem WDR 2 wie jedes Jahr um diese Zeit verzweifelt um Lehrstellen warb, leiser. Der heutige Tag hätte sich schlimmer entwickeln können.

Gott sei Dank hatte Wielert nicht wieder gefragt, ob sie Urlaub haben wollte. Hätte sie in der nächsten Zeit zu Hause bleiben müssen, wäre sie bestimmt durchgedreht. Auch so ging ihr das Bild der Kollegin mit der Kopfwunde, aus der sachte Blut floss, nicht mehr aus dem Hirn.

Die Ampel sprang um und hinter ihr drückte ein ungeduldiger Lieferwagenfahrer energisch auf seine Hupe. Katharina zögerte noch einen Moment, legte dann den ersten Gang ein und gab Gas. Anstatt zu Mann und Kind zu fahren, bretterte sie weiter den Hang der Hauptstraße herunter. Eine Sache gab es noch zu erledigen.

Zügig fuhr sie an der ehrwürdigen Wasserburg vorbei und bog hinter dem Bahnübergang links ab. Kurz darauf steuerte sie auf die Autobahn Richtung Wuppertal, quälte sich mit dem Rest des Berufsverkehrs durch die obligatorischen Staus und war froh, an der Abfahrt Sprockhövel den Dieselabgasen der vor ihr kriechenden LKW entkommen zu können.

Am Ende der Abfahrt dirigierte Katharina ihren Kleinwagen nach links und zog bei der nächstbesten Gelegenheit an den Straßenrand. Aus dem Seitenfach angelte sie den Atlas mit den Stadtplänen der wichtigsten Metropolen des Ruhrgebietes; tatsächlich war das malerisch gelegene Kaff, das gegen seinen Willen zum Ennepe-Ruhr-Kreis gehörte, darin aufgeführt. Katharina prägte sich den Weg ein, legte den Atlas zurück und fädelte sich wieder in den Verkehr ein.

Dagmars Eltern wohnten in einer Seitenstraße, knapp hinter dem Ortseingang. Je näher Katharina ihrem Ziel kam, umso feuchter wurden ihre Handflächen. Als Mitglied der Mordkommission war sie es an und für sich gewöhnt, Angehörige über den Tod eines Familienmitgliedes zu informieren. In den meisten Fällen gelang es ihr recht gut, die Trauer nicht an sich selbst heranzulassen, aber hier lag die Sache doch völlig anders.

Mit laut klopfendem Herzen sah sich Katharina nach einem Parkplatz um. In dieser ruhigen Gasse war das Parken kein Problem, bis zum Haus der Eulensteins hatte sie gerade mal zehn Meter zu laufen. Katharina atmete tief durch, krallte ihre Rechte in den Riemen ihrer Tasche und betrat den Fliesenweg, der zu einem unscheinbaren, zweistöckigen Reihenhaus führte. Kein Vergleich zu dem Palast, in dem Ulli und sie residierten, aber gepflegt war die Bude allemal.

Auf der oberen der beiden Klingeln wurde sie fündig, ihr Zeigefinger traf den Knopf bereits beim zweiten Versuch. Innerlich sandte sie ein Stoßgebet gen Himmel, aber sie hatte kein Glück: Nach ein paar Sekunden meldete sich eine Frauenstimme über die Gegensprechanlage.

»Thalbach«, krächzte Katharina. »Kripo Bochum.«

Ohne weitere Rückfrage ertönte der Türsummer. Katharina drückte mit der Schulter leicht gegen die Tür und biss die Zähne zusammen. Hoffentlich gingen die nächsten zehn Minuten schnell vorüber.

Auf den ersten Blick konnte man die Ähnlichkeit erkennen; die Frau in der Tür sah genauso aus wie Dagmar, lediglich gut dreißig Jahre älter und mit der für diese Generation wohl typischen Dauerwelle auf dem Kopf. Das Gesicht war so blass wie das der Tochter, allerdings, so vermutete Katharina, war die Frau, die sie im Türrahmen erwartete, nicht auf Grufti geschminkt.

»Ja, bitte?«, fragte die Frau leise.

»Frau Eulenstein? Ich bin ... das heißt, ich war eine Kollegin Ihrer Tochter. Könnte ich Sie wohl einen Moment sprechen?«

Auf ihre Frage erntete sie ein gleichgültiges Nicken, kurz darauf stand sie in der Diele. Dagmars Mutter ließ die Tür zufallen und trottete zurück in die Küche, in der sie wohl schon gesessen hatte, bevor Katharina schellte.

Die Blonde folgte der älteren Frau und der Anblick des Küchentischs versetzte ihr einen schmerzhaften Stich in der Magengegend. Auf der einfachen Resopalplatte türmte sich eine Vielzahl von Fotoalben. Obwohl sie noch einige Schritte vom Tisch entfernt war, erkannte die Beamtin, dass auf den Bildern fast ausschließlich Dagmar zu sehen war. Das konnte ja klasse werden.

»Möchten Sie einen Kaffee?«, fragte Frau Eulenstein mühsam beherrscht.

»Nein danke, ich möchte Ihnen keine Umstände machen.«

Ihre Gastgeberin setzte sich auf ihren Stammplatz, Katharina zog sich einen Stuhl unter dem Tisch hervor und hockte sich auf die Kante.

»Gibt es denn noch etwas zu besprechen?«, fragte Dagmars Mutter schwach. »Der Herr Wielert sagte, er wollte sich melden, sobald er weiß, wann mein Mädchen beerdigt werden kann.«

Katharinas Hals zog sich enger zusammen. »Nein«, antwortete sie unter Schwierigkeiten, »deswegen bin ich nicht vorbeigekommen.«

»Warum musste das passieren?«, schniefte Frau Eulenstein verzweifelt. »Sie war doch noch so jung.«

Katharina zuckte hilflos mit den Achseln. Während dem Häuflein Elend auf der anderen Seite des Tisches die Tränen über die Wangen kullerten, schaute sie sich in der Küche um. Doch das, was sie sah, erreichte nur ihre Netzhaut.

»Ist Ihr Mann nicht zu Hause?«, stotterte sie verlegen, nur, um irgendwie einen Anfang zu finden.

»Ach, mein Mann«, gab Frau Eulenstein zurück und kramte ein bereits benutztes Papiertaschentuch aus ihrer Hosentasche. »Fünfzehn Jahre sind wir schon geschieden, ich weiß noch nicht mal, wo der sich jetzt aufhält.«

Anschließend trompetete sie lautstark in den ausgefransten Fetzen, knüllte das Zellstofftuch zusammen und parkte es wieder in ihrer Tasche.

»Davon hat Dagmar nie etwas erzählt«, wunderte sich Katharina. »Ich dachte immer ...«

»Ja, so war sie halt«, erklärte Frau Eulenstein. »Waren sie mit ihr befreundet?«

Der Kloß in Katharinas Hals war mittlerweile auf Basketballgröße angeschwollen. »Nicht gerade befreundet«, untertrieb sie aus reiner Höflichkeit. »Ihr Kollege und sie saßen im Büro neben meinem.«

»Ich mache uns doch einen Kaffee«, entschied Frau Eulenstein bestimmt. »Vielleicht möchten Sie auch etwas zu knabbern dazu?«

»Nein, wirklich nicht«, wehrte Katharina ab.

»Ich finde es nett von Ihnen, dass Sie vorbeigekommen sind. Ihr Chef, der Herr Wielert, war ja auch sehr rücksichtsvoll, aber das war halt seine Pflicht.«

Verzweifelt zerkaute die Blonde ihre Unterlippe. Wenn sie nicht bald los wurde, was sie auf dem Herzen hatte, verließ sie irgendwann völlig der Mut.

»Trinken Sie ihn lieber stark oder etwas schwächer?«

»Bitte?«

»Ihren Kaffee.«

»Ach so«, antwortete Katharina. »Bitte nicht ganz so stark. Sonst krieg ich heute Nacht kein Auge zu.«

»Dagmar hat ihn immer stark getrunken«, erklärte Frau Eulenstein versonnen. »Wenn sie mich besucht hat, nahm sie immer noch einen Löffel löslichen Kaffee, den sie zusätzlich in den fertigen Kaffee rührte.« Ihre Stimme bröckelte schon wieder bedenklich, aber noch hatte sie sich in der Gewalt. »Gibt es etwas Neues über diese Sache?«, fragte sie dann so leise, dass die Blonde sie kaum verstand.

»Was meinen Sie?«, wich Katharina aus.

»Die Art, wie meine Tochter gestorben ist. Herr Wielert sagte, es sei ein schrecklicher Unglücksfall gewesen.«

Katharina sackte auf ihrem Stuhl noch ein wenig mehr zusammen. »Das war es auch. Glauben Sie mir.«

Frau Eulenstein war inzwischen mit der Kaffeemaschine fertig. Langsam drehte sie sich zu Katharina herum und heftete einen fragenden Blick auf sie.

»Ich war dabei, als es passierte«, machte sich die Blonde Luft. »Es tut mir so Leid.«

Verständnislos öffnete Dagmars Mutter den Mund, ohne einen Ton zu sagen. Wie in Zeitlupe schlich sie zurück zu ihrem Sitzplatz.

Katharina war nicht überrascht, als sie spürte, dass ihre Wangen feucht wurden. »Ich weiß nicht, was Wielert Ihnen erzählt hat«, brach es aus ihr heraus. »Es ist alles schief gelaufen. Wenn dieser Streifenwagen nicht plötzlich aufgetaucht wäre ... wahrscheinlich wäre Ihre Tochter dann noch am Leben.«

»Ich weiß überhaupt nicht, was an dieser Tankstelle passiert ist«, stammelte Frau Eulenstein mühsam. »Herr Wielert sagte mir nur, dass Dagmar bei einem Raubüberfall getötet wurde.«

Jetzt war es an Katharina, ein Taschentusch aus ihrer Tasche zu holen. »Dieser Kerl wollte gerade verduften, als der Streifenwagen auftauchte. Dann hat er in Panik seine Waffe hochgerissen und auf die Kollegen geschossen, anschließend hat er auf mich gezielt. Ich war schneller als er. Und Ihre Tochter ... Dagmar hatte der Kerl doch als Geisel genommen, sie stand direkt hinter ihm. Ich konnte nichts dafür.«

Ganz langsam verstand die Frau, was Katharina ihr da erzählen wollte. Ihre Augen rollten in den Höhlen, ihre Nasenspitze wurde noch einen Schein blasser. »Sie haben ...«, begann sie kaum hörbar.

Katharina nickte kraftlos.

»Haben Sie vorbeigeschossen?«, fragte Dagmars Mutter schrill.

»Nein. Ich war so nah an den beiden dran, dass die Kugel erst den Verbrecher und dann Dagmar getroffen hat. Glauben Sie mir, ich ...«

Katharinas Worte trafen die Frau wie ein Keulenschlag. Verzweifelt krallten sich ihre Finger an die Tischkante, die letzten Reste ihrer Selbstbeherrschung lösten sich in Wohlgefallen auf. In das Schluchzen der beiden Frauen mischten sich die röchelnden Geräusche der Kaffeemaschine.

»Und was wollen Sie hier?«, fand Dagmars Mutter schließlich ihre Sprache wieder.

Katharina wischte sich mit dem Handrücken über die verstopfte Nase und räusperte sich lautstark. »Ich wollte nicht, dass Sie es von jemand anderem erfahren. Aber ich war nicht in der Lage, früher zu kommen.«

Unschlüssig pendelten die Augen der älteren Frau zwischen ihrer Besucherin und ihrem inzwischen völlig zerfetzten Tempo hin und her. Dann stöhnte sie müde auf, rappelte sich hoch und zog die Kanne mit dem Kaffee aus der Halterung. »Nehmen Sie Milch und Zucker?«

16

»Vorsicht, der will abbiegen«, kreischte Claudia Grünewald schrill.

Der Mann hinter dem Lenkrad latschte auf die Bremsen, auf dem regennassen Asphalt brachen die Vorderreifen leicht zur Seite aus. Keine dreißig Zentimeter vor dem Straßenpfosten kam der altersschwache BMW zum Stehen.

»Blöde Kuh«, fauchte Werner Hentrich aufgebracht. »Der ist doch noch mindestens 'n halben Kilometer weg.«

»Gar nicht«, wehrte sich das zierliche Persönchen auf dem Beifahrersitz verschüchtert. »Wenn es dunkel wird, kann man sich halt leicht mit der Entfernung vertun.«

»Meine Güte«, erntete sie als Antwort. »Und was hättes-te gemacht, wenn ich die Karre jetzt innen Graben gesetzt hätte, hä? Wie soll ich dat meiner Alten erklären?«

»Ist doch nichts passiert«, meinte die Frau beinahe flehend. »Komm, beruhig dich.«

Hentrich atmete scharf durch, schluckte die nächste Gemeinheit aber widerstrebend herunter. »Vergiss es«, meinte er schließlich versöhnlich.

»Nächsten Monat muss mein Mann vielleicht eine Woche auf Geschäftsreise«, flötete Claudia, schon wieder gut gelaunt.

»Na und?«, antwortete Hentrich.

»Überleg doch, wie toll das wäre, wenn wir uns mal bei mir treffen könnten«, schwärmte sie versonnen. »Wir müssten uns mal nicht im Auto rumdrücken.«

»Du bist doch so was von bescheuert«, erregte sich Hentrich schon wieder. »Wenn ich über Nacht wegbleibe, merkt meine Frau doch sofort, dass was im Busch ist.«

»Und wenn du vielleicht mit deinem Skatclub unterwegs wärst? Dann schöpft sie doch bestimmt keinen Verdacht.«

Hentrich sah kurz nach rechts und fuhr sich mit der Zunge über die Lippen. Klar, wäre schon eine tolle Sache, die Kleine mal 'ne ganze Nacht zu beschäftigen. Aber seine Kumpel bitten, ihn gegenüber seiner Frau zu decken? Warum eigentlich nicht, dafür müsste er nur einige Ründchen springen lassen.

»Mal sehen«, knurrte er und bekam sogar den Anflug eines Lächelns zustande. Was die Schnalle an ihm fand, begriff er nicht. Er war weiß Gott kein Adonis, trug ein paar Rettungsringe an den Hüften und finanziell hatte er auch nichts an den Füßen. Trotzdem trafen sie sich seit über zwei Jahren regelmäßig zwei- bis dreimal im Monat, schoben eine hastige Nummer auf der Rückbank oder suchten sich sonst wo ein einsames Eckchen.

»Ich fände es klasse«, freute sich die Frau ehrlich.

Hentrich steuerte den Bayern über eine kleine Bergkuppe, peilte kurz die Lage und dirigierte den Wagen in einen kleinen Weg. Sie befanden sich im Niemandsland zwischen Bochum und Dortmund, unweit des Ruhrparks und des Aquadroms. Abends war hier niemand unterwegs, Hentrich hatte die Stelle mehr oder weniger zufällig entdeckt. Der Parkplatz, auf dem er den BMW ausrollen ließ, war zwar eigentlich nur für Fahrzeuge des Forstbetriebes gedacht, aber um die Uhrzeit merkte das keiner, wenn man hier mal einen kurzen Boxenstopp einlegte.

Kaum hatte Hentrich den Zündschlüssel herumgedreht, da landete seine Hand schon auf dem Oberschenkel der Frau neben ihm.

»Nicht hier, Werner. Es ist doch noch hell.«

»Na und? Seit wann stören dich Zuschauer?«

»Hör auf. Immerhin sind wir beide verheiratet.«

Hentrich kniff ihr verärgert in den Oberschenkel, zog seine Pranke aber zurück. »Willst du dich wirklich ins Gras legen? Mensch, das ist doch jetzt klitschnass.«

»Hast du die Decke nicht mehr im Wagen?«

»Doch, im Kofferraum.«

»Also los, komm schon«, forderte sie ihn unternehmungslustig auf und betätigte den Türöffner. Als sie aus dem Wagen krabbelte, rutschte ihr Kleid so hoch, dass Hentrich den Rand ihres Slips sehen konnte. Ein weiteres Argument brauchte er nicht.

Ächzend wuchtete er sich ebenfalls aus dem Auto, schloss sorgfältig ab und kramte die alte, zerschlissene Wolldecke aus dem Kofferraum. Eigentlich diente das Teil als Liegefläche, wenn er mal wieder den Unterboden seiner Rostkarre schweißen musste. Seit er sich mit Claudia traf, waren zu den Ölflecken noch etliche andere Flecken hinzugekommen.

Mit der Decke über der Schulter trabte er hinter ihr her, die Frau war schon ein gutes Stück von ihm entfernt. Wären die beiden auch nur ein wenig an der Natur um sie herum interessiert gewesen, hätten sie den Rundumblick sicherlich genossen. Natürlich tauchten vereinzelt Häuser in ihrem Blickfeld auf, aber von dem typischen Großstadtmief keine Spur. Neben dem festgetretenen Weg befand sich ein kleiner Tümpel, an den Seiten türmten sich zwei gigantische Ameisenhügel. Der Weg ging um den Tümpel herum und gabelte sich in drei Abzweigungen. Claudia steuerte zielstrebig den mittleren Weg an, der durch ein kleines Waldstück führte.

Als sie die ersten Bäume erreichten, hatte Hentrich seine Begleiterin eingeholt. Wie selbstverständlich legte er ihr den Arm um die Taille, ließ seine Hand aber sofort weiter abwärts wandern. Claudias Kleid war extrem kurz, Hentrich musste sich noch nicht einmal bücken, um seine Finger unter den Saum wandern zu lassen.

»Kannst du denn nicht warten?«, giggelte die Frau albern. Statt einer Antwort griff Hentrich fester zu. Claudia quietschte auf und schlug spielerisch seine Hand zur Seite.

Der Waldweg wurde allmählich breiter und führte auf einen weiteren, wesentlich größeren Teich zu, um den in regelmäßigen Abständen sogar Parkbänke postiert waren. In diese Ecke verirrte sich jedoch alle Jubeljahre mal ein Jogger und die beiden gingen weiter, bis sie eine kleine Schneise im Gebüsch erreichten. Hinter den dichten Sträuchern waren sie nicht zu sehen.

Hentrich warf die Decke direkt neben einem Haufen aus Laub und Zweigen auf das Gras und breitete sie aus. Der Boden war zwar pitschnass, aber der Stoff schon so verfilzt, dass er der Feuchtigkeit lange genug standhalten würde. Und außerdem würde Claudia einen nassen Hintern bekommen und nicht er.

Sobald die Spielwiese fertig war, schnappte er seine Begleiterin am Handgelenk und zog sie zu sich herunter. Bei ihren ersten Treffen war er noch zärtlich und rücksichtsvoll gewesen, inzwischen nahm er sich aber Sachen heraus, für die er von seiner ahnungslosen Gattin vor die Tür gesetzt worden wäre. Claudia ließ sich jedoch alles gefallen; wahrscheinlich stand sie sogar darauf.

Während er seine Freundin energisch auf die Decke drückte, knetete er mit seiner Rechten heftig die Innenseiten ihrer Oberschenkel, rutschte weiter nach oben und kniff zitternd vor Erregung zu. Claudia quietschte wieder auf und wand sich unter ihm, aber Hentrich ließ sie nicht los. Stattdessen presste er seine linke Hand unter ihren Rücken und zerrte so lange an dem Reißverschluss ihres Kleides, bis das gute Stück nachgab. Mit einem Ruck zog er das Kleidungsstück herunter, so dass ihr Oberkörper entblößt war.

»Mach langsam«, keuchte Claudia. »Du tust mir weh.«

»Stell dich nicht so an«, nuschelte Hentrich und klemmte seine Finger unter den Rand ihres Höschens. Wie aus weiter Ferne hörte er ein reißendes Geräusch, als der dünne Stoff kapitulierte. Claudia wollte ihn protestierend wegdrücken, aber Hentrich packte ihr Handgelenk und presste ihre Finger dahin, wo sie seiner Meinung nach hingehörten. Ungeschickt nahm sie die Aufforderung an und machte sich an dem Reißverschluss seiner Jeans zu schaffen.

Hentrich schwitzte inzwischen wie ein Schwein. Keuchend nahm er Claudia die weitere Arbeit ab und streifte seine Hose bis auf die Knöchel. Mit aller Kraft drückte er ihre Oberschenkel auseinander und ließ sich mit seinem ganzen Gewicht auf sie fallen.

Claudia schrie leise auf, klammerte sich aber dann mit ihren Beinen um seine Hüften und nahm den Takt seiner Stöße bereitwillig auf. Der Kerl in ihr war ihr zwar ziemlich schnurz, aber er war der erste Mann, bei dem sie einen Orgasmus gehabt hatte. In zwölf Jahren Ehe hatte ihr Mann es niemals geschafft, alle anderen Typen, die sie sonst ausprobiert hatte, waren genauso erfolglos geblieben; nur dieser bollerige brutale Schmierlappen schaffte es. Zwar war er alles andere als ausdauernd, aber selbst die kurze Zeit, die er benötigte, um sich auszukotzen, reichte ihr im Normalfall aus.

Hentrich ackerte wie ein Berserker, während Claudias spitze Stöhner immer lauter wurden. Ihre Beine quetschten ihrem Beschäler fast die Luft aus dem Leib, ihre rechte Hand krampfte sich in die Wolldecke, während sie mit der linken den Laubhaufen umrührte. Sie erwischte ein paar Finger und griff automatisch zu.

Obwohl sich ihre Sinne langsam aber sicher vernebelten, war ihr klar, dass sich Hentrichs Hände zu Fäusten geballt neben ihrem Kopf befanden. Irritiert fuhr sie mit den Fingerspitzen über die Oberfläche dessen, was sie da in der Hand hielt; einen Sekundenbruchteil später kreischte sie gellend auf.

»Bis du bescheuert?«, beschwerte sich Hentrich wütend. »Halt gefälligst die Schnauze!«

Claudia schrie wieder, strampelte wild um sich, bis sie eine ihrer Fußsohlen unter seinen Oberkörper gebracht hatte. Mit aller Kraft stieß sie zu und katapultierte ihren Lover nach hinten. Mit einem merkwürdigen Geräusch löste er sich von ihr und landete unsanft auf seinem blanken Hintern. Und erst dann erkannte Hentrich, was Claudia immer noch in der Hand hielt.

17

»Wie in alten Zeiten«, seufzte Hofmann. »Kaum bist du wieder im Dienst, hagelt es Leichen.«

Katharina schenkte ihrem Chauffeur, dem erst viel zu spät die Doppeldeutigkeit seiner Worte bewusst wurde, einen bösen Blick. Prompt bekam er einen roten Kopf. »Das hab ich nicht so gemeint«, stotterte er entschuldigend.

»Schon gut«, meinte Thalbach mit belegter Stimme. »Hoffentlich hab ich für die Tatzeit ein Alibi.«

»Meine Güte, komm wieder runter.«

Katharina lehnte sich trotzig zurück und starrte aus dem Beifahrerfenster. Als Hofmann sie wegen des Leichenfundes an der Stadtgrenze Bochums angeklingelt hatte, stand sie gerade unter der Dusche und versuchte, das wenig erbauliche Gespräch mit Eulensteins Mutter abzuspülen. Ein abgemurkster Obdachloser war das Letzte, was sie sich für diesen Montag gewünscht hatte.

»Vielleicht ist das ja gar kein Fall für uns«, tröstete Hofmann. »Überleg mal, wie oft ein Berber tot auf der Straße liegt.«

»Wo genau liegt der heute eigentlich?«, fragte die Blonde.

»Schätze, direkt am Ruhrpark. Wenn der sich ein paar Meter weiter schlafen gelegt hätte, wären unsere Dortmunder Freunde dran.«

Mit atemberaubenden fünfundvierzig Sachen schlich der Vectra auf die Abfahrt Richtung Einkaufszentrum. Katharina rollte mit den Augen. Nicht zum ersten Mal nahm sie sich vor, mit Hofmann einen Fahrkurs zu machen.

Anstatt der Beschilderung zu den großzügig angelegten Parkplätzen zu folgen, steuerte der Kommissar nach links. Als sie den Berg, der das letzte Bollwerk gegen die Nachbarstadt darstellte, bezwungen hatten, konnten sie durch das seitlich gelegene Buschwerk die kräftigen Scheinwerfer sehen.

»Von wegen natürlicher Abgang«, moserte Thalbach. »Bei Herzinfarkt machen die selten so einen Aufstand.«

»Komisch«, meinte Hofmann. »So dunkel ist das doch noch gar nicht.«

Vorsichtig spähte er nach links, bis er die schmale Zufahrt zu dem länglichen Parkplatz fand. Dort standen schon einige Streifenwagen und der Einsatzkombi der Kriminaltechnik. Neben Brettschneiders Kutsche lümmelte sich zudem ein bereits reichlich betagter BMW.

»Dann wollen wir mal«, meinte Hofmann unternehmungslustig.

Katharina warf die Tür ins Schloss und checkte mit besorgtem Blick den Himmel. Aus den immer dichter aufziehenden Wolken würde es spätestens in zwanzig Minuten wie aus Eimern schütten. Hoffentlich hatten sie bis dahin das Wichtigste hinter sich gebracht.

Als sie den kleinen Teich erreichten, winkte ihnen ein Streifenhörnchen zu. Hofmann winkte zurück und die beiden Kripobeamten traten den Weg durch das kleine Wäldchen an.

Katharina wurde von der altgewohnten Routine ergriffen. Als wäre sie niemals beurlaubt gewesen, postierte sie sich jenseits des Flatterbandes, mit dem die Kriminaltechnik den Ort des Geschehens abgeschirmt hatte. Mehrere Beamte krochen bereits über den Boden, stellten kleine nummerierte Täfelchen auf oder beförderten behutsam Gegenstände in kleine Plastikbeutelchen. Zwei der Schnüffler waren gerade damit beschäftigt, behutsam das über dem Toten zusammengeschüttete Laub abzutragen. Der Fotograf hüpfte dabei wie ein Springteufel um die rücksichtslos angestrahlte Leiche herum und verknipste einen Film nach dem anderen.

»Grüß Gott, Frau Thalbach«, hörte Katharina plötzlich neben sich. Ohne sich umzudrehen, wusste sie sofort, wer sich da an sie herangeschlichen hatte.

»'n Abend, Doktor«, gab sie ruhig zurück. »Können Sie sich noch zurückhalten?«

Brettschneider, der meist gefürchtete Gerichtsmediziner östlich der Rocky Mountains zog an seinem unvermeidlichen Zigarillo und schüttelte den Kopf. Das Kraut stank wie ein vier Wochen durchgebratener Turnschuh.

»Nach dem, was ich bisher sehen konnte, scheint es ein interessanter Fall zu werden«, erklärte Brettschneider.

»Also Mord?«, mischte sich Hofmann ein.

»Nicht so voreilig, junger Freund. Aber sollte mich nicht wundern, wenn das eine weitere dicke, ungelöste Akte in Ihren Schreibtischen wird.«

»Da passt doch gar nichts mehr rein«, antwortete Hofmann seufzend.

Schweigend standen die drei zusammen und sahen den Fetzchensammlern bei der Arbeit zu. Entweder machten die extra langsam oder es gab Spuren in Hülle und Fülle.

»Besten Dank, übrigens«, quetschte Katharina hervor.

»Wofür?«, fragte Brettschneider zurück.

»Diese Sache mit Eulenstein«, erklärte Thalbach leise. »War nett von Ihnen, sich des Ganzen anzunehmen.«

Der Bayer winkte unwirsch mit seiner Riesenpranke ab und hüstelte verlegen. »Ach, das war doch gar nichts.«

Der Leichenfledderer presste seine Kippe in eine hierfür mitgeführte Metallbox und schnappte sich seine Tasche. Kommissar Rex hatte Entwarnung gegeben, der Tatort war jetzt für Normalsterbliche zugänglich.

»Was dagegen?«, fragte Katharina, als sich Brettschneider in Bewegung setzte.

»Nee, kommen Sie ruhig mit. Vielleicht lernen Sie dann mal etwas.«

Hofmann schüttelte amüsiert den Kopf und trabte hinter den beiden her. Verglichen mit dem Umgangston, der normalerweise zwischen Thalbach und Brettschneider herrschte, gingen die zwei heute geradezu liebevoll miteinander um.

Der Chef der Kriminaltechnik, der seinen Spitznamen mehr seinem traurigen Hundeblick als seinem Scharfsinn verdankte, tupfte sich mit einem Papiertaschentuch über die immer höher werdende Stirn und nahm die Kripobeamten in Empfang. Katharina erhielt neben dem Händedruck noch einen mitfühlenden Klaps auf den Unterarm, ansonsten war Rex die Sache von Freitag keinen Kommentar wert.

»Ich bin zwar kein Fachmann«, erklärte er schniefend, wobei er das Taschentuch seinem eigentlichen Gebrauchszweck zuführte, »aber das sieht mir ganz nach 'nem Mord aus.«

»Abwarten«, grummelte Brettschneider.

»Ehrlich«, beharrte Rex. »Gucken Sie doch nur, was der auf der Brust hat.«

Brettschneider klaubte eine kleine Plastikfolie aus seiner Tasche, die er vorsichtig neben der Leiche ausbreitete. Dann ging er ächzend in die Knie und schlug langsam den Mantelaufschlag über der Herzseite des Toten zurück.

»Kruzifix no amoi«, verfiel er in seinen Heimatdialekt. »Sehen Sie sich das an.«

Thalbach und Hofmann steckten die Köpfe zusammen und starrten dem Druiden über die Schulter.

»Himmel, was ist das?«, entfuhr es Katharina. »Für ein Einschussloch ist das doch viel zu groß.«

»Nicht nur das«, ergänzte der Bayer. »Die Wunde ist viel zu ausgefranst. Sieht eher aus wie rausgerissen.«

»Nicht schon wieder so ein abgedrehter Killer«, seufzte Hofmann und griff sich unwillkürlich auf den Bauch. Vor knapp zwei Jahren hatte ihm ein Serienmörder sein Arbeitszeug in die Eingeweide gerammt. Hofmann hatte zwar überlebt; aber er durfte sich seitdem zweimal am Tag Insulin spritzen.

»Liegt der schon lange hier?«, überging Katharina den Stoßseufzer ihres Kollegen. »Sieht noch ziemlich frisch aus.«

Brettschneider setzte sich auf seine Hacken und warf einen langen, prüfenden Blick auf den Leichnam. »Mindestens fünfzehn, allerhöchstens dreißig Stunden«, schätzte er dann. »Er wurde recht schnell gefunden.«

»Die Wunde am Herzen ist noch nicht alles«, gab Rex laut. »Sehen Sie mal, da auf dem Oberschenkel. Fast das genaue Gegenstück.«

»Stimmt«, nickte Katharina überrascht.

»Vielleicht Tierfraß?«, meinte Hofmann.

»Nein«, erklärte Brettschneider, »die Wunde im Bein ist viel tiefer als die am Oberkörper. Da müsste sich ein Vieh schon fast durchgefressen haben.«

Hinter ihnen wurden stampfende Schritte laut, gefolgt von einem erschöpften Keuchen. Hofmann gab Katharina einen Klaps. »Weißt du, ob Spielberg hier Jurassic Park 3 dreht? Oder warum vibriert der Boden so?«

»Ein Erdbeben?«, vermutete die Blonde.

»Furchtbar witzig«, echauffierte sich Gassel schwitzend.

»Ach, Karl Heinz, du bist das«, sagte Hofmann. »Ich dachte, da käme jetzt ein Brachiosaurus auf uns zugestapft.«

»Guten Abend, Doktor Brettschneider«, ignorierte Gassel die jüngeren Kollegen. Rex gönnte er ein kurzes Kopfnicken.

»So sehr ich diese zynischen Anspielungen auf Ihre Leibesfülle verabscheue, aber Sie sollten sich wirklich mal Gedanken über eine Diät machen«, antwortete Brettschneider, ohne aufzusehen. »Ansonsten liegen Sie schneller auf meinem Tisch, als Sie es wahrhaben wollen.«

»Aber ich mach doch schon jeden Abend Sport«, verteidigte sich der Dicke schwach.

»Mhm, Couching und Zapping«, meinte Hofmann boshaft.

»Nee, Gymnastik«, fauchte Gassel zurück.

»Schluss jetzt«, entschied Katharina. »Haben Ihre Leute etwas Aufschlussreiches gefunden?«, wandte sie sich an den Chef der Spurensucher.

»Klar«, entgegnete Rex. »Aber ob das mit der Leiche in Zusammenhang steht, müssen wir erst noch herausfinden. Jede Menge Kippen, Stoffreste, Joghurtbecher und sonstiger Kram. Am vielversprechendsten ist eine Reifenspur.«

»Wo?«, fragte Katharina sofort.

»Nicht hier. Ein Stück weiter unten, an dem größeren Teich. Keine Bange, wir haben schon 'nen Abdruck gemacht.«

»Wer hat den Toten überhaupt gefunden?«, fragte Gassel, dessen puterroter Kopf langsam wieder normale Farbe annahm.

Rex griente. »Kommen Sie mit. Die beiden müssen Sie mit eigenen Augen sehen.«

Er schlug den Weg zurück zum Parkplatz ein.

»Das sind Frau Grünewald und Herr Hentrich«, stellte Rex feixend vor, als er die hintere Tür eines Streifenwagens aufriss. »Jetzt können Sie den Leuten der Mordkommission erzählen, wie Sie den Toten gefunden haben.«

Der männliche Part des Paares schälte sich aus dem Fond, reckte kurz die Glieder und sah sich nervös um. Die zierliche Frau wischte sich immer wieder mit ihrem Ärmel über die Augen.

Gassel übernahm die Vorstellungsformalitäten und sah den Zeugen herausfordernd an.

Hentrich drückte sich gegen das Heck des Streifenwagens und schluckte. »Sagen Sie«, begann er zögernd, »muss das wirklich sein? Dieser ganze Aufwand?«

»Was meinen Sie damit?«, erkundigte sich Hofmann,

während Katharina zur anderen Seite des Wagens ging und sich der Frau auf dem Rücksitz widmete.

»Na, so mit Zeugenaussage und so. Immerhin haben wir Sie doch gerufen, nachdem wir den entdeckt haben.«

»Na ja, wir haben auch so unsere Vorschriften«, erklärte Gassel. »Erzählen Sie, wie Sie den Toten gefunden haben.«

Hentrich stemmte die Hände in die Hüften und seufzte. »Na gut. Also, Frau Grünewald und ich sind ein wenig spazieren gegangen, einfach nur so. Und dann sind wir fast ... na ja, wir sind fast über den Toten gestolpert.«

»Obwohl der hinter dem Gestrüpp lag, dazu noch mit einem Berg von Laub zugeschüttet?«, meinte Hofmann zweifelnd.

»So war das«, beharrte Hentrich. Dabei warf er immer wieder ängstliche Blicke über seine Schulter.

Katharina hatte die Frau dazu bewegen können, auszusteigen und ein paar Schritte mit ihr zu laufen.

»Sie sagen also, Sie seien ganz zufällig diesen Trampelpfad entlanggegangen und haben sich völlig freiwillig in einen Busch gedrückt. Anders hätten Sie die Leiche doch gar nicht erkennen können, so versteckt wie die lag.«

»Und warum ist Ihre Hose so versaut?«, wunderte sich Gassel.

»Ich bin vor Schreck ausgerutscht«, antwortete Hentrich sofort.

Hofmann rümpfte die Nase und schielte zu Katharina herüber. Er hörte zwar nur Wortfetzen, aber dass ihre Zeugin weitaus gesprächiger war als dieser sture Bock, das war unübersehbar.

Mit einem Augenzwinkern gab er Gassel ein Zeichen und setzte sich in Bewegung. Katharinas Zeugin war inzwischen in Tränen aufgelöst. Tröstend legte die Kommissarin ihre Hand auf die Schulter der Frau und rollte mit den Augen. Dann flüsterte sie ihrem Kollegen etwas zu.

Hofmann grinste kurz und steuerte wieder den Mann an.

»So, Herr Hentrich«, trompetete er dann, »Sie und Frau Grünewald sind also lediglich spazieren gegangen.«

»Hab ich doch schon gesagt«, beharrte der Angesprochene mit vor der Brust verschränkten Armen.

»Ihre Wanderfreundin erzählt aber was anderes.«

Hentrich ballte seine Pranken vor Wut zu Fäusten. »Diese dusselige Kuh«, bölkte er. »Ich hab ihr doch gesagt ...«

»Was haben Sie ihr gesagt?«, fragte Hofmann, als ihm die Pause zu lange dauerte.

»Es wäre doch völlig scheißegal gewesen«, jammerte der Mann jetzt. »Mensch, wir sind beide verheiratet. Muss doch niemand erfahren, dass wir ...«

»Ja?«, meinte Gassel unbarmherzig.

»... dass wir ein Verhältnis haben«, rang sich Hentrich durch.

»Also haben Sie die Leiche bei der Ausübung des Geschlechtsaktes gefunden?«, wollte Gassel wissen.

»Ja«, fauchte Hentrich wütend. »Sind Sie jetzt zufrieden?«

Hofmann unterdrückte ein Grinsen. »Wissen Sie, das ist keineswegs Schikane. Aber wir müssen auch die Umstände kennen, unter denen die Leiche gefunden wurde. Sonst können wir die Spuren doch gar nicht korrekt interpretieren. Haben Sie direkt im Gras gelegen?«

»Nein, ich hatte eine Decke dabei.«

»Und wo ist die?«

»Ich hab die wieder in den Kofferraum gelegt.«

»Schlüssel«, kommandierte Hofmann kurz angebunden. »Das Ding kommt ins Labor.«

»Nehmen Sie uns etwa auch noch Fingerabdrücke ab?«, fauchte Hentrich.

»Bis jetzt nicht«, antwortete Gassel. »Aber wenn Sie so weitermachen, könnten wir uns überlegen, ob wir Sie nicht wegen Behinderung der Strafverfolgung drankriegen. Setzen Sie sich wieder in den Wagen. Wir machen gleich noch ein Protokoll.«

Für eine Sekunde sah es so aus, als hätte der Dicke einen Herausforderer gefunden. Dann aber schluckte Hentrich seine Erwiderung herunter und quetschte sich wieder auf den Rücksitz.

Katharina hatte ihre erste Vernehmung ebenfalls beendet. Während sie ihre Zeugin in der Obhut einer weiblichen Kollegin zurückließ, trabte sie kopfschüttelnd zu ihren Kollegen hinüber.

»Seht ihr, Kinder, die Woche fängt doch noch gut an«, meinte Gassel zähneknirschend. »Gisbert hat sich genau den richtigen Augenblick ausgesucht, um in Kur zu gehen.«

»So haben wir wenigstens unsere Ruhe«, beschied Hofmann.

»Wielert wird sich vor Begeisterung kaum einkriegen«, vermutete Katharina. »Wetten, Berthold und ich dürfen ab morgen früh alle Bochumer Obdachlosenasyle abklabastern?«

»Immerhin habt ihr jüngere Füße als ich«, freute sich Gassel.

18

»Prost, Herrschaften. Auf eine rosige Zukunft.«

Mit einem übertriebenem Lächeln setzte Gumprecht das schmale Sektglas an die Lippen und nahm einen Schluck von dem perlenden Getränk. Seit er vor einer guten Viertelstunde der versammelten Belegschaft in wohlformulierten Sätzen den endgültigen Verkauf der Firma beigebogen hatte, konnte ihn scheinbar nichts mehr erschrecken. Dass ein guter Teil der Belegschaft sich demnächst wohl auf dem Arbeitsamt wiederfinden würde, hatte er den Leuten natürlich nicht erzählt.

Schmidt, der Personalchef, stellte sein immer noch bis zum Rand gefülltes Glas demonstrativ zurück und hüstelte nervös. »Sagen Sie mal, Herr Gumprecht, hier bleibt doch nicht wirklich alles beim Alten, oder?«

Gumprecht sah spöttisch auf den einen Kopf kleineren Zwerg herunter. »Wie meinen Sie das, Herr Schmidt?«

»Nun ja, äh, immerhin machen sich viele im Werk Gedanken, ob nicht demnächst einige Stellen eingespart werden.«

Carina Rürich gönnte Schmidt einen beruhigenden Seitenblick. »Jetzt machen Sie sich mal keine Sorgen, Schmidtchen. Bis wir umstrukturieren werden, dauert es noch ein wenig. Vor Anfang nächsten Jahres tut sich da bestimmt nichts.«

»Aber das ändert doch nichts an den Tatsachen«, stotterte der Personalchef. »Immerhin hört man ja so einiges von amerikanischen Konzernen. Wenn die jetzt auf den Gedanken kommen, uns in der Verwaltung vollständig auszuwechseln ...«

»Wen, uns?«, lachte Gumprecht. »Glauben Sie denn wirklich, wir hätten den Kaufvertrag dann unterschrieben?«

»Sie haben bei den Verhandlungen doch dabeigesessen«, ergänzte Kalinowski. »Haben Sie denn nicht zugehört?«

»Sehr genau sogar. Aber welche konkreten Pläne die Amis mit der Firma haben, ist nicht gesagt worden.«

Gumprecht seufzte theatralisch und schenkte sich nach. »Schmidtchen, Schmidtchen, es ist doch wohl klar, dass sich etwas ändern wird. Herr Kalinowski und ich werden zukünftig beide als Geschäftsführer arbeiten. Jeder wird seinen eigenen Bereich bekommen, auf den er sich in aller Ruhe konzentrieren kann.«

Rürich sah zu Gumprecht herüber, der ihrem Blick jedoch auswich.

»Außerdem«, fuhr er stattdessen fort, »wird Frau Rürich demnächst Prokura erteilt. Da wir die Beziehungen zu unseren osteuropäischen Geschäftspartnern intensivieren wollen, wird sie sich hauptsächlich darum zu kümmern haben. Und Sie, Schmidtchen, bleiben natürlich Personalchef.«

»Danke«, nickte der Zwerg automatisch. »Aber mich haben schon viele unserer Arbeiter gefragt, ob sie sich nicht besser nach einem anderen Arbeitgeber umsehen sollen. Was soll ich denen denn sagen?«

»Jetzt mal ehrlich, Herr Schmidt«, mischte sich Kalinowski wieder ein. »Woher sollen wir wissen, wie es hier in sechs Monaten aussieht? Immerhin haben wir bisher niemanden entlassen müssen, obwohl ein Abbau des Personals der einfachste Weg gewesen wäre, Geld einzusparen. Und wenn wirklich einmal von der anderen Seite des großen Teichs die Anweisung kommt, Mitarbeiter freizusetzen, haben wir wenigstens jemanden, dem wir den schwarzen Peter zuschieben können. Also, was kümmert es Sie?«

»Aber die meisten arbeiten schon sehr lange für uns«, jammerte Schmidt. »Allein nächsten Monat haben wir vier zwanzigjährige Jubiläen.«

»Menschenskind, wo leben Sie eigentlich?«, schnaufte Kalinowski aufgebracht. »Glauben Sie denn, dass wir bei über vier Millionen Arbeitslosen in diesem Land wegen der paar Arbeiter, die wir vielleicht auf die Straße setzen müssen, ein schlechtes Gewissen haben müssten? Machen Sie sich doch nicht lächerlich. Die Leute sollten uns dankbar sein, dass sie überhaupt so lange einen Job hatten.«

»Ich dachte ...«, begann Schmidt zaghaft.

»Ach, Schmidtchen«, meinte Gumprecht besänftigend. »So ist das Business. Hauptsache ist doch, dass die Firma wieder die Kurve kriegt. Und viele Sachen liegen da nicht mehr in unseren Händen.«

»Außerdem sollten wir nicht hier herumstehen und Trübsal blasen«, ergänzte Kalinowski schnell. »Schmidt, wenn uns die Amis nicht gekauft hätten, wären wir alle arbeitslos. Vergessen Sie das nicht.«

Der Personalchef nickte und strich mit flatternden Fingern seine Krawatte glatt. Bevor er jedoch weiter in seiner Weltuntergangsstimmung baden konnte, flog die Tür zu Gumprechts Büro auf. Burgert stürmte mit bebenden Nasenflügeln über die Auslegeware.

»Na, feiert ihr jetzt den Untergang?«, schnappte er wütend.

»Guten Tag, Herr Burgert«, antwortete Gumprecht beherrscht. »Möchten Sie auch ein Glas?«

»Stecken Sie sich das Zeug an den Hut«, polterte der Exseniorchef aufgebracht. »Wir haben ein Wörtchen miteinander zu reden.«

In aller Ruhe schenkte sich Gumprecht nach und hockte sich auf die Schreibtischkante. »Bitte. Was gibt es?«

Burgert stemmte kampfeslustig seine Hände in die Hüften und sah sich betont langsam um. »Hier sind mir zu viele Ohren«, antwortete er dann.

»Ich glaube, wir waren sowieso fertig«, meinte Gumprecht. »Bitte lassen Sie mich doch einen Augenblick mit Herrn Burgert allein.«

Schmidtchen machte auf dem Absatz kehrt, während sich Rürich und Kalinowski nur zögernd zur Tür bewegten.

»Sie nicht«, bellte Burgert. »Herr Kalinowski, das geht Sie auch etwas an.«

»Also«, meinte Gumprecht gedehnt. »Welche Laus ist Ihnen über die Leber gelaufen?«

Burgert wartete, bis sich Kalinowski in den Sessel vor Gumprechts Tisch gesetzt hatte. Dann baute er sich in der Mitte des Zimmers auf und verschränkte die Arme vor der Brust.

»Ich war gestern Abend hier in der Firma«, begann er grollend. »Und ich habe einige Unterlagen gefunden, die den Verkauf der Firma in völlig neuem Licht erscheinen lassen.«

Die beiden anderen Männer wechselten einen schnellen Blick.

»Sie beide haben mich elendig betrogen«, giftete der alte Mann. »Meine Firma haben Sie mir aus den Fingern gerissen, um heimlich selbst dick abzukassieren.«

Gumprecht sah gelangweilt auf die Halogenstrahler unter der Decke. »Ich habe keinen Schimmer, wovon Sie reden.«

»So?«, dröhnte Burgert. »Dann will ich mal ein wenig deutlicher werden. Nicht nur, dass Sie beide weiterhin hier tätig sein werden und unverschämt viel Geld dafür bekommen, nein, Sie haben die Firma nur verkauft, um mich loszuwerden, und dann ...«

»Und dann was?«, schnappte Kalinowski eiskalt. »Seien Sie vorsichtig mit dem, was Sie sagen.«

Burgert rang einen Moment nach Fassung. »Sie wissen genau, wovon ich spreche. Wir haben früher schon Geschäfte getätigt, die ein gutes Stück außerhalb der Legalität gelegen haben. Und genau da wollen Sie anknüpfen.«

Gumprecht heftete seine Augen in die des alten Mannes. »Und darüber haben Sie Unterlagen gefunden, die sich hier in der Firma befunden haben? Erstaunlich. Könnten Sie mir die einmal zeigen?«

»Glauben Sie wirklich, ich wäre so dämlich, die mitzubringen?«, antwortete Burgert schnippisch. »Nein, mein Lieber, die befinden sich an einem sicheren Ort.«

»Nur, dass ich das richtig verstehe«, bemerkte Kalinowski. »In diesen Unterlagen steht, dass die Firma nach ihrem Verkauf in illegale Geschäfte einsteigen wird und dass Herr Gumprecht und ich die Drahtzieher dieses verbrecherischen Tuns sein werden? Wo haben Sie das denn gefunden?«

»Genau in Ihrem Schreibtisch«, bellte Burgert zurück. »Ich an Ihrer Stelle hätte das Zeug übrigens nicht in der Firma aufbewahrt.«

»In meinem Schreibtisch?«, fragte Kalinowski eine Spur blasser. »Was hatten Sie denn gestern Abend in meinem Büro zu suchen? Wollen Sie mir irgendwelches Material unterschieben und mich und Gumprecht damit erpressen?«

»Lenken Sie nicht ab«, ächzte Burgert. »Sie beide wissen, dass wir bei den Geschäften mit den Russen gutes Geld verdient haben. Aber schon damals war das Risiko sehr hoch! Und nun wollen Sie, zusammen mit den Amerikanern, dieses Pferd wieder aus dem Stall holen.«

»Und wenn schon«, meinte Gumprecht. »Sie sagten doch gerade selbst, die letzten ungesetzlichen Geschäfte liegen schon lange zurück. Sie wissen davon und wir beide. Nur mit dem Unterschied, dass weder Kalinowski noch ich damals in der Firma tätig waren. Sie schon.«

»Was wollen Sie damit sagen?«

»Glauben Sie«, fuhr Gumprecht fort »dass Sie, selbst wenn an Ihren abstrusen Anschuldigungen auch nur ein

Körnchen Wahrheit dran sein sollte, uns damit drohen können? Sie würden der Erste sein, der Ärger bekommt.«

»Unsinn. Das ist doch schon verjährt.«

»Da wäre ich mir an Ihrer Stelle nicht so sicher«, meinte Kalinowski. »Je nachdem, welcher Staatsanwalt den Vorgang übernähme, könnte er daraus einen Fall von Hochverrat konstruieren.«

Burgert schluckte und starrte unsicher zu seinem Sohn herüber.

»Außerdem«, hakte Gumprecht nach, »wie wollen Sie denn beweisen, dass Sie mit aktuellen Geschichten nichts zu tun haben?«

»Halunken«, meinte Burgert kraftlos. »Damit kommen Sie nicht durch!«

»Wetten?«, grinste Kalinowski.

»Ich verstehe die ganze Aufregung nicht«, sagte Gumprecht und zündete sich eine Zigarette an. »Sie stört doch nur, dass Sie sich aufs Altenteil zurückziehen müssen. Seien Sie doch froh, dass die Firma eine neue Chance erhält.«

»Eine neue Chance?«, keifte Burgert. »Die Firma kümmert Sie doch einen Dreck. Ihnen geht es doch bloß darum, kräftig abzusahnen. Ob unsere Leute demnächst noch Arbeit haben, ist Ihnen doch völlig egal.«

»Na, na, na, so schlimm wird es schon nicht kommen«, wehrte Kalinowski ab. »Immerhin haben die neuen Besitzer großzügige Investitionen angekündigt.«

Burgert lupfte ein Taschentuch aus seiner Hosentasche und wischte sich den Schweiß von der Stirn. »Nichts als Lügen«, meinte er leise. »Sobald ich mit den Unterlagen zur Polizei gehe, können Sie Ihren tollen Plan vergessen. Das haben Sie sich schön ausgedacht. Hier weiter den unbescholtenen Geschäftsmann spielen und unter der Hand gegen Handelsembargos verstoßen. Oder gibt es noch eine andere Erklärung dafür, dass Ihnen Zalynski heimlich zwanzig Millionen zukommen lässt?«

Gumprecht und Kalinowski wechselten einen schnellen Blick.

»Ja, ich weiß, was Sie vorhaben«, fuhr Burgert fort. »Iran, Irak, Libyen, Nordkorea, allesamt Länder, die auf dem Index stehen. Die zahlen für waffenfähige Hardware ein Vermögen. Und mit unseren Ausfuhrgenehmigungen stoßen Sie für die Amis die Tür ganz weit auf.«

»Sie sind ja verrückt«, entgegnete Gumprecht. Auf seiner Stirn perlten nun ebenfalls die ersten Schweißtropfen.

»Ach ja? Geschickt eingefädelt, das muss man Ihnen lassen. Das Zeug so lange zu verschieben, bis niemand mehr durchblickt, wer was an wen geliefert hat. Ist das auf Ihrem Mist gewachsen oder war das die Idee der Amerikaner?«

»Ich frage mich immer noch, was Sie eigentlich wollen«, meinte Gumprecht kopfschüttelnd. »Sie können uns doch gar nichts. Falls Sie die Justiz einschalten, geht es Ihnen genauso an den Kragen wie uns.«

»Ich lasse mich nicht von Ihnen übervorteilen«, schnappte Burgert. »Entweder ich werde an dem Kuchen beteiligt oder Sie können Ihre Geschäfte mit den Amis vergessen.«

»Ach, daher weht der Wind«, schmunzelte Kalinowski.

»Vergessen Sie es«, schlug Gumprecht vor.

»Das werden Sie bereuen, alle beide«, flüsterte Burgert. »Glauben Sie bloß nicht, dass ich mich damit zufrieden gebe.«

»Etwas anderes wird Ihnen wohl kaum übrig bleiben. Gehen Sie jetzt freiwillig oder müssen wir Sie hinauswerfen?«

Burgert wurde knallrot. »Das wagen Sie nicht.«

»Wetten? Falls ich mich nicht täusche, haben Sie, da Ihnen die Firma nicht mehr gehört, hier nichts mehr zu suchen. Genau genommen begehen Sie im Moment nichts anderes als Hausfriedensbruch.«

Kalinowski stand langsam auf und verschränkte seine Finger mit den Handflächen derart nach außen, dass seine Knöchel knackten. »Es wäre mir ein großes Vergnügen«, erklärte er lächelnd. »Aber ich glaube, Herr Burgert geht aus freien Stücken.«

»Olaf«, hauchte Burgert tonlos, doch Kalinowski donnerte bereits hinter ihm die Tür ins Schloss.

»Was war das mit den Unterlagen aus deinem Schreibtisch?«, fragte Gumprecht sofort, nachdem Burgert sie nicht mehr störte.

»Halb so wild«, sagte Kalinowski. »Zalynski und ich haben irgendwann mal schematisch festgehalten, wie unsere Geschäfte ablaufen könnten.«

Gumprecht trat wütend gegen den Rollcontainer mit den Schubladen. »Himmel, ich hab dir tausendmal gesagt, wir dürfen uns keinen Fehler erlauben. Wie kannst du nur so blöd sein, was Schriftliches hier herumliegen zu lassen?«

»Verdammt noch mal, Werner, der Alte kann mit dem Zeug überhaupt nichts anfangen. Was kann der schon gegen uns unternehmen? Der hat selbst so viel auf dem Kerbholz, dass er für mindestens zehn Jahre einfahren würde. Der kann nicht zu den Bullen gehen.«

»Das nicht«, meinte Gumprecht kopfschüttelnd. »Aber Burgert kennt aus seiner politischen Zeit noch so viele Leute, mit deren Hilfe er uns auf anderen Wegen gefährlich werden kann. Für den ist es ein Leichtes, uns den Zoll oder das Bundeswirtschaftsministerium auf den Hals zu hetzen, ohne dass sein Name ins Spiel kommt. Und wenn wir von denen geprüft werden, sehen wir alt aus.«

Kalinowski krallte sich nachdenklich die angebrochene Sektflasche und füllte sein Glas nach. »Und was schlägst du vor?«

»Auf jeden Fall sollten wir ihn ein wenig im Auge behalten. Ich glaube, der unternimmt entweder sofort etwas oder gar nicht.«

»Wir sollten uns nicht verrückt machen. Was wir mit Zalynski ausgeheckt haben, ist narrensicher. Selbst, wenn uns der Zoll mal prüfen sollte, unsere Papiere sind in Ordnung. Solange das Zeug in Deutschland ist, verhalten wir uns absolut legal. Was später damit passiert, kann uns doch egal sein.«

19

»Nanu, haben Sie sich verlaufen?« Hofmann verlangsamte erstaunt seinen Schritt, als er Brettschneiders Schädel erkannte.

Der Gerichtsmediziner studierte ausgiebig die angepinnten Zettel auf dem schwarzen Brett und fummelte einen Zigarillo aus seiner Hemdtasche.

»Wurde doch langsam Zeit, mir mal eure neuen Büros anzusehen«, pflaumte der Bayer gut gelaunt zurück.

Der Kommissar ergriff die Pranke des mindestens zwanzig Zentimeter größeren Mannes, verkniff sich einen Schmerzensschrei und kramte seinen Schlüssel hervor. »Ist Thalbach nicht da?«

»Scheint nicht so«, antwortete Brettschneider. »Vielleicht ist sie wieder auf Kollegenjagd.«

Hofmann hob erschrocken den Kopf. »Darüber macht man keine Scherze.«

»Ja, schon gut.«

Hofmann hatte endlich das Schloss aufbekommen und trat ein. Mit einer Handbewegung wies er seinem Besucher einen Stuhl zu, während er abschätzend die Thermoskanne schüttelte. Leer, natürlich.

»Danke, aber so lange bleibe ich nicht«, meinte Brettschneider. »Wollte nur eine kurze Stippvisite machen.«

»Haben Sie im Institut nichts zu tun?«, erkundigte sich Hofmann. »Falls ich mich nicht irre, wartet ein toter Obdachloser auf seinen Y-Schnitt.«

»Um der Wahrheit die Ehre zu geben, ich muss gleich selbst zum Arzt. Vorsorgeuntersuchung. Und da dachte ich, ich schau mal vorbei. Ich hab mir den Obdachlosen übrigens schon angesehen.« Dabei platzierte er sein Mäppchen auf den Oberschenkeln und blinzelte zu Hofmann herüber.

»Ist der Bericht etwa schon fertig?«, riet dieser, ohne allzu große Gier an den Tag zu legen. Brettschneider wäre unermesslich beleidigt, wenn er das Wichtigste nicht persönlich vortragen könnte.

»Nicht ganz, morgen Mittag können Sie sich den abholen. Aber wie ich schon vermutete – ein interessanter Fall.«

»Oh Gott«, stöhnte Hofmann ahnungsvoll.

»Sie erinnern sich doch bestimmt an diese merkwürdigen Wunden an Brustkorb und Oberschenkel?«

»Klar.«

»Nun, dabei handelt es sich nicht um übliche Schussoder Stichverletzungen.«

Hofmann setzte sich und trommelte nervös auf seiner Schreibtischunterlage herum. »Jetzt machen Sie es nicht so spannend.«

Brettschneider entflammte endlich den Zigarillo, den er bis dahin lässig im Mundwinkel geparkt hatte. Mit einem Wischer feudelte er die dicksten Qualmwolken aus dem Weg und lehnte sich zurück. »Sieht mir verdammt nach der guten, alten Pfeil-und-Bogen-Methode aus, allerdings in der modernen Variante. Ich tippe mal auf eine Armbrust.«

»Was?«, rief Hofmann überrascht.

»Sie haben richtig gehört«, nickte der Bayer. »In beiden Wunden fanden sich winzige Metallreste, außerdem noch Kunststoffpartikel. Vermutlich stammen die von den Stabilisierungsfedern am Ende des Pfeils. Die ausgerissenen Wundränder sprechen dafür, dass der Täter dem Opfer die Pfeile nach der Tat wieder herausgerissen hat. Dabei war er nicht besonders vorsichtig.«

»Was für Pfeile?«, fragte Katharina, die unbemerkt das Büro betreten hatte.

»Der Doc hat sehr wahrscheinlich die Tatwaffe identifiziert«, fasste Hofmann das vorangegangene Gespräch zusammen. »Offensichtlich haben wir es mit der Bochumer Version eines Robin Hood zu tun, der mit einer Armbrust auf Obdachlose ballert.«

»Geht es Ihnen nicht gut?«, fragte Brettschneider, der sich auf seinem Stuhl fast die Wirbelsäule verrenkte. »Sie sehen reichlich käsig aus.«

»Ach was«, wehrte Thalbach ab. »Ein bisschen schlecht geschlafen, sonst nichts.«

»Das geht auch wieder vorbei«, tröstete Brettschneider ungewohnt sanft. »Auf jeden Fall scheint der Fall eine harte Nuss für Sie zu werden. Bei dieser Tatwaffe scheidet wohl ein Streit unter den Pennbrüdern aus, ein paar Skinheads, die unbedingt Leute quälen müssen, waren das ebenfalls nicht. Da steckt mehr dahinter. Übrigens, der Tote hatte noch eine minimale Verletzung auf der Schulter, nicht mehr als ein kleiner Kratzer, aber da haben wir ebenfalls diese Metallsplitterchen gefunden.«

»Also ist insgesamt dreimal auf ihn geschossen worden«, demonstrierte Hofmann seine Rechenkünste.

»Dreimal hat man ihn getroffen«, korrigierte Katharina. »Doktor, haben Sie feststellen können, von welcher Seite die Pfeile in den armen Kerl eingedrungen sind?«

Brettschneider grinste zufrieden. »Gut mitgedacht«, lobte er anerkennend. »Der Schuss in den Oberschenkel hat ihn von hinten getroffen, der Kratzer an der Schulter höchstwahrscheinlich auch, aber das kann ich nicht mit Sicherheit sagen. Der Schuss ins Herz kam eindeutig von vorne.«

Katharina nickte, als hätte sie keine andere Auskunft erwartet. »Also ist er vermutlich regelrecht gejagt worden. Den ersten und, so wie es aussieht, auch den zweiten Treffer hat er sich eingefangen, als er versuchte, davonzulaufen. Den tödlichen Schuss bekam er, als der Mörder ihn gestellt hat.«

»Dafür sprechen auch die Eintrittswinkel«, ergänzte Brettschneider. »Der Kratzer auf der Schulter verläuft schnurgerade über den höchsten Punkt, der Schuss ins Bein war leicht abwärts geneigt. Entweder hat er da noch gestanden oder ist gelaufen. Der Schusskanal ins Herz hingegen führt leicht aufwärts. Vermutlich lag das Opfer da schon auf dem Boden.«

»Unglaublich«, meinte Hofmann angewidert.

»Und das alles sieht nicht nach einer spontanen Tat aus«, dozierte Brettschneider. »Im Magen befanden sich wenige Speisereste, vermutlich Brot, außerdem noch eine geringe Menge Wein. Sonst war der Körper reichlich ausgetrocknet, so, als hätte der Mann in den Tagen zuvor viel zu wenig getrunken.«

»Und was schließen Sie daraus?«, erkundigte sich Thalbach interessiert.

»Ist das nicht eher Ihr Job, Rückschlüsse zu ziehen?«

20

»Bleib mir mit deinen Fingern vom Leib«, fauchte Carina Rürich ihren Chef an und entwand mit einem heftigen Schwung ihre Taille seiner Umarmung.

»Bist du körperlich indisponiert?«, fragte Gumprecht.

»Rutsch mir den Buckel runter«, empfahl die junge Frau und setzte ihren Weg in ihr Büro fort.

Gumprecht stand noch einen Moment verdattert im Flur und folgte ihr dann. »Carina, was um alles in der Welt ist denn in dich gefahren?«

»Das fragst ausgerechnet du, du Schmierlapp?«

»Bist du noch zu retten? Alles hat doch hervorragend geklappt. Was für eine Laus ist dir über die Leber gelaufen?«

Rürich pfefferte die beiden Aktenordner, die sie sich gerade aus der Buchhaltung geholt hatte, auf ihren Schreibtisch und stemmte die Fäuste in die Hüfte. »Ich denke, Kalinowski sollte achtkantig an die Luft gesetzt werden, wenn der Verkauf über die Bühne gegangen ist. Und jetzt wird dieses Arschloch dein Kumpel in der Geschäftsführung?«

»Ach das«, meinte Gumprecht erleichtert. »Die Amis bestanden darauf. Ich konnte es nicht verhindern.«

»Erzähl das deinem Frisör, du Schuft«, zischte Rürich zurück. »Als wenn du das nicht vorher schon gewusst hättest.«

»Wusste ich nicht«, verteidigte sich Gumprecht. »Immerhin war Kalinowski mit diesem Zalynski zusammen auf der Uni. Vielleicht hat der mit seinem alten Studienfreund eine Abmachung getroffen, von der sie mir nichts gesagt haben.«

»Lüg mich nicht an.«

»Aber das tue ich nicht. Ich bin doch selbst aus allen Wolken gefallen, als die Amis den Vorschlag gemacht haben, die Geschäftsführung zwischen ihm und mir aufzuteilen. Außerdem, warum beschwerst du dich? Immerhin fällt für dich doch dabei auch ein schöner Job ab.«

»Na, klasse«, ätzte die Frau. »Werner, du erzählst mir wochenlang, ich soll über Kalinowski alles herausfinden, was es herauszufinden gibt, damit du ihn abschießen kannst, und dann wird mir dieser Knallkopp wieder vor die Nase gesetzt. Nicht mit mir.«

»Carina, sei wieder lieb«, meinte Gumprecht und trat einen Schritt näher an sie heran. »Ich habe dir nie versprochen, dass sich hier alles von heute auf morgen ändert. Du musst schon ein wenig Geduld haben.«

»Und wie lange? Bis ich in Rente gehe?«

»Unfug. Aber wenn dir das alles nicht in den Kram passt ...«

Rürichs Augen blitzten auf. »Was soll das heißen?«

»Gar nichts. Aber falls du hier nicht schnell genug Karriere machen kannst, es gibt genug andere Firmen.«

»Ach, so ist das? Du willst mich loswerden?«

»Keine Spur. Meinst du, ich hätte sonst dafür gesorgt, dass du einen besseren Job bekommst? Denk doch nur mal daran, wie sich die Bezeichnung *Leiterin des Südosteuropabereichs* bei einer Bewerbung in einer anderen Firma macht. Und das in deinem zarten Alter.«

»Nein, wie rücksichtsvoll. Hast du mir nicht vor ein paar Tagen noch zu verstehen gegeben, *wir* hätten nach dem Verkauf ausgesorgt?«

Gumprecht klemmte sich eine Zigarette zwischen die Lippen und knipste sein Feuerzeug an. Den hehren Vorsatz, die Qualmerei an den Nagel zu hängen, schien er wieder mal nicht durchhalten zu können.

»Klang das in deinen Ohren etwa wie ein Heiratsantrag?«, höhnte er. »Natürlich haben wir ausgesorgt. Die Firma kann weiter existieren, ich hab einen guten Job und deine Position hat sich ebenfalls deutlich verbessert. Falls du mich falsch verstanden haben solltest, tut mir das Leid, ehrlich.«

»Raus«, forderte Rürich mühsam beherrscht. »Verschwinde aus meinem Büro, du elender ... Scheißkerl.«

»Na, na, na. Nimm das doch nicht gleich persönlich.«

»Schwirr endlich ab«, schrie Rürich schrill. »Bei deinem Anblick muss ich kotzen. Und such dir gefälligst eine andere, von der du dir einen blasen lässt.«

Gumprecht nahm einen tiefen Lungenzug und zuckte bedauernd die Achseln. »Dann eben nicht. Vielleicht ist es tatsächlich besser, wenn wir uns zukünftig auf unsere geschäftlichen Beziehungen beschränken.«

»Raus«, wurde Rürich noch eine Spur lauter.

21

»Menschenskind, wo sind die denn alle?«

Hofmann ließ seine Augen über den fast leer gefegten Husemannplatz wandern. Die zahlreichen Sitzbänke waren verwaist, an den eng zusammengedrängten Plastiktischen der Eisdiele trotzte gerade mal ein einziges Pärchen dem feinen Nieselregen, den der heutige Sommertag für die geplagten Ruhrpöttler übrig hatte. Nirgends eine Spur von einem Obdachlosen.

»Würdest du dich bei diesem Sauwetter unter freiem Himmel herumtreiben?«, knatschte Katharina zurück.

»Mit der notwendigen Promillezahl im Blut wär mir das Wetter scheißegal«, knurrte Hofmann.

Egal, wo die beiden Beamten auch suchten, nirgends fanden sie jemanden. Der Bunker am Springerplatz war leer und wurde notdürftig für die nächste Nacht gereinigt, die in unmittelbarer Nähe vegetierende Kontaktstelle für Nichtsesshafte war, abgesehen von dem ABM-Sozialarbeiter, der ihnen etliche übrig gebliebene Exemplare des

Obdachlosenmagazins andrehen wollte, ebenfalls verlassen. Und an den ihnen bekannten beliebten Treffpunkten der Berber fanden sie nur leere Flaschen und zerrissene Plastiktüten.

»Komm, wir gehen noch mal 'ne Runde«, schlug Katharina vor. »Vielleicht gibt es irgendwo ein überdachtes Plätzchen, das wir noch nicht kennen.«

»Meinetwegen.«

In Höhe des Glascafés waren sie zunächst unschlüssig, welchen Weg sie einschlagen sollten. Die Kortumstraße war in Richtung Südring beinahe ausgestorben. Sie wandten sich nach links. Und endlich hatten sie Glück.

Neben der Ladenfront einer Boutique hatten sich zwei abgerissene Gestalten unter das Vordach eines großen Bekleidungshauses gequetscht. Angesichts der ausbleibenden Kundenströme zeigten die Einzelhändler Herz; sie riefen nicht sofort nach der Polizei, sondern ließen die beiden sitzen, wo sie waren.

Katharina umklammerte den Griff ihres Regenschirmes und stieß Hofmann mit dem Ellbogen an. Ihr Kollege nickte und zückte schon mal vorsorglich seinen Dienstausweis.

»Morgen, meine Herren«, meinte er betont fröhlich. »Kripo, mein Name ist Hofmann. Haben Sie einen Moment Zeit für uns?«

Die triefäugigen Berber sahen sich an, wobei der eine einen Flachmann unter die Schöße seines Mantels schob. Dann zog er das abgeschabte Bekleidungsstück über der Brust zusammen. »Wat is denn jetz schon wieder? Wir ham nix gemacht.«

»Behauptet auch niemand«, beruhigte Katharina. »Wir brauchen Ihre Hilfe.«

Die zweite Gestalt lachte bellend auf. »Wofür denn?«, knarrte er.

Hofmann zückte ein Foto des Toten aus der Innentasche seiner Lederjacke. Selbst ein Volltrunkener konnte erkennen, dass das Gesicht auf dem Bild zu einer Leiche gehörte. »Kennen Sie den?«, fragte er.

»Nee«, meinte der erste, ohne sich das Bild anzuschauen.

»Nun kommen Sie«, drängte Hofmann. »Das könnte ein Bekannter von Ihnen sein.«

Während der erste murrend seinen Kopf an die Betonfassade legte und demonstrativ die Auslagen von C&A begutachtete, riskierte der andere zumindest ein Auge. Plötzlich ruckte sein Kopf ein Stück nach vorn. »Klar, kennen wir den. Das ist doch der Erwin.«

»Erwin und wie weiter?«, fragte Katharina.

»Keine Ahnung«, antwortete der Berber kopfschüttelnd. »Kalle, du kennst den doch auch. Kuck mal.«

Kalle hatte sich an den Strickjacken satt gesehen und fixierte blinzelnd das Bild. Dann nickte er. »Klar, dat is der Erwin. Erwin soundso. Wat is denn mit dem?«

Hofmann brachte das Bild vor dem Regen in Sicherheit und seufzte. »Gestern wurde seine Leiche gefunden.«

»Dann hat die arme Sau et hinter sich«, erklärte Kalle pathetisch. »Hat der vorher noch was angestellt?«

»Kann man so nicht sagen«, meinte Katharina. »Nach unseren bisherigen Erkenntnissen wurde er umgebracht.«

»Wat sagen Sie da?«, entfuhr es Kalle. »Umgebracht?«

»Selbstmord war es jedenfalls nicht«, nickte Hofmann. »Wann haben Sie ihn denn das letzte Mal gesehen?«

»Warten Sie«, überlegte der Zweite nachdenklich. »Das ist bestimmt schon eine Woche her, vielleicht sogar länger. War aber ein reichlich sonderbarer Kerl.«

»Wieso das?«, wollte Hofmann wissen.

»Lindemann«, tönte Kalle.

»Bitte?«

»Lindemann hieß der mit Nachnamen, jetz fällt et mir wieder ein. Erwin Lindemann.«

Katharina zückte ihr Notizbuch. »Warum war Herr Lindemann sonderbar?«, bohrte sie, während sie den Namen notierte.

»Ach, der hat doch gar nichts von uns wissen wollen«, meinte der Zweite wieder. »Glaubte wohl, er wäre was Besseres. Dass der mal im Bunker gepennt hat, war die Ausnahme.«

»Dann hatten Sie so gut wie keinen Kontakt zu ihm?«

»Ach wat«, röhrte Kalle. »Der Arsch hat doch sofort angefangen zu stänkern, egal, worum et ging. Wenn überhaupt, müssten Se mal mit dem Heini sprechen. Mit dem hatta imma rumgehangen.«

»Wo wir diesen Heini finden können, wissen Sie nicht zufällig?«, fragte Hofmann illusionslos.

»Nee, der rennt doch imma von Pontius nach Pilatus. Knacken tut der imma am Elli, auffe Lüftungsschächte. Wehe, einer von uns is dem und dem Erwin mal zu nahe gekommen. Die ham ja fast ausgekeilt.«

»Heini schleppt immer 'ne rote Reisetasche mit sich rum«, erklärte der andere.

»Und sonst hatte Herr Lindemann zu niemandem Kontakt?«

»Nich, dass ich wüsste. Ich glaub, seine Alte ist schon vor etlichen Jahren über die Wupper gegangen, seitdem ist der auf der Straße. Der hat am liebsten mit gar keinem was zu tun. Außer Heini.«

»Besten Dank auch«, meinte Hofmann. »Falls Sie Heini treffen sollten, sagen Sie ihm, er soll sich dringend bei uns melden, einverstanden? Präsidium Uhlandstraße.«

»Geht klar, Meister.«

Erwartungsvoll äugten die beiden Obdachlosen an den Polizisten hinauf. Hofmann ignorierte den Blick, aber Katharina lupfte einen Fünfer aus ihrer Tasche. Kalle tippte an einen imaginären Hut und fuhr sich in Erwartung einer bevorstehenden Dröhnung über die Lippen.

»Und nun?«, fragte Hofmann, als sie ein paar Schritte weitergelaufen waren. »Suchen wir diesen Heini?«

»Natürlich«, gab Thalbach zurück. »Aber lass uns erst etwas essen gehen. Mein Magen knurrt.«

»Das ausgerechnet du das einmal zugibst ...«, freute sich Hofmann.

Während sie auf der Suche nach einer Futtermöglichkeit über die Kortumstraße schlenderten, ließ der Regen nach. Dankbar schüttelte Katharina ihren Schirm aus, während Hofmann den Kragen seiner Lederjacke herunterschlug.

Schließlich entschieden sie sich für den Chinesen in der Passage.

»Brettschneider war ja in richtiger Toplaune«, bemerkte Hofmann, als sie ihre Bestellung aufgegeben hatten. »So kenn ich den ja gar nicht.«

»Wahrscheinlich muss seine Aufenthaltsgenehmigung bald verlängert werden«, antwortete Katharina mürrisch. »Oder würdest du dich freiwillig nach Bayern ausweisen lassen?«

»Nur über meine Leiche.«

Katharina spielte gedankenversunken mit der Gabel und legte ihre Stirn in Falten. »Sag mal, Berthold«, begann sie gedehnt. »Was hast du eigentlich mit der Kohle angefangen?«

Hofmann strich sich über seine Haarstoppeln und sah fragend herüber. »Was meinst du?«

»Na, das Geld, das wir uns letztes Jahr unter den Nagel gerissen haben. Von diesem Fußballer.«

In Hofmanns Gesicht erschienen kleine rote Flecken auf den Wangen. »Na was schon? Gebunkert hab ich das.«

»Keine Extratouren?«

Hofmann kniff die Lippen zusammen. »Nein, natürlich nicht. Warum fragst du?«

Katharina seufzte und beugte sich ein wenig weiter über den Tisch. Sie saßen zwar einsam in der hintersten Ecke des Lokals, aber man konnte ja nie wissen. »Letzten Freitag hat Dagmar so einige komische Bemerkungen gemacht«, flüsterte sie. »Als hätte sie irgendetwas gewusst.«

»Du spinnst ja«, entfuhr es ihrem Kollegen. »Wodurch hätte sie das denn spitzkriegen sollen?«

»Weiß ich doch auch nicht. Aber du kanntest sie ja, blöd war Dagmar nicht.«

»Habe ich auch nie behauptet. Ehrlich, ich hab zu niemandem ein Wort gesagt, außer Sabrina natürlich. Der konnte ich ja wohl kaum erzählen, ich hätte die fünfundsiebzig Riesen beim Preisskat gewonnen.«

»Gegenüber Wielert muss Dagmar auch so ominöse Sprüche losgelassen haben.«

Hofmann sah auf. »Und woher weißt du das?«

»Gestern Morgen hat er mich doch vor der Vernehmung in sein Büro zitiert. Du weißt ja, bei uns ist 'ne Stelle zur Beförderung vakant. Wielert muss wohl entweder Dagmar oder mich im Auge gehabt haben. Und Eulenstein wirkte auf Wielert sehr überzeugt davon, dass ich kein Interesse an der Beförderung hätte.«

»Lächerlich«, schnaufte Hofmann. »Klingt ja fast so, als hätte sie dich erpressen wollen.«

Katharina biss sich auf die Zunge. »Genau so kam mir das auch vor. Kurz bevor diese Sache an der Tankstelle passiert ist, hat sie versucht, meine finanziellen Verhältnisse abzuklopfen. Und am Ende hatte ich den Eindruck, sie wollte mir zu verstehen geben, dass sie etwas über mich weiß, was besser sonst keiner weiß. Nach dem Motto: Lass die Finger von dem Job.«

Der Kommissar lies einen leisen Pfiff hören. »Machst du dir deswegen Sorgen?«

Katharina schlug wütend mit der flachen Hand auf das Tischtuch. »Begreifst du denn nicht? Wielert liegt Dagmars Tod ziemlich schwer im Magen. Jetzt stell dir mal vor, sie wusste tatsächlich von der Sache und hat sich irgendwo Notizen gemacht oder war gar im Besitz eines Beweises ... Wenn so etwas auftaucht, könnte es doch glatt so aussehen, als wenn mir diese blöde Schießerei an der Tankstelle sehr gelegen gekommen wäre.«

Hofmann wurde blass. Seine Finger langten nach der Schachtel Zigaretten, die er für Notfälle immer mit sich herumschleppte. Die Spitze der Kippe brannte erst nach einigen Fehlversuchen. »Mal den Teufel nicht an die Wand«, sagte er nach einem tiefen Zug. »Immerhin liegt das Ganze schon ein Jahr zurück.«

»Na und? Im damaligen Abschlussbericht steht ausdrücklich, das der Verbleib des Geldes nicht geklärt werden konnte. Wielert hat sich unserer Vermutung, dieser Killer habe Kaltenbachs Geld beiseite geschafft, angeschlossen.«

»Aber warum sollte der ausgerechnet jetzt auf diese alte

Geschichte kommen?«, fragte Hofmann beinahe flehend. »Dagmar wird schon niemandem etwas gesteckt haben, so eine war die nicht, und dann kann uns doch gar nichts passieren. Vorausgesetzt, sie wusste überhaupt etwas und hat dich nicht bloß versuchsweise einschüchtern wollen.«

Katharina lehnte sich zurück und entknotete ihre verkrampften Finger. »Ich hoffe, du hast Recht.«

22

Fast sah es schon aus wie ein Ritual. Acht Schritte durch das Wohnzimmer, einen langen Blick aus dem Fenster, ein tiefer Atemzug, auf den Hacken kehrt machen, wieder acht Schritte zurück und ungeduldig an der Tür zum Arbeitszimmer lauschen, ob die Unterhaltung inzwischen zu Ende gegangen war. Natürlich nicht. Immer noch waren die Stimmen auf der anderen Seite der Tür zu hören.

Jürgen Burgert schüttelte missbilligend den Kopf und begab sich erneut auf Wanderschaft. Schon seit einer geschlagenen halben Stunde vegetierte er hier herum und wartete darauf, dass sein Bruder die Besprechung mit dem Kirchenvorstand seiner Gemeinde zum Ende brachte.

Endlich vernahm er aus dem Nebenraum das Rücken von Stühlen. Allmählich bewegten sich die Stimmen in die Diele. Aufatmend beendete Burgert seine Wanderung und pflanzte sich auf den schäbigen Holzstuhl, den sein Bruder für Besucher vor seinen Schreibtisch platziert hatte.

»Tut mir Leid, dass es so lange gedauert hat«, entschuldigte sich Heinrich Burgert, als er schließlich das Zimmer betrat. »Hättest du mich heute Morgen angerufen, hätte ich den Termin verschieben können.«

»Mach dir keine Gedanken, Heinrich.«

»Es war wirklich außerordentlich wichtig«, fuhr der Geistliche fort. »Du weißt, demnächst steht die Renovierung der Kirche an. Das Bistum übernimmt zwar gut zwei Drittel der Kosten, aber wir müssen trotzdem noch eine schöne Stange Geld aufnehmen.«

Der Mann auf dem Stuhl musterte seinen jüngeren Bruder. Obwohl es schon kurz nach neun war, steckte er immer noch in seiner Soutane. Katholischer als der Papst, hatte seine Frau Heinrich immer genannt, als sie noch lebte. Burgert musste lächeln. Die Gesichter verrieten zwar die gemeinsame Abstammung, aber ansonsten waren die Geschwister so verschieden wie nur möglich.

»Und?«, heuchelte er Interesse. »Veranstaltet ihr jetzt einen Basar?«

Der Geistliche schob seine Plauze an der Tischkante vorbei und setzte sich ächzend in seinen Sessel, der um einige Nummern bequemer war als der Stuhl vor dem Schreibtisch. »Irgendetwas in der Art wird es wohl mal werden«, nickte er. »Zuvorderst wollen wir allerdings bei einigen betuchten Mitgliedern unserer Gemeinde um Spenden bitten, natürlich von der Steuer absetzbare. Wiemelhausen ist in dieser Hinsicht ein ganz ergiebiges Pflaster.«

Der Priester zwinkerte seinem Bruder zu, fuhrwerkte an einem kleinen Schränkchen außerhalb des Sichtfeldes des anderen herum und beförderte eine Flasche Cognac und zwei ausladende, zu der Qualität des Getränkes passende Gläser hervor. Ohne auf Zustimmung zu warten, schüttete er einen guten Fingerbreit in jedes Glas.

»Wohlsein«, prostete er dem früheren Unternehmer zu und nippte genießerisch an dem abgelagerten Franzosen.

Sein Besucher schob das Glas vorerst achtlos zur Seite.

»Na, wo drückt dich denn der Schuh?«, fragte Heinrich. »Befindest du dich in Schwierigkeiten?«

»Wie man es nimmt. Du weißt doch bestimmt, dass wir die Firma an einen amerikanischen Konzern verkauft haben?«

Der Geistliche sah überrascht auf. »Die Firma? Deine Firma? Wann denn das?«

Nervös trommelte der ältere Burgert ein Solo auf der Armlehne seines Stuhls. »Vorgestern, am Sonntag.«

»Aber warum denn? Willst du dich mit dem Verkaufserlös zur Ruhe setzen?«

»Herrgott, liest du eigentlich nur dein Kirchenblättchen? Es stand doch schon oft genug in der WAZ, dass wir völlig pleite waren.«

Erschrocken hob Heinrich die Hand. »Wenn du Geld brauchst ...«

»Ach was«, erregte sich der Besucher. »Dass ist eine Größenordnung, die ein wenig über deinen Verhältnissen liegt.«

»Jürgen, auch deine missliche finanzielle Situation ist noch lange kein Grund, mir gegenüber beleidigend zu werden. Ich verstehe nur nicht, wie du dich von dem Geschäft, das du vor mehr als dreißig Jahren aufgebaut hast, so einfach trennen kannst.«

»Menschenskind, du hast keine Ahnung vom wirklichen Leben. Wenn wir nicht verkauft hätten, wären wir innerhalb der nächsten vier Wochen vor dem Konkursrichter gelandet. Wir hatten gar keine Wahl.«

»Und? Was willst du dann bei mir?«, kam die Frage von der anderen Seite des Schreibtisches.

»Ich brauche deinen Rat und deine Hilfe«, seufzte Burgert theatralisch. »So wie es aussieht, bin ich bei dem Geschäft gehörig über den Tisch gezogen worden.«

Für einen Moment glomm in den Augen des Priesters so etwas wie Schadenfreude auf, dann hatte er sich wieder in der Gewalt. »Inwiefern?«

Burgert schnappte sich jetzt doch den Cognacschwenker und gönnte sich einen kräftigen Schluck. »Mein sauberer Kompagnon und mein eigener Sohn ziehen da ein krummes Ding durch. Am Sonntagabend war ich noch einmal in der Firma, direkt nachdem ich den Kaufvertrag unterschrieben hatte. Und dabei habe ich festgestellt, dass in meinem Büro ein Mikrofon installiert ist. Nicht nur bei mir, bei den beiden anderen aus der Geschäftsführung ebenfalls. Doch dann habe ich in Olafs Büro einige Unterlagen gefunden. Und nachdem ich die durchgesehen hatte, fiel es mir wie Schuppen von den Augen. Die beiden haben seit Monaten gemeinsame Sache gemacht, um mich aus der Firma zu bugsieren.«

Um die Mundwinkel des Geistlichen spielte ein amüsiertes Lächeln. »Und jetzt erwartest du wohl von mir, dass ich mit den beiden ein ernstes Wort rede und sie auf den Pfad der Tugend zurückführe. Jürgen, du bist ein Phantast. Bisher habe ich dich immer für einen ziemlich gerissenen Geschäftsmann gehalten, aber wenn du die zwei nicht selbst zur Rede stellen kannst, tust du mir Leid. Mach doch einfach das Naheliegendste: Zeig die beiden wegen Betruges an.«

»Quatschkopf«, meinte der Ältere ungehalten. »So einfach ist das nicht. Es gibt da so einige Dinge, nun ja, ich kann einfach nicht zur Polizei.«

»Stopp«, fuhr sein Bruder dazwischen, »das will ich nicht hören. Das darf ich gar nicht hören. Gemeinhin eröffnen sich derart irgendwelche Ungesetzlichkeiten.«

»Du bist mein Bruder«, erklärte Burgert nachdrücklich. »Wenn ich nicht einmal dich um Rat bitten kann, wen denn dann?«

»Trotzdem. Erzähl mir nichts, was ich nicht wissen darf.«

»Und wenn ich mich auf das Beichtgeheimnis berufe?«, fragte Burgert höhnisch.

»Das müsste ich akzeptieren«, antwortete der Priester. »Aber gut fühle ich mich nicht dabei.«

»Mir doch egal«, erklärte der Ältere gereizt.

Hilflos breitete der Geistliche die Arme aus und nickte. »Wann hast du überhaupt das letzte Mal gebeichtet?«

»Ist schon 'ne Weile her. Aber keine Angst, ich konzentriere mich jetzt auf das Wesentliche.«

Bevor sein Bruder fortfuhr, zückte Heinrich erneut die Schnapsflasche und schenkte beiden nach. Dann faltete er die Hände über seinem gewaltigen Bauch und lehnte sich zurück.

»Vor ein paar Jahren haben mein alter Partner und ich einige Geschäfte außerhalb des gesetzlich Erlaubten abgewickelt«, begann der Exgeschäftsmann. »Unsere Finanzen waren damals schon mal etwas angegriffen. Also haben wir ein paar Güter verkauft, die wir nicht hätten verkaufen dürfen.«

Neugierig beugte sich der Priester wieder nach vorn. »Und was?«

»Nun, damals gab es ja noch die UdSSR und den Ostblock. Wir hatten die Lizenz, ein paar von deren Raffinerien und Tanklager mit unseren Messanlagen zu beliefern. Und so sind einige Leute auf uns gestoßen, die darüber hinaus Hightech erwerben wollten. Personalcomputer, modifizierte Schaltschränke und dergleichen ...«

»Wofür?«, fragte Heinrich verwundert. »Hätten die das nicht auf ganz normalem Weg beschaffen können?«

Burgert seufzte auf. »Eben nicht. Die modifizierten Schaltschränke sollten für die Kontrolle von ballistischen Waffensystemen eingesetzt werden. Mit anderen Worten, wir haben damals gegen das Kriegswaffenkontrollgesetz verstoßen.«

Der Priester wurde blass. »Du meinst also, dass war so etwas Ähnliches wie mit diesen Giftgasfabriken in Libyen und im Irak?«

»Genau. Unsere Ausfuhren haben wir als Ersatzteillieferungen für die Raffinerien deklariert, die Ausfuhrscheine hat mir ein Parteifreund besorgt, gegen eine, sagen wir, angemessene Aufwandsentschädigung.«

»Schämst du dich nicht?«, fragte Heinrich empört. »Schlimm genug, dass so viel Geld in die Rüstung gesteckt wird, aber dass du daran mitverdienst ...«

»Reg dich ab. Von dem Geld ist das Wenigste in meiner Tasche gelandet, das meiste haben wir wieder in die Firma gesteckt. Hätten wir diese Geschäfte nicht gemacht, wären wir schon vor fünfzehn Jahren bankrott gewesen. Und als der Ostblock zerfiel, war das sowieso vorbei.«

»Und warum kommst du jetzt mit dieser alten Geschichte an?«

»Ich habe am Sonntag erfahren, dass der neue Besitzer der Firma genau diese Geschäfte wieder aufnehmen will.«

»Wieder mit den Russen? Ich denke, das geht nicht mehr.«

»Ach was. Inzwischen gibt es doch genug neue Spannungsgebiete. Denk nur an die ganzen afrikanischen Staaten, in denen Bürgerkrieg herrscht, vom Balkan ganz zu schweigen. Die geben ihren Leuten nicht genug zu essen, aber für ihre Verteidigung schmeißen die Unsummen aus dem Fenster.«

»Letztendlich kann dir das doch egal sein«, überlegte Heinrich. »Die Firma gehört jetzt nicht mehr dir.«

»Aber ich bin ausgebootet worden«, donnerte Burgert wütend. »Das ist ein Riesengeschäft und ich werde mit einer halben Million abgespeist. Die Firma war eigentlich als meine Alterssicherung gedacht.«

»Das verstehe ich alles nicht. Weswegen brauchst du meinen Rat? Da in deiner Branche Lug und Trug an der Tagesordnung zu sein scheinen, dreh den Spieß doch einfach um. Verlange einfach einen dickeres Stück vom Kuchen. Offensichtlich geht es dir doch nur um das Geld.«

»Nein«, wehrte Burgert gedehnt ab. »Es geht noch um etwas anderes: Ich habe Angst.«

»Bitte? Wovor denn? Etwa vor der Blamage, wenn herauskommt, dass der ehemalige Staatssekretär gegen die Gesetze des Staates verstoßen hat, der ihn jahrelang fürstlich entlohnt hat?«

»Spar dir deinen Sarkasmus. Denk an das Mikrofon in meinem Büro. Heinrich, da geht es um Summen in zweistelliger Millionenhöhe, für die du dir eine Luxuskirche mit goldenem Altar bauen könntest. Wenn irgendjemand der Meinung ist, ich stünde seinen Plänen im Wege, könnte es mir an den Kragen gehen.«

Der Priester schüttelte abwehrend seine Wurstfinger. »Meinst du nicht, dass du jetzt übertreibst?«, fragte er dann.

»Nein«, stöhnte Burgert. »Heute Morgen hat mir mein eigener Sohn gedroht, ich solle ihm nicht in die Quere kommen.«

»Olaf? Nach allem, was du für ihn getan hast? Lächerlich.«

»Überhaupt nicht. Dem traue ich alles zu.«

»Abgründe! Und du steckst mittendrin! Willst du wirklich einen Rat von mir? Zieh dich zurück. Verzichte auf das

Geld. Ich glaube kaum, dass du verhungern musst. Auch angesichts dessen, dass du selbst ein Verbrecher bist und Kriegswaffen verkauft hast, solltest du mit dem zufrieden sein, was du hast.«

»Vielen Dank für dein Verständnis«, höhnte der Ältere. »Darf ich dich trotzdem um einen Gefallen bitten? Kann ich dir eine Kopie von den Unterlagen geben? Bei dir vermutet bestimmt niemand das Material.«

»Und zu welchem Zweck? Damit du deinen eigenen Sohn und deinen ehemaligen Kompagnon erpressen kannst?«

»Nein«, meinte Burgert. »Ausschließlich zu meiner eigenen Sicherheit, quasi als Rückversicherung.«

»Hast du die Unterlagen dabei?«, signalisierte der Priester widerwillig Einverständnis.

»Natürlich nicht, die habe ich gestern Morgen sofort in einem Schließfach deponiert. Hast du morgen Abend Zeit?«

»Meinetwegen. Zwar findet um acht die Chorprobe statt, aber die ist meistens um zehn beendet.«

»Gut«, nickte Burgert. »Dann komm ich um zehn vorbei.«

Er vernichtete den Cognac und knöpfte sein Jackett zu, während sich sein Bruder schwerfällig aus dem Sessel pellte.

»Und zu niemandem ein Wort, hörst du?«

Der Priester hob empört die Hände nach oben. »Du musst mich nicht an meine Schweigepflicht erinnern. Von mir wird niemand etwas erfahren.«

Burgert nickte seinem Bruder zu und stiefelte zum Ausgang.

Aufatmend trat er auf den gepflasterten Weg. Es würde höchstens noch ein, zwei Minuten dauern, bevor die Sonne für heute in der Versenkung verschwand. In seinem dünnen Anzug überkam ihn ein leichtes Frösteln. Vielleicht war der Stress für sein Alter doch ein wenig viel.

Burgert fühlte sich müde, während er den Verkehr beobachtete und auf eine Gelegenheit wartete, sich einzufädeln. Der Benz schnurrte leise los, als der Fahrer das Gaspedal durchdrückte. Missmutig kniff er die Augen zusammen, die Sonne schien ihm direkt in die Pupillen. Mit der rechten Hand fingerte er auf der Ablage zwischen den Vordersitzen herum, aber die Sonnenbrille musste er irgendwo anders deponiert haben.

Auf der Straße war nicht mehr sonderlich viel los, vor ihm tuckerte lediglich eine vom Rost bereits reichlich angenagte Ente, hinter ihm befand sich eine dicke Limousine. Doch als Burgert genauer in den Rückspiegel sah und den Wagen erkannte, lief es ihm eiskalt über den Rücken.

Verdammt, er hatte Recht gehabt. Er gab etwas mehr Gas, die Limousine hinter ihm beschleunigte ebenfalls. Kein Zweifel, er wurde verfolgt.

Unruhig rutschte er auf seinem Sitz von einer Backe auf die andere. Als die Ente vor ihm endlich in eine Seitenstraße einbog, drückte er das Gaspedal voll durch. Der Benz zuckte kurz und beschleunigte kraftvoll. Endlich wurde der Abstand zu dem anderen Wagen größer.

Triumphierend heftete Burgert seinen Blick in den Rückspiegel. Tatsächlich, der andere blieb zurück, jetzt bremste er sogar ab und zog in eine Schleife, um zu wenden.

Aufatmend schnaufte Burgert durch und entspannte sich. Doch als er wieder nach vorne sah, fuhr ihm der nächste Schock in die Knochen. Die Kreuzung an der Königsallee war direkt vor ihm. Und die Ampel stand auf Rot.

Erst jetzt hörte er die Hupe, die Flanke der Fahrerkabine des LKW füllte bereits die gesamte Breite der Frontscheibe aus. Unmittelbar hinter dem Zwillingsreifen des Aufliegers schob sich der Benz mit guten achtzig Sachen unter den Trailer. Das Letzte, was Burgert hörte, war der Knall, mit dem sich der Airbag explosionsartig aufblies. Danach rasierte ihn die Kante des Anhängers so gründlich, wie er noch nie zuvor eine Rasur erlebt hatte.

23

Wütend zerknüllte Katharina den äußerst amtlich aussehenden Schrieb der Staatsanwaltschaft, der nach der Rückkehr vom Mittagessen in ihrem Postkörbchen gelegen hatte, und pfefferte den Papierballen Richtung Abfalleimer. Hofmann, der gerade seinen mickrigen Topfblumen eine Ladung Frischwasser gönnte, fragte neugierig: »Ist was?«

»Kann man wohl sagen«, gab die Kommissarin mürrisch zurück. »Anscheinend geht es mir jetzt doch ans Leder.«

Hofmann runzelte die Stirn.

»Ich hab 'ne Ladung zur Staatsanwaltschaft gekriegt«, fuhr die Blonde mit trockenem Mund fort.

»Mach dir nicht gleich ins Hemd«, tröstete Hofmann. »Ganz bestimmt nur eine Formsache. Außerdem hat Lohkamp das doch schon angekündigt, oder?«

»Du hast gut reden.«

»Katharina, ich bitte dich. Entwickle bitte keine Wahnvorstellungen.«

»Und wenn die was spitzgekriegt haben?«, bohrte Thalbach nervös.

Ihr Kollege stellte die bunt bedruckte Plastikkanne zurück auf die Fensterbank und breitete in einer hilflosen Geste der Verzweiflung die Arme aus. »Als Psychologe, der ich nicht bin, könnte ich vermuten, du leidest an Verfolgungswahn. Glaub mir, wenn Dagmar irgendetwas von unserem damaligen Nebenverdienst gewusst hätte, wäre sie schnurstracks zu Wielert oder direkt zum PP gelaufen.«

»Berthold, machst du dir überhaupt keine Gedanken? Wenn die Sache rauskommt, geht es dir genauso an den Kragen.«

»Ehrlich, die Wahrscheinlichkeit, dass sich jetzt noch jemand dafür interessiert, liegt unter null.«

Katharina angelte den Schrieb wieder vom Fußboden und strich ihn mit ihren Handflächen glatt. Zweifelnd flogen ihre Augen ein zweites Mal über den Text.

»Vor wem musst du denn aussagen?«, wollte Hofmann wissen.

»Hinrichsen-Hennerke persönlich.«

»Du liebes bisschen. Und da machst du dir Sorgen? Bei dem hast du doch einen riesengroßen Stein im Brett. Ich wette, der stellt das Verfahren ein, sobald du in Tränen ausbrichst.«

Die Blonde atmete tief durch, wollte etwas sagen, aber da schlug das Telefon an. Blitzartig krallten sich ihre Griffel um den Hörer. »Thalbach.«

Eine Sekunde hörte sie zu, dann verzog sie die Brauen. Nach einem schroffen »Soll raufkommen« landete die Plastikbanane wieder auf der Gabel.

»Kommen jetzt die Männchen mit der weißen Jacke?«, konnte sich Hofmann nicht verkneifen.

»Nein. Ein Heinrich Lackner möchte eine Aussage machen. Die Jungs an der Zentrale haben gefragt, ob der einen Termin bei uns hat.«

»Komisch, die machen doch sonst nicht so einen Aufwand«, wunderte sich Hofmann. »Und worum geht es?«

»Keine Ahnung. Warten wir es ab.«

»Herein«, bölkte Hofmann, als es kurz darauf zaghaft an der Tür klopfte.

Einen Moment später schoben sich ein grauer, verfilzter Haarschopf und ein zerlöcherter Mantel über die Schwelle. In der Hand hielt der Mann eine rote Reisetasche. »Sind Sie die Kripo?«, fragte er schüchtern.

Katharina hielt instinktiv den Atem an. Ihr Besucher stank wie eine verseuchte Beutelratte. Hofmann wich ebenfalls einen Schritt zurück und öffnete mit einer fließenden Bewegung das Fenster. Dann langte er zu seiner Pfeife und dem Tabaksbeutel. Katharina sah ihn dankbar an.

»Hofmann, meine Kollegin Thalbach«, erklärte Berthold wahrheitsgemäß. »Sie möchten eine Aussage machen?«

Der Mann auf der Türschwelle nickte. Immer noch konnte er sich nicht entschließen, ob er den Rest seiner Mitleid erregenden Erscheinung ins Büro schieben sollte. Dann endlich machte er die entscheidenden Schritte nach vorn. »Ja. Der Kalla hat mir gesagt, dat Se mich sprechen wollen. Aber sagen Sie mal, stimmt dat? Is der Erwin wirklich tot?«

Nun fiel bei den Beamten der Groschen. Vor ihnen stand Heini.

»Immer der Reihe nach«, entgegnete Thalbach freundlich. »Nehmen Sie doch Platz.«

Der Berber schlurfte vorsichtig auf den Besucherstuhl und nahm das Sitzmöbel, bevor er sich setzte, gründlich in Augenschein. Anscheinend fürchtete er, dass der Stuhl unter Strom stehen könnte.

»Wat is denn jetzt mit dem Erwin?«, wiederholte der Mann, als er seine vier Buchstaben geparkt hatte.

»Es tut mir sehr Leid, aber Herr Lindemann ist tatsächlich tot. Er ist ermordet worden.«

Lackner machte große Augen. »Ermordet? Der Erwin? Nee, dat kann nich sein.«

»Doch«, meinte Hofmann. »Sie waren mit Herrn Lindemann befreundet?«

»Aber der Erwin ... dat war der Einzigste, mit dem ich mich ma unterhalten konnte. Nee, der kann doch nich tot sein?«, stammelte Lackner verzweifelt. »Sagen Se, dat dat nich wahr is. Wieso hat den denn einer umgebracht?«

»Im Moment haben wir nicht die geringste Ahnung«, gab Hofmann zu.

»Haben se den erschossen?«, drängelte Lackner weiter. »Oder wie ist das passiert?«

»Genau wissen wir das auch noch nicht«, schwindelte Hofmann mit Engelsgeduld. »Den endgültigen Obduktionsbericht bekommen wir erst noch.«

»Möchten Sie vielleicht einen Kaffee?«, fragte Katharina sanft. »Oder etwas anderes zu trinken?«

Der Obdachlose sah auf. So freundlich war er in seiner bisherigen Karriere wohl noch nie von Polizisten behandelt worden. »Kaffee wär gut«, schniefte er.

Thalbach gab Hofmann einen Wink. Mit angelegten Nasenflügeln drückte der sich an ihrem Besucher vorbei und gönnte Lackner einen der Plastikbecher, die für absolute

Notfälle neben dem Waschbecken gelagert wurden. Als das dampfende Getränk vor seiner Nase stand, nahm Lackner den Becher in beide Hände und schnüffelte.

»Echter Bohnenkaffee. Wissen Se, den krieg ich nich allzu oft.«

»Jetzt erzählen Sie mal der Reihe nach«, bat Katharina, wobei sie sich so weit wie möglich auf den Schreibtisch lehnte, damit Hofmanns Rauchschwaden sie erreichten. Zum ersten Mal seit ihrem Dienstantritt in Bochum war sie heilfroh, dass er das Büro mit seinem nach getrockneten Schweißfüßen duftenden Tabak verpestete.

»Wat wollen Se denn wissen?«, fragte Lackner zwischen zwei kleinen Schlucken zurück.

»Nun, wie lange kannten Sie Herrn Lindemann? Wir haben in den letzten Tagen nicht viel über Ihren Freund in Erfahrung bringen können.«

Der Berber kramte ein Taschentuch aus der Manteltasche, mit dem Hofmann noch nicht mal die Felgen seines Golfs poliert hätte. Nach einem ohrenbetäubenden Tröten wischte sich Lackner mit dem Lappen über die rot geränderten Augen.

»Ein richtiger Kumpel war der Erwin«, begann er danach wehmütig. »Dat war der Einzigste, der nie versucht hat, mich zu bescheißen. Wissen Se, auf der Straße is sich jeder selbst der Nächste. Nehmen mit, wat se kriegen können. Bei den Erwin konnte ich mich verlassen, wenn ich neben dem gepennt hab, warn am nächsten Morgen noch alle meine Brocken da. Der hat nich geklaut.«

»Demnach kannten Sie sich schon länger?«, hakte Hofmann nach.

»Klar doch. Der Erwin und ich, wir machen schon seit Jahren zusammen Platte. Mit die andern, da ham wa nix am Hut gehabt, die warn imma nur auf Schnorren aus. Kaum hasse die ma gesehn, ham die einen schon wegen Tabak oder Sprit angehaun. Aber dat die selber ma wat rausrücken, dat gibbet nich.«

»Und wann haben Sie Herrn Lindemann das letzte Mal gesehen?«, fragte Katharina.

»Dat letzte Ma? Warten Se, dat muss so am Donnerstag gewesen sein. Richtig, da sind wa zusammen auffen Schlachthof. Ab und zu ham wa da fürn paar Mark die Behälters sauber gemacht, da, wo die dat Fleisch drin lagern, wenn se die Viecher schlachten. Is 'ne Scheißarbeit, kann ich Ihnen sagen, aber bringt 'n guten Zwanni. Dann ham wa uns aufs Ohr gehaun.«

»Und nach Donnerstag nicht mehr?«, fragte Katharina enttäuscht.

»Ich hab nich mehr mit ihm gesprochen, nee. Gesehen hab ich den Erwin nur noch ma von weitem.«

»Nur gesehen?«, zweifelte Hofmann.

»Ja, am Freitag war dat. Eigentlich warn wir ja verabredet, am Elli, da wo wir immer schlafen. Ich hatte mir 'n bisschen was zusammengebettelt, dat mach ich immer, wenn der Erwin nich dabei is. Der konnte dat nämlich nich ab, dat Betteln. Und wie ich so am Kuhhirten die Treppe runterkomm, seh ich, wie der Erwin in so 'n Auto klettert.«

Elektrisiert fuhr Katharina auf. »Herr Lindemann ist in ein Auto gestiegen? Wissen Sie das ganz genau?«

»Ich bin doch nich bekloppt«, entfuhr es Lackner. »Ich hab noch gerufen: Erwin, wat machst du denn da, hasse im Lotto gewonnen? Aber der hat mich nich gehört, is in den Benz gestiegen und dann is der abgebraust.«

»Moment«, meinte Hofmann verwirrt. »Herr Lindemann ist gefahren?«

»Ach wat. Erwin is auf den Rücksitz eingestiegen.«

»Haben Sie den Fahrer des Wagens gesehen?«

»Ja sicha. Dat war 'n ganz eleganter, so mit Anzug und Mantel.«

Thalbach und Hofmann wechselten einen schnellen Blick. »Und? Kannten Sie den?«, fragte der Kommissar.

»Tut mir Leid, aber den hab ich vorher noch nie gesehen.«

»Würden Sie den Mann denn wieder erkennen?«

»Kann ich Ihnen nich versprechen. Wissen Se, ich war doch völlig von den Socken, dat der Erwin in so 'ne Karre steigt. Auf den Kerl, der da bei dem war, hab ich, ehrlich gesagt, gar nich so geachtet.«

»Können Sie sich denn an die Autonummer erinnern?«, hoffte Thalbach.

»Warten Se mal«, dachte Lackner angestrengt nach, »als die abgezockelt sind, hab ich noch hinterhergekuckt. Der war aus Bochum, aber hinterm Strich ... Nee, weiß ich nicht mehr.«

»Strengen Sie sich an«, bat Hofmann. »Höchstwahrscheinlich hat der Kerl, bei dem Ihr Freund eingestiegen ist, etwas mit dem Mord zu tun. Wenn wir das Kennzeichen wüssten, wäre das eine riesige Hilfe.«

Der Berber kniff vor Konzentration die Augenbrauen zusammen, schüttelte dann aber bedauernd den Kopf. »Nee, wirklich nich. Vielleicht fällt mir die ja noch ein, dann sach ich Se sofort Bescheid.«

Prompt kritzelte Katharina ihre Durchwahl auf einen Zettel und schob ihn dem Obdachlosen herüber. »Verlieren Sie den nicht. Rufen Sie sofort an, falls Sie sich erinnern können.«

»Gibbet eigentlich 'ne Belohnung?«, fragte Lackner leise. »Angenommen, wenn ich Se die Nummer noch sagen kann und Se dann den Mörder finden? Ich frag jetzt nich wegen dem Geld, aber dat könnt ich ganz gut gebrauchen.«

»Glaub ich Ihnen aufs Wort«, nickte Hofmann. »Bis jetzt ist allerdings noch keine Belohnung ausgesetzt.«

»Wann kann der Erwin denn beerdigt werden?«, wollte Lackner noch wissen, während er langsam aufstand. »Irgendeiner muss da dem Sozialamt Bescheid sagen, damit der wenigstens anständig unter die Erde kommt. Und ich würd da gerne mitgehen. Der hatte doch nur mich.«

»Keine Angst, wir kümmern uns darum«, versprach Katharina. Sie griff in ihre Handtasche, zog ihre Geldbörse heraus und legte Lackner einen Zwanziger zu dem Zettel mit der Telefonnummer. »Behalten Sie wenigstens drei Groschen, damit Sie uns anrufen können.«

Der Obdachlose strahlte, steckte Geld und Zettel in die Innentasche seines Mantels und schob ab.

Sobald sich die Tür hinter ihm geschlossen hatte, atmete

Hofmann auf. »Himmel, was für ein Gestank. Der braucht dringend 'ne Dusche.«

»Arme Sau«, stellte Katharina fest. »Los, bring den Stuhl zur Desinfektion oder deponier ihn auf dem Flur. Wir müssen in die Gerichtsmedizin.«

»Aber lass bloß die Fenster auf«, bat Hofmann.

24

»Sie können da jetzt nicht rein«, erregte sich der Sektionsgehilfe unter seinem Plastikkittel. »Doktor Brettschneider obduziert gerade.«

»Na und?«, gab Hofmann zurück. »Glauben Sie, wir hätten noch nie eine Leiche zu Gesicht bekommen?«

»Doch. Aber der Doc füttert gerade 'ne Gruppe Studenten ab. Ist wirklich nichts für schwache Nerven.«

Katharina rümpfte verdrießlich ihre Nase und schob ihren Kollegen vor die Tür zum Sektionsbereich. Hofmann erwischte die Türklinke erst im letzten Moment.

Der Hilfsleichenfledderer hatte nicht untertrieben. Brettschneider thronte hinter seinem Arbeitsplatz, vor dem Tisch lungerte eine Gruppe bleichgesichtiger Medizinstudenten herum. Mindestens drei Viertel der potentiellen Abrechnungsbetrüger war kreidebleich um die Nase.

Die beiden Beamten schlenderten forsch durch den Raum. Der Gerichtsmediziner hatte beide Hände tief in dem Brustkorb einer Leiche vergraben. Als die Polizisten noch etwa zehn Schritte von dem Objekt der Vorlesung entfernt waren, erkannten sie, warum die jungen Leute kurz vor einer Ohnmacht standen. Der obere Teil des Toten bestand lediglich aus einer zusammengematschten Masse, wobei ein gutes Teil, unter anderem auch der Kopf, fehlte.

»Ach du Scheiße«, flüsterte Hofmann.

»Vielleicht warten wir doch besser draußen«, schlug Katharina vor, aber in diesem Moment zerrte Brettschneider eines seiner gefährlich aussehenden Instrumente, mit denen er den wissbegierigen Besuchern einen tiefen Einblick in die Leiche ermöglicht hatte, aus dem Körper und knallte das Teil auf einen Metalltisch. Für heute war er mit seinen Abschreckungsmaßnahmen fertig.

»Aah, meine Lieblingskriminalen«, rief er gedehnt, als er Thalbach und Hofmann entdeckte. »Hab schon auf Sie gewartet.«

»Meine Güte, Doc, konnten Sie sich mal wieder nicht beherrschen?«, erkundigte sich Hofmann mit belegter Stimme. »Mussten Sie den Kerl so zerstückeln?«

»Ich bin unschuldig. Als der gestern reinkam, sah der schon genauso aus.«

»Was ist denn passiert? Unter 'ne Dampfwalze geraten?«, fragte Katharina.

»Keine Spur. Der hat Krieg der Sterne gespielt und verloren.«

»Häh?«, fragte Hofmann.

»Autounfall«, erklärte Brettschneider. »Benz gegen Benz. Nur war die Karre, in die unser Freund hier gebrettert ist, leider ein LKW. Die Kante vom Auflieger hat ihn so zugerichtet.«

»Aua«, rutschte es Hofmann heraus. »Scheint wenigstens schnell gegangen zu sein.«

»Und warum wird der jetzt obduziert?«, wunderte sich Katharina. »Nach einem Autounfall ist das doch alles andere als üblich.«

»Stimmt«, gab Brettschneider zurück. »Aber zum einen war das ein ziemlich hohes Tier in der Politik, ich glaube, ein ehemaliger Staatssekretär. Und zum anderen war der Unfallhergang reichlich merkwürdig. Der Mann hat mit achtzig Sachen eine rote Ampel überfahren und ist ungebremst in den Laster geknallt. Die Staatsanwaltschaft hat eine sofortige Obduktion angesetzt; hätte doch sein können, dass dem jemand was in den Kaffee gemischt hat und er am Steuer eingeschlafen ist.«

»Und? Was gefunden?«

»Keine Spur. Blutalkohol lag bei 0,7 Promille, aber ansonsten war der Knabe bei bester Gesundheit.«

»Tja, dann hat er wohl Pech gehabt«, meinte Hofmann. »Haben Sie sich denn schon unseren Obdachlosen abschließend vorgenommen?«

Brettschneider nickte und bat die Beamten mit einer Handbewegung in sein Büro auf der anderen Seite des Flures. Er besaß sogar so viel Benehmen, Katharina die Tür aufzuhalten.

»Allzu viel Neues kann ich Ihnen nicht berichten«, eröffnete der Mediziner den offiziellen Teil. »Insgesamt drei Schusswunden, ein leichter Kratzer oben an der Schulter, ein Volltreffer ins Bein und dann der goldene Schuss ins Herz.«

Katharina kratzte sich zweifelnd am Kopf. »Das haben Sie uns gestern schon erzählt. Gab der Mann sonst nichts her?«

»Multimorbid«, grinste der Doc. »Ich habe kein einziges inneres Organ ohne pathologischen Befund entdeckt. Bei den Lebensverhältnissen war das auch kein Wunder. Aber außer den ominösen Schusswunden war an dem Körper keine Spur äußerer Gewalteinwirkung zu entdecken.«

»Und weiter?«, lauerte Hofmann. Er kannte Brettschneider lange genug, um zu wissen, dass da noch etwas nachkam.

»Na ja, der Mann war in einem schlechten Allgemeinzustand und das hat nichts damit zu tun, dass es sich bei dem Toten um einen Obdachlosen gehandelt hat. Es fanden sich an auffällig vielen Stellen des Körpers Kotreste. In gewissen Regionen wäre das nicht weiter ungewöhnlich, aber der muss sprichwörtlich in die Scheiße gefasst haben.«

»Irgendwie passt das alles nicht zusammen«, überlegte Katharina. »Das klingt ja beinahe so, als ob ...«

Brettschneider sah sie erwartungsvoll an, aber als die Pause nach ihren Worten zu lang wurde, runzelte er die Stirn. »Wenn Sie mich fragen, gibt es dafür eigentlich nur eine einzige logische Erklärung. Irgendjemand hat den Mann aufgegabelt und einige Tage zwischengelagert. Und dann hat er mit ihm eine ziemliche ekelhafte Version von *Gotcha* gespielt.«

Hofmann fuhr hoch. »Sie lesen zu viele Kriminalromane. So etwas muss doch auffallen.«

»Wieso?«, argumentierte der Doc. »Angenommen, Ihr Mörder verfügt über ein Gelände oder ein Gebäude, das für Dritte nicht einsehbar ist. Die Stelle, an der die Leiche gefunden wurde, war auf gar keinen Fall der Tatort, der wurde da lediglich abgelegt. Immerhin gibt es genügend kranke Leute, die Snuff-Videos drehen. Vielleicht taucht irgendwann ein Film auf. «

»Sie könnten Recht haben«, überlegte Katharina. »Immerhin wissen wir, dass der Tote am Freitagabend zu jemandem ins Auto gestiegen ist, der nicht zum Milieu gehört hat.«

Die Blonde klaubte das Mäppchen, in dem Brettschneider seine Berichte für sie abheftete, vom Tisch und nickte dem Druiden zu. »Besten Dank auch, Doktor. Falls wir was Interessantes herausfinden, halten wir Sie auf dem Laufenden.«

25

»Puuh, was für ein unangenehmer Geruch«, erklärte Gassel, wobei er den Griff um die Tüte mit seiner Marschverpflegung verstärkte. Nach Mülleimer schmeckende Hefeplätzchen verdarben sogar ihm den Appetit.

»Katharina konnte sich nicht beherrschen«, antwortete Hofmann, dem der Muff schon gar nicht mehr auffiel. »Einmal in der Woche könntest du dir schon eine Dusche erlauben.«

»Blödmann«, kommentierte die Blonde genervt. »Kümmere dich lieber um den Kaffee.«

»Jetzt mal im Ernst, was stinkt denn hier so?«, fragte der Dicke.

»Heute Morgen hatten wir einen etwas penetrant duftenden Zeugen zu Besuch«, sagte Hofmann. »Anschließend haben wir die Bude zwar ordentlich gelüftet, aber etwas ist wohl hängen geblieben.«

»Igitt. Besorgt euch am besten ein Raumspray, man hält es ja kaum aus hier.«

Mit diesen Worten knallte Gassel die Tüte neben die Schreibmaschine und hielt Hofmann anschließend seine Tasse unter die Nase. Jedes Mal, wenn Kollege Heinzel einen Krankenschein eingereicht hatte oder aus sonstigen Gründen abwesend war, drückte sich das Schwergewicht bei den Jüngeren herum. Länger als zehn Minuten hielt er es ohne Gesellschaft nicht aus.

»Die anderthalb Stunden bis zum Feierabend stehen wir noch durch. Hast du uns wenigstens was zu knabbern mitgebracht?«, fragte Katharina. »Oder frisst du wieder alles allein?«

»Was denkst du eigentlich von mir«, empörte sich Gassel. »Ihr kriegt natürlich jeder ein Stück ab.«

»Und die restlichen vier sind wie immer für dich. Hast du auch 'ne Nussecke dabei?«

»Obacht«, warnte Hofmann und verteilte den Kaffee. »Mindestens zweitausend gefährliche Kalorien. Nachher kann ich mir bestimmt wieder dein Gejammer anhören, dass du zu dick wirst.«

»Hab ich mich jemals beschwert?«, fragte Gassel bereits mit vollem Mund.

»Ich meinte Katharina.«

Die Blonde streckte dem Stoppelhaarigen die Zunge heraus und knabberte ein Stück von ihrem Gebäck.

»Seid ihr denn weitergekommen?«, wechselte der Dicke das Thema.

»Ein bisschen schon«, nickte Hofmann und hockte sich hinter seine Hälfte des Tisches. »Der Zeuge hat das Opfer am Freitagabend dabei beobachtet, wie es in einen dicken Benz eingestiegen ist, angeblich zu einem sehr elegant gekleideten Mann.«

»Habt ihr die Autonummer?«

»Fehlanzeige.«

»Brettschneider hat interessante Vermutungen geäußert«, mischte sich Katharina ein. »Außer diesen Schusswunden war der Tote äußerlich unverletzt. Aber er scheint ein paar Tage irgendwo gefangen gehalten worden zu sein.«

Gassel sah über den Streuselbelag seines zweiten Teilchens auf. »Wie kommt er denn darauf?«

»Nun, er hat natürlich auch den Mageninhalt untersucht. Nicht nur, dass Lindemann in den Tagen vor seiner Ermordung fast nichts gegessen hat, der Körper zeigte auch Anzeichen von Flüssigkeitsmangel. Und das bei einem schweren Alkoholiker.«

»Ansonsten haben wir nichts«, gab Hofmann zu. »Wie lief es denn bei dir?«

»Ähnlich«, antwortete der Dicke nuschelnd. »Beim Sozialamt war Erwin Lindemann natürlich bekannt, er hat regelmäßig Stütze kassiert. Der Sachbearbeiter konnte mir nichts Außergewöhnliches über den Toten berichten, er kam regelmäßig vorbei, war immer ruhig und hat nie rumkrakeelt. Scheint bei dieser Klientel schon ungewöhnlich zu sein. Zweimal ist Lindemann angezeigt worden, wegen Ladendiebstahls. Das Verfahren wurde jedes Mal eingestellt, laut Akten hat er jeweils bloß Lebensmittel in einem Supermarkt mitgehen lassen.«

»Also ein ruhiger, unauffälliger Obdachloser, der mit niemandem Ärger haben wollte«, fasste Katharina zusammen. »Und ausgerechnet so einer wird bestialisch abgeschlachtet.«

»Na, na, übertreib mal nicht. Als Filmstoff reicht das lange noch nicht.«

»Vielleicht doch. Immerhin handelt es sich bei der Tatwaffe wahrscheinlich um eine Armbrust«, sprang Hofmann seiner Kollegin bei. »Ganz bestimmt findet sich da ein deutscher Problemfilmer, der daraus *Gysenberg Forrest* oder *Robin Hood im Ruhrgebiet* dreht. Drei Stunden Schwachsinn mit anschließender psychologischer Betreuung, im Eintrittspreis inbegriffen.«

Gassel verschlang den Rest seines vierten Hefeteilchens, wischte sich mit dem Handrücken über die Lippen und stand ächzend auf. »Muss mich wieder auf die Socken machen«, erklärte er mit einem flüchtigen Blick auf seine Armbanduhr. »Wielert wollte mit mir sprechen.«

»Komisch«, meinte Katharina, als Gassel abgerauscht war. »Der Alte bespricht die Fälle doch sonst nicht unter vier Augen. Ist da was im Busch?«

»Was denn?«, fragte Hofmann. »Meldet sich wieder dein Verfolgungswahn?«

»Hat Wielert dich jemals in sein Büro zitiert?«, schoss Thalbach zurück. »Im Normalfall kommt der doch sonst immer zu uns.«

»Katharina, bitte. Wahrscheinlich geht es um eine Sache, die nur Karl Heinz und ihn etwas angeht.«

Energisch wischte die Blonde ein paar Krümel von ihrer Schreibtischunterlage und schnappte sich eine Akte aus dem Stapel. Erst nach einer guten halben Minute fiel ihr auf, dass die Buchstaben auf dem Kopf standen. Hofmann grinste, sagte aber nichts.

»Ist hier die Mordkommission?«, fragte jemand vom Eingang her.

Die Beamten wandten ihre Köpfe. In der Tür stand ein schwarz gekleideter älterer Mann, der es von der Gewichtsklasse her ohne weiteres mit Gassel aufnehmen konnte. Sein gesamtes Outfit verriet, dass sie einen Priester vor sich hatten; das kleine, silberne Kreuz am Jackenaufschlag war zur Identifizierung überflüssig.

»Ja«, nickte Hofmann. »Können wir Ihnen helfen?«

Der Geistliche nahm Hofmanns Frage als Anlass, seine Leibesfülle in ihr Büro zu pressen. Er blinzelte die Beamten gewinnend an. »Das hoffe ich doch sehr. Mein Name ist Burgert, Heinrich Burgert.«

Katharina übernahm die Vorstellung.

»Und was können wir für Sie tun?«, fragte sie.

»Ich komme wegen meines Bruders«, begann der Besucher. »Jürgen Burgert. Gestern Abend ist er bei einem Autounfall ums Leben gekommen.«

»Mein Beileid«, meinte Hofmann automatisch.

»Ich habe Grund zu der Annahme, dass es sich nicht um einen Unfall gehandelt hat«, erklärte der noch lebende Burgert geheimnisvoll. »Vielmehr glaube ich, mein Bruder wurde ermordet.«

Katharina sah stirnrunzelnd zu ihrem Kollegen hinüber. Hofmann bot dem Mann den freien Stuhl an.

»Könnten Sie uns das näher erläutern?«, bat die Blonde. »Wenn den Kollegen vor Ort etwas Ungewöhnliches aufgefallen wäre, hätten die uns doch sofort benachrichtigt.«

»Oh, wirklich?«, fragte Burgert. »Meine Dame, ich meine das nicht abwertend, aber untersuchen Sie zwangsläufig jedes Auto, welches in einen tödlichen Unfall verwickelt wurde, auf eventuelle technische Manipulationen?«

»Kommt ganz auf die Umstände an«, gab Katharina ungerührt zurück. »Wie ist der Unfall denn passiert?«

»Nach Aussage der Polizei ist mein Bruder auf der Königsallee mit einem LKW kollidiert.«

Hofmann schnippte mit den Fingern. »Jetzt weiß ich«, meinte er. »Heute Morgen wurde Ihr Bruder obduziert, richtig?«

»Genau«, bestätigte der Priester. »Also hat man Ihnen den Vorfall doch schon gemeldet?«

»Nein«, bremste Katharina die Begeisterung des Schwarzrocks. »Wir waren nur zufällig wegen einer anderen Ermittlungssache in der Gerichtsmedizin. Bei dieser Gelegenheit haben wir mit dem Arzt auch über Ihren Bruder gesprochen.«

»Hat der Gerichtsmediziner am Leichnam meines Bruders etwas Ungewöhnliches gefunden?«

»Außer, dass Ihr Bruder, bevor er sich an das Steuer setzte, Alkohol zu sich genommen haben muss, nicht«, erklärte Hofmann, wobei er sich ein schadenfrohes Grinsen verkneifen musste. »Laut Doktor Brettschneider war Ihr Bruder zwar noch nicht fahruntüchtig, aber bei einer Kontrolle hätte er Probleme bekommen.«

»Es ist mir bekannt, dass mein Bruder Alkohol im Blut hatte. Schließlich war er kurz vor seinem Tod bei mir. Er hat einen Cognac getrunken, vielleicht auch zwei. Aber gleichzeitig war er ein überaus sicherer Autofahrer. Nach meinem Wissensstand muss er quasi ungebremst auf den Lastwagen geprallt sein. Erscheint Ihnen das nicht auch merkwürdig?«

»Erstens können wir die Fahrkünste Ihres Bruders nicht beurteilen und zweitens sollte man nicht hinter jedem Verkehrsunfall eine Verschwörung oder Straftat vermuten.«

»Und warum dann die Obduktion?«, konterte Burgert.

»Weil Ihr Bruder mal ein ziemlich hohes Tier in der Politik war«, schoss Thalbach zurück. »Hätte es sich um einen einfachen Familienvater gehandelt, wäre niemand auf die Idee gekommen, eine Obduktion anzusetzen.«

Der Priester lächelte nachsichtig und knöpfte den verzweifelt gegen die Spannung kämpfenden Knopf seiner Jacke auf. Sein Bauch plumpste augenblicklich zwei Etagen tiefer. »Sie müssen wissen, dass mir mein Bruder bei seinem Besuch erzählt hat, dass er sich in einer ... nun ja, sagen wir, in einer misslichen Situation befand. Ich glaube behaupten zu dürfen, dass er Angst hatte.«

»Könnten Sie das vielleicht ein wenig präzisieren?«, fragte Hofmann.

»Genau da gibt es ein Problem«, seufzte Burgert und faltete die Hände über seinem Bauch. »Mein Bruder hat sich auf das Beichtgeheimnis berufen, bevor er mir von seinen Schwierigkeiten erzählte. Und das nehme ich sehr ernst. Außerdem, falls sein Tod wirklich nur ein Unglücksfall war, sehe ich auch keinen Grund, sein Andenken zu beschmutzen.«

»Klasse«, ätzte Katharina.

»Herr Burgert«, fuhr Hofmann lauter als nötig dazwischen. »Wir können kein Ermittlungsverfahren eröffnen, so lange es keinen konkreten Hinweis gibt, dass ein Verbrechen vorliegt.«

»Ich verstehe, Ihnen sind die Hände gebunden. Aber glauben Sie mir, ich phantasiere nicht. In den vergangenen Jahren haben mein Bruder und ich uns nicht sehr nahe gestanden. Natürlich haben wir uns hin und wieder gesehen, aber das waren fast ausschließlich offizielle Anlässe. Ich war sehr überrascht, als er mich gestern unangemeldet besuchte.«

Blödes Gelaber, dachte Katharina. »Geben Sie uns doch

wenigstens einen kleinen Hinweis, worum es geht«, bat sie laut.

Der Priester rang sichtlich mit sich. Schließlich nickte er und beugte sich ein wenig vor. »Also gut. Ohne zu viel zu verraten, kann ich sagen, dass die Sache mit der Firma zu tun hat, die mein Bruder bis vor kurzem besaß. Augenscheinlich gab es bei dem Verkauf Unregelmäßigkeiten und mein Bruder glaubte von ... gewissen Leuten hintergangen und übervorteilt worden zu sein.«

»Und die sollen ihn dann getötet haben?«, zweifelte Katharina. »Nachdem sie erst auf seine Kosten ein dickes Geschäft abgezogen haben?«

»Nicht nur wegen des Verkaufs«, erklärte Burgert geduldig. »Die Firma muss früher in illegale Geschäfte verwickelt gewesen sein, die in Zukunft wieder aufleben sollten. Mein Bruder befürchtete, dass er für einige Leute eine Gefahr darstellen könnte. Außerdem sprach er davon, Unterlagen gefunden zu haben, mit denen er alles beweisen könnte ...«

»Haben Sie die zufällig?«, unterbrach Hofmann.

»Leider nicht. Er wollte sie mir heute vorbeibringen.«

»Hat er Ihnen gesagt, wo sich diese Unterlagen befinden?«

Burgert hob bedauernd die Hände. »In einem Schließfach. Mehr weiß ich nicht.«

»Trotzdem sehe ich immer noch keinen Ansatzpunkt für uns«, meldete sich Katharina. »Das alles klingt eher nach einem Fall für unsere Kollegen von der Wirtschaftskriminalität.«

»Ich will ja nur sichergehen«, erklärte Burgert. »Letztendlich sind mir die Verfehlungen meines Bruders herzlich egal. Aber ob mein Bruder ermordet worden ist, das ist mir nicht egal. Vielleicht hat ihn ja jemand verfolgt, vielleicht hat auch jemand seinen Wagen manipuliert, so dass er vor der Kreuzung nicht mehr hat bremsen können.«

Abwartend sah Katharina zu Hofmann hinüber. Der atmete tief durch und schlug sich schließlich auf die Schenkel. »Na gut. Meine Kollegin und ich sehen uns den Unfallbericht einmal genau an. Außerdem werden wir unsere Kriminaltechnik auf den Wagen Ihres Bruders ansetzen. Für den Fall, dass wir etwas Ungewöhnliches finden, werden wir selbstverständlich die Ermittlungen aufnehmen; andernfalls haben Sie die Gewissheit, dass es sich wirklich um einen Unfall gehandelt hat.«

Burgert nickte zufrieden, wuchtete sich hoch und presste seinen Jackenknopf wieder in die ausgeleierte Öse. »Das ist überaus freundlich von Ihnen, mehr kann ich auch nicht erwarten. Sie setzen sich mit mir in Verbindung?«

»Auf jeden Fall«, beteuerte Katharina feierlich.

Als Burgert außer Hörweite war, meinte Katharina: »Du bist ja wohl völlig bescheuert. Willst du Rex und seine Leute wirklich auf die Karre von dessen Bruder hetzen?«

»Nicht die Bohne«, antwortete Hofmann. »Aber eine andere Möglichkeit, den Typen loszuwerden, habe ich nicht gesehen. Morgen werfe ich einen Blick in den Unfallbericht, Freitag ruf ich bei ihm an und sage ihm, dass wir leider nichts gefunden haben, was seinen Verdacht erhärtet. Dann ist wieder Ruhe.«

»Hoffen wir es«, unkte Katharina. »Diese Sorte Mensch macht nichts als Ärger.«

26

»Gibst du unserem Sohnemann noch das Fläschchen? Oder reicht deine Zeit mal wieder nicht?«

Katharina schlug den Lokalteil der Zeitung herunter und sah neidisch über den Klapptisch. Zander schaute freundlich zu ihr hinüber; braun gebrannt, sichtlich erholt und gut gelaunt.

»Gleich«, nickte Katharina. »Lass mich wenigstens noch meinen Kaffee austrinken.«

Ulli streckte seine langen Beine aus und griff nach seinen Zigaretten. Seit er in den Wohnräumen nicht mehr rauchte, fräste er bei jeder Gelegenheit Spurrillen in die Balkonfliesen.

»Sollen wir am Wochenende nicht was unternehmen?«, fragte er und zupfte einige braune Blätter aus den Blumenkübeln mit den Geranien.

»Keine Lust«, meinte Katharina sofort. »Ich bin froh, wenn ich mich ein wenig in die Sonne legen kann.«

»Also willst du dich wieder vergraben und deinem Selbstmitleid frönen.«

Katharina klappte die Zeitung zusammen, leerte ihr Kaffeetasse und stand auf. »Bitte keine weiteren Diskussionen«, bat sie. »Und jetzt geh ich Arne füttern.«

Der Sozialarbeiter blieb kopfschüttelnd auf dem Balkon zurück und seufzte. Als er gerade anfing, das benutzte Geschirr einzusammeln, klingelte das Telefon.

»Zander«, meldete er sich, als er die Diele erreicht hatte.

»Gassel hier, guten Morgen, Ulli. Gibst du mir mal Katharina?«

»Grüß dich, Karl Heinz. Geht im Moment leider nicht, Madame ist gerade bei unserem Nachwuchs. Kann ich ihr was ausrichten?«

Der Dicke am anderen Ende schnaufte einmal durch. »Tut mir Leid, ist äußerst dienstlich. Was macht denn euer Sohnemann?«

»Wächst und gedeiht prächtig«, gab Ulli Auskunft. »Warte, ich hol sie eben.«

Der fliegende Wechsel klappte prima. Katharina streifte die bequemen Slipper über die Füße und griff nach dem Hörer. »Um diese Uhrzeit kann das nur eines bedeuten«, meinte sie statt einer Begrüßung.

»Korrekt«, bestätigte der Dicke. »Scheinbar haben die Bochumer Ganoven nur auf deinen Dienstantritt gewartet. Erst vier Wochen tote Hose, jetzt innerhalb von vier Tagen der zweite Mord. Beeil dich, ist nur ein Katzensprung.«

Katharina kritzelte Gassels Angaben zur Tatortadresse auf einen kleinen Zettel und legte auf. Als sie sich umdrehte, stand Ulli hinter ihr. »Ich muss los«, sagte sie. Dann drückte sie ihm einen Kuss auf die Wange, schnappte sich ihre üblichen Arbeitsutensilien und spurtete davon.

Wenige Minuten später erreichte sie den Tatort, das obligatorische Flatterband wies ihr den Weg. Die Blonde quetschte ihren Kleinwagen neben die Kutsche der Kriminaltechnik und sah sich um. Gassel und Wielert standen vor der offenen Eingangstür des schnuckeligen Einfamilienhauses und warteten darauf, dass die Erkennungsdienstler das Feld räumten. Hinter der Absperrung sammelte sich die übliche Meute Hausfrauen, Rentner und Schulkinder, die hoffte, einige blutige Details des Geschehens mitzubekommen.

»Guten Morgen, Katharina«, nickte Gassel. »Anscheinend war jemand der Meinung, ein toter Obdachloser macht uns nicht genug Arbeit.«

»Keine voreiligen Schlüsse«, gähnte Wielert herzhaft. »Warten wir die Spurensicherung ab.«

»Wen hat es denn erwischt?«, fragte Katharina, die sich ein wenig über Wielerts Anwesenheit wunderte. Ansonsten kam der Chef nur bei mittelschweren Katastrophen mit vor Ort – oder, wenn er gerade nichts Besseres zu tun hatte.

»Anscheinend den Ortsteilpfarrer«, erklärte Gassel. »Hab bisher lediglich einen kurzen Blick auf die Leiche werfen können, aber die Würgemale am Hals waren gut zu sehen.«

Katharina wurde blass. »Ein Pfarrer?«

»Katholischer Priester, keine Sekte«, beruhigte sie Gassel lächelnd. »Und die Zeichen seiner Manneskraft sitzen noch da, wo sie sein sollten.«

Katharina winkte heftig ab. »Hieß der zufällig Burgert? Heinrich Burgert?«

Wielert sah auf. »Genau. Woher wissen Sie das? Gehen Sie hier zur Kirche?«

Die Kommissarin kratzte sich nervös den Kopf. »Ach, Quatsch. Der war gestern kurz vor Feierabend noch im Präsidium.«

Gassel und Wielert wechselten einen schnellen Blick. »Und warum?«, fragte der Ranghöhere. »Etwa wegen seines Bruders?«

»Ja«, antwortete Katharina schwach. »Er erzählte ziemlich wirres Zeug, Hofmann und ich sind nicht richtig schlau daraus geworden. Angeblich habe sich sein Bruder bedroht gefühlt und man hätte ihn bei irgendwelchen Geschäften übers Ohr gehauen.«

»Interessant«, meinte Gassel. »Habt ihr etwas unternommen?«

»Wann und wie denn? Außerdem war das doch klar ein Unfall. Berthold und ich waren zufällig gestern bei der Obduktion dabei, weil wir den Bericht über den toten Obdachlosen abholen wollten. Burgerts Bruder hatte ganz schön was getankt.«

»Eigenartig ist das doch«, murmelte Wielert. »Erst kommt ein ehemaliger Staatssekretär bei einem Unfall ums Leben, nur wenige Tage später wird sein Bruder ermordet. Und das, nachdem er tags zuvor auf dem Polizeipräsidium war, weil ihm der Tod seines Bruders merkwürdig vorkam.«

»Erzähl doch mal genau, was er gestern von sich gegeben hat«, bat Gassel.

»Ach, das war wirres Zeug«, meinte Katharina. »Berthold und ich haben nur erfahren, dass die Firma, die Burgerts Bruder gehört hat, vor ein paar Tagen verkauft worden ist. Dabei soll es einen Beschiss gegeben haben. Und außerdem sollen in dem Laden früher illegale Geschäfte durchgezogen worden sein, aber worum es dabei genau ging, wissen wir nicht.«

»Klasse Ansatz«, stöhnte Gassel.

»Wer hat die Leiche eigentlich gefunden?«, fragte Katharina.

»Sein Hausarzt«, erklärte Wielert. »Einmal in der Woche kommt er morgens vorbei, um Blutdruck zu messen und ein paar Pillen zu verabreichen.«

»Und der hat 'n Hausschlüssel?«, wunderte sich die Blonde.

»Keineswegs. Die Haustür stand einen Spalt auf. Als sich auf sein Klingeln niemand gemeldet hat, ist er reingegangen.«

Aus den Augenwinkeln entdeckte Katharina Hofmann, der sich einen Weg durch die Schaulustigen bahnte und sie aus müden Augen anstarrte.

»Muss das sein, so kurz vor dem Wochenende?«

»Halt dich fest«, begrüßte ihn Katharina. »Der Tote war gestern Nachmittag bei uns.«

Hofmann überlegte einen Moment, dann war er mit einem Schlag hellwach. »Ach du Scheiße, etwa dieser Priester?«

»Exakt der«, nickte Wielert. »Hat wohl nicht nur Unsinn erzählt.«

»Doch«, widersprach Hofmann sofort. »Bevor ich gestern nach Hause gegangen bin, habe ich mir den Unfallbericht besorgt. Da war weit und breit nichts, kein anderes Auto, das den Bruder abgedrängt oder gejagt haben könnte.«

»Trotzdem gab es einen Grund, euren Besucher umzubringen«, stellte Gassel fest. »Na, sehen wir uns die Bescherung mal an.«

Einer nach dem anderen quetschten sie sich vorsichtig in den Hausflur und sondierten die Lage. Die Kriminaltechnik war so gut wie fertig, neben dem Leichnam war bereits der Bestatter zugange. Langsam konnte das KK 11 mit der Arbeit beginnen.

»Komisch, dass Brettschneider nicht da ist«, wunderte sich Hofmann. »Normalerweise schnuppert der doch vor allen anderen am Tatort herum.«

»Da vorne ist es wohl geschehen.« Gassels Arm wies in eine Richtung.

Gemeinsam starrten sie in das Arbeitszimmer; einem anderen Zweck dürfte der Raum wohl nicht gedient haben. Grundsätzlich schien hier ein heilloses, aber nicht unsympathisches Chaos zu herrschen, jetzt allerdings, nachdem die Kriminaltechnik ihre Arbeit gemacht hatte, wirkte der Raum kalt und ungemütlich. Alle erdenklichen Flächen waren mit weißlichem Pulver bestäubt, die Schubladen und Regale mit den Aktenordnern waren durchwühlt. Kleine, schwarze Plastikschildchen mit weißen Nummern belebten den Schauplatz.

Der füllige Leichnam des Priesters lag unmittelbar vor seinem Schreibtisch auf dem Bauch, die Füße in Richtung Tür. Auf dem Hinterkopf zeigte sich eine tiefe, hässliche Platzwunde, die zerzausten grauen Haare waren in dem Bereich blutverschmiert. Auf dem Hals prangten deutlich sichtbar Würgemale.

»Erschlagen oder erwürgt«, meinte Wielert. »Suchen Sie sich etwas aus.«

Gassel wollte etwas erwidern, da rammte ihm Katharina ihren Ellbogen in die Seite. Der Dicke hätte es nicht zum ersten Mal fertig gebracht, einen Zehner auf eine der beiden Todesarten zu setzen.

»Sieht mir nicht nach einem Kampf aus«, wechselte Hofmann das Thema. »Eigenartig. Keine umgeworfenen Möbel, kein leer gefegter Schreibtisch, gar nichts.«

»Ein Einbrecher, der den Toten überrascht hat?«, vermutete Wielert.

»Kaum. Das wäre schon ein zu unglaublicher Zufall, nachdem der gestern bei uns im Büro war«, erklärte Katharina kopfschüttelnd. »Ich vermute eher, Täter und Opfer haben sich gekannt.«

»Unsinn«, platzte Hofmann heraus. »Wenn das tatsächlich mit dem Bruder zu tun hat, kann es ja wohl kein Bekannter von dem Pfaffen gewesen sein.«

»Hätte der Priester seinen Mörder nicht gekannt, wäre er wohl kaum mit ihm in sein Arbeitszimmer gegangen«, warf Gassel ein. »Bis wann war er bei euch?«

»Ungefähr bis kurz nach drei«, schätzte Katharina.

»Die Tatzeit wird frühestens am späten Nachmittag oder in der Nacht liegen«, überlegte Wielert. »Anscheinend steht draußen die komplette Nachbarschaft. Das spart uns gleich Laufarbeit.«

»Ich höre immer uns«, flüsterte Hofmann so leise, dass nur Katharina ihn hören konnte.

»Sollten wir nicht auch diese Firma von dem anderen toten Bruder unter die Lupe nehmen?«, fragte Gassel.

Katharina nickte. »Vielleicht ist an der Geschichte, die Burgert uns gestern erzählt hat, ja was dran.«

»Na schön«, meinte Wielert. »Aber erst klappern Sie die Anwohner ab. Vielleicht kommt ja was dabei heraus. Und dann nehmen Sie sich diese Firma vor.«

27

»Nee, das wär nichts für mich.« Kopfschüttelnd kurbelte Hofmann das Seitenfenster hoch und zog den Zündschlüssel ab. »Den ganzen Tag in so einer stickigen Halle abhängen, den Nippel durch die Lasche ziehen und mit fünfzig am Ende sein.«

»Nun mach mal halb lang«, gab Katharina zurück. »Immerhin haben die Leute 'nen Job, mit dem sie ihre Familie am Leben erhalten können. Nicht jeder rutscht in den Beamtenstand.«

»Da geh ich lieber stempeln«, meinte Hofmann und warf einen abfälligen Blick durch das offene Tor einer der Fabrikationshallen.

»Ich glaube, wir müssen da drüben hin«, sagte Thalbach. »Sieht mir nach dem Verwaltungsbau aus.«

Die Blonde hatte Recht. Hinter einer in modernem Kunststoff gehaltenen Empfangstheke lümmelten sich zwei aufgedonnerte Frauen hinter ihren Bildschirmen. Als die Beamten in ihren Dunstkreis traten, sahen sie auf.

»Hofmann, Kripo Bochum. Wo ist denn hier die Chefetage?«

»Sind Sie angemeldet?«, quetschte die kleinere der beiden durch ihre Kaugummiblase hervor.

»Nein. Trotzdem möchten wir ganz gerne mit dem Geschäftsführer sprechen.«

»Zweiter Stock, dann die zweite Tür links. Ich weiß aber nicht, ob der Herr Gumprecht jetzt Zeit hat.«

»Keine Bange, das machen wir schon«, grinste Hofmann und schob Katharina zum Aufzug. Thalbach drückte auf den Knopf und sah sich um.

»Wenn die mit ihren Kunden genauso umgehen wie mit uns, ist das kein Wunder, wenn der Laden bald bankrott ist.«

»Unsere Jungs an der Zentrale sind auch nicht viel freundlicher«, antwortete Hofmann.

»Unsere Kunden müssen uns aber auch nur in den seltensten Fällen bezahlen.«

Der Aufzug kam, und als die beiden Beamten in den Fahrkorb traten, rieselte erbarmungslos Musik von James Last auf sie herab.

Die Chefetage machte Eindruck, der Teppich und die wohl platzierten Gemälde strahlten Geschmack und Gediegenheit aus. Die Chefsekretärin, die sich hinter einem aus tropischen Edelhölzern geschreinerten Schreibtisch verbarrikadiert hatte, entdeckte man erst auf den zweiten Blick.

»Sie wünschen?«, fragte die hochtoupierte Wächterin dieses Stockwerks, noch bevor sich die Besucher orientieren konnten.

»Zu Herrn Gumprecht möchten wir gerne«, ließ Thalbach verlauten. Dabei gönnte sie der Sekretärin einen kurzen Blick auf ihren Dienstausweis. »Es ist dringend.«

»Nehmen Sie bitte einen Moment Platz, ich werde Herrn Gumprecht über Ihren Besuch informieren«, gurrte die Empfangsdame und zauberte auf ihr Gesicht ein lange antrainiertes Alles-wird-wieder-gut-Lächeln. Dann quakte sie in eine Gegensprechanlage, wartete einen Moment und strahlte die Beamten noch gewinnender an.

»Kommen Sie bitte, Herr Gumprecht nimmt sich einen Moment Zeit.« Dabei quetschte sie sich an den Beamten vorbei. Nach einem energischen Klopfen riss sie einen Türflügel auf und trat zur Seite.

»Kriminalpolizei?«, empfing sie Gumprecht mit einem fragenden Lächeln. »Was kann ich für Sie tun?«

Thalbach und Hofmann sahen sich anerkennend um. Gegen die Residenz des Geschäftsführers wirkte sogar der mondäne Flur wie ein Bahnhofsklo.

»Wir kommen wegen Ihres ehemaligen Kompagnons, Herrn Burgert«, kam Hofmann sofort zur Sache.

Über das Gesicht des langsam in die Jahre kommenden Yuppies legte sich ein Schatten. »Bedauerliche Geschichte«, nickte er. »Herr Burgerts Tod ist ein schwerer Schlag für unsere Firma. Er war der letzte noch lebende Firmengründer. Aber bitte, nehmen Sie doch Platz.«

Gleichzeitig deutete er auf die bequem aussehende Sitzgruppe. Dankbar ging Katharina auf die Polster zu. Den gesamten Vormittag über hatten Hofmann und sie die Nachbarschaft des ermordeten Geistlichen abgeklappert, dementsprechend schmerzten ihre Füße.

»Können Sie mir vielleicht erklären, was Sie von mir wollen?«, fragte Gumprecht direkt. »Entschuldigen Sie, ich möchte nicht unhöflich erscheinen, aber soweit ich weiß, kam Herr Burgert bei einem Verkehrsunfall ums Leben.«

»Das ist richtig«, bestätigte Hofmann. »Allerdings gibt es einige Ungereimtheiten.«

»Zum Beispiel?«

»Wissen Sie, wie der Unfall geschehen ist?«, konterte Katharina mit einer Gegenfrage.

»Nur das, was der Presse zu entnehmen war. Demnach muss Herr Burgert eine rote Ampel übersehen haben.«

»Er hatte mindestens siebzig Sachen drauf, als er mit dem LKW kollidierte«, erläuterte Hofmann. »Entweder hat Herr Burgert mit offenen Augen geschlafen oder es gab andere Gründe, warum er nicht auf den Verkehr geachtet hat.«

»Zum Beispiel?«, fragte Gumprecht erneut.

»Eben deshalb kommen wir zu Ihnen«, erklärte Katharina gewinnend. »Gibt es aus Ihrer Sicht Gründe, warum Herr Burgert zum Beispiel Selbstmord begangen haben könnte?«

Gumprechts Gesicht verzog sich zu einem Schmunzeln. »Burgert und Selbstmord? Undenkbar. Wissen Sie, den konnte so leicht nichts erschrecken. Gemeinsam mit meinem Vater hat er vor zig Jahren diese Firma aus dem Nichts aufgebaut, dann war er lange Jahre in der Bonner Politik. Bevor den etwas aus der Bahn geworfen hätte ...«

»Herr Gumprecht, wir haben gehört, dass Ihre Firma vor kurzem verkauft worden ist«, übernahm Katharina. »Könnte Burgerts Tod nicht damit zusammenhängen?«

Der Geschäftsführer strich mit der flachen Hand über seine Krawatte. »Wie kommen Sie darauf? Burgert und ich haben lange nach jemandem gesucht, der uns entweder finanziell unter die Arme greift oder die Firma aufkauft, um sie zu sanieren. Der Verkauf war ein Glücksfall für uns. Und ganz davon abgesehen, Herr Burgert hat sich kaum noch um die Firma gekümmert. Die Geschäfte haben schon lange ich oder Herr Kalinowski, der Prokurist, geführt.«

»Aber Sie sagten doch gerade, Ihr Geschäftspartner habe sich auch nach potentiellen Käufern umgesehen?«, widersprach Hofmann.

»Ach, wissen Sie, Burgert hat hin und wieder seine alten Kontakte spielen lassen oder an Sondierungsgesprächen teilgenommen. Aber an und für sich kannte er das Tagesgeschäft gar nicht mehr.«

»Wann ist der Verkauf denn über die Bühne gegangen?«

»Am letzten Wochenende, Sonntag, um genau zu sein.«

»Und wem gehört die Firma jetzt?«

Gumprecht schlug die Beine übereinander. »Einem amerikanischen Konzern. Warum fragen Sie?«

»Kommen Sie denn dabei auf Ihre Kosten?«, fragte Hofmann unschuldig.

»Ich wüsste nicht, was Sie das interessieren könnte«, sagte Gumprecht, jetzt weniger freundlich.

»Im Prinzip wenig«, stimmte Katharina zu. »Allerdings haben wir Grund zu der Annahme, dass Herr Burgert beim Verkauf der Firma übervorteilt worden ist.«

Gumprecht lachte laut auf. »Unglaublich«, schnaufte er dann. »Die Unterschrift unter dem Vertrag ist noch nicht einmal trocken, der ganze Papierberg liegt noch beim Notar und dann muss ich mir so etwas anhören. Natürlich springt bei dem Verkauf für mich ein kleiner Gewinn heraus, aber für Burgert ebenso. Hauptsächlich jedoch werden mit der Kaufsumme unsere Verbindlichkeiten abgedeckt, zumindest die dringlichsten.«

»Und wie viel bleibt für Sie und Burgert unterm Strich übrig?«

»Meinen Sie nicht, dass Sie allmählich in Gebiete vordringen, die Sie nichts angehen?«, sagte Gumprecht schnippisch.

»Keineswegs«, gab Katharina bestimmt zurück. »Herr Burgert hat gegenüber einer dritten Person geäußert, das bei dem Verkauf der Firma nicht alles mit rechten Dingen zugegangen sei; angeblich konnte er das auch beweisen.«

»Und wer ist diese dritte Person?«, fragte Gumprecht.

»Im Moment tut das nichts zur Sache«, erklärte Hofmann. »Aber immerhin besteht die Möglichkeit, dass es sich bei Burgerts Tod nicht um einem normalen Autounfall gehandelt hat.«

»Verdächtigen Sie mich etwa, ich hätte etwas mit Burgerts Tod zu tun?«, staunte Gumprecht. »Dann sollte ich besser meinen Anwalt konsultieren, bevor ich mich weiter mit Ihnen unterhalte.«

»Zurzeit verdächtigen wir niemanden«, sagte Katharina. »Es wäre für uns nur sehr nützlich, wenn wir mit Ihrer Hilfe gewisse Verdachtsmomente ausräumen könnten.«

Gumprecht stand federnd auf und tigerte eine Runde durch sein Büro. Dabei massierte er mit seiner Linken unablässig seine Kinnpartie.

»Warum eigentlich nicht«, meinte er mehr zu sich selbst. »Sowohl Burgert als auch ich sollen aus der Kaufsumme jeweils eine halbe Million erhalten. Natürlich ist die Firma wesentlich mehr wert, aber angesichts der Verbindlichkeiten konnten wir froh sein, dass überhaupt etwas übrig bleibt. Burgert wollte sich eh aus dem Geschäftsleben zurückziehen, immerhin ist ... war er weit über sechzig. Dank seiner Pension aus Bonn hätte der doch ein bequemes Leben führen können. Also verstehe ich nicht, warum er sich beschwert hat, er sei über den Tisch gezogen worden.«

»Und was machen Sie noch hier, wenn Ihnen die Firma nicht mehr gehört?«, erkundigte sich Katharina.

»Ich arbeite weiterhin als Geschäftsführer. Unser Betrieb ist die erste Niederlassung der Amerikaner in Deutschland, die brauchen jemanden, der sich hier auskennt und die bestehenden Kontakte weiter betreut.«

»Also wurden Sie vom Inhaber zum Angestellten degradiert«, stellte Hofmann vorlaut fest.

»Nennen Sie es, wie Sie wollen«, meinte Gumprecht achselzuckend. »In der Zukunft wird es für mich viele Gründe weniger geben, wegen derer ich Magengeschwüre bekommen könnte. Ein Leben als Angestellter hat auch seine Vorzüge.«

»Was produzieren Sie hier eigentlich?«, fragte Hofmann.

»Elektronikkram«, gab Gumprecht zurück. »Messsysteme, Zubehör für die Automobilindustrie, Kleinteile, Platinen, einfach alles, was Sie sich in dem Bereich denken können.«

»Rentiert sich das?«

»Früher ja. Aber seit die Asiaten den Markt mit ihren Produkten überschwemmen, ist es für uns nicht gerade einfach.«

»Wer ist denn außer Ihnen noch in der Geschäftsleitung tätig?«, wollte Katharina wissen.

»Zum einen Herr Kalinowski und dann noch Frau Rürich, die bisherige Direktionsassistentin.«

»Haben die ihre Büros auch hier oben?«

»Ja, aber zurzeit sind beide unterwegs. Frau Rürich hat ein Meeting bei einem unserer Zulieferer und Herr Kalinowski ist gestern nach Bukarest geflogen. Er kommt erst heute Abend zurück.«

»Sonst niemand?«

»Na ja, da wäre noch Herr Schmidt, der Personalleiter«, sagte Gumprecht.

»Fürs Erste wären wir dann fertig«, nickte Hofmann und wuchtete sich nach oben. »Vielen Dank für Ihre Hilfe.«

»War das alles?«, fragte Gumprecht.

»Nein, ganz und gar nicht«, enttäuschte ihn Katharina. »Wir werden Sie bestimmt noch einmal belästigen müssen.«

»Wieso denn? Was immer Burgert erzählt hat, es müssen Hirngespinste gewesen sein«, erklärte der Geschäftsführer nachdrücklich.

»Mag sein. Allerdings ist der Zeuge, dem Burgert sein Herz ausgeschüttet hat, gestern Abend ermordet worden.

Das deutet darauf hin, dass es sich nicht bloß um Hirngespinste handelt.«

Gumprecht wurde blass. »Ermordet?«

»Ja«, nickte Hofmann. »Und wenn Sie es genau wissen wollen, der Zeuge war der Bruder Ihres Kompagnons.«

»Heinrich? Heinrich Burgert?«, fragte Gumprecht atemlos.

»Genau der. Kannten Sie ihn?«

»Ja natürlich«, gab der Geschäftsführer zurück. »Ich hab ihn zwar schon ein paar Jahre nicht mehr gesehen, aber früher, als mein Vater noch lebte, war Heinrich oft hier in der Firma.«

Langsam setzte sich Hofmann wieder. Natürlich hatten Katharina und er vorher abgesprochen, dass sie den Tod des Geistlichen erst am Ende ihres Gespräches erwähnen wollten.

»Als er uns im Präsidium besuchte, haben wir die Aussage von Herrn Burgert nicht sonderlich ernst genommen«, gab Katharina zu. »Aber heute Morgen lag er tot in seinem Arbeitszimmer. Und die Vermutung, dass sein Tod mit dem seines Bruders zusammenhängt, muss sich einfach aufdrängen.«

»Aber was soll denn unsere Firma damit zu tun haben?«, empörte sich Gumprecht.

»Jürgen Burgert erzählte seinem Bruder auch, dass er sich bedroht fühlte«, erklärte Hofmann.

»Unsinn«, schnappte Gumprecht.

»Außerdem sollen in dieser Firma früher illegale Geschäfte getätigt worden sein«, setzte Katharina nach.

»Aber das ist doch alles Blödsinn«, wehrte sich der Geschäftsführer vehement. »Ich bin seit über zwölf Jahren in der Geschäftsführung dieser Firma und ich kann Ihnen versichern, dass wir uns immer im Rahmen des Gesetzes bewegt haben.«

»Würden Sie uns eine Kopie der Unterlagen über den Verkauf der Firma überlassen?«, fragte Hofmann. »Damit wir wenigstens zweifelsfrei klären können, dass Burgert sich die Übervorteilung nur eingebildet hat?«

»Sämtliche Unterlagen sind bei unserem Notar. Sobald ich sie zurückbekomme, stelle ich Ihnen selbstverständlich eine Kopie zur Verfügung, aber im Moment ist das leider nicht möglich.«

Zufrieden dackelten die Beamten zur Tür.

»Was machen wir nun?«, fragte Hofmann, während sie sich wieder auf die Sekretärin zubewegten.

»Wir sollten mal schauen, ob wir irgendwo etwas über diese Firma finden, was nicht in den Bilanzen steht«, antwortete Katharina. »Jede Wette, die haben Leichen im Keller.«

28

»Na, alles überstanden?«, fragte Gassel mit großen Augen.

Katharina seufzte hörbar durch und nickte. »Wie man es nimmt. Auf jeden Fall ist der offizielle Teil erledigt.«

»Herzlichen Glückwunsch«, gratulierte Hofmann. »Erleichtert?«

»Ein wenig«, gab die Blonde zu. »Aber dafür kann sich Dagmar natürlich auch nichts mehr kaufen.«

Gassel gab ihr einen freundschaftlichen Hieb auf den Rücken, so dass Katharina vor Schmerz aufjaulte. »Entschuldige«, meinte der Dicke vergnügt. »Auch, wenn es aus dem Phrasentopf kommt: Die Zeit heilt alle Wunden.«

»Und deshalb grinst du wie ein Honigkuchenpferd?«, fragte Hofmann.

»Das, verehrter Kollege, hat einen anderen Grund«, strahlte Gassel. »Aber gedulde dich, bis wir bei Wielert sind. Ich habe keine Lust, alles zweimal zu erzählen.«

Der Dicke machte ein geheimnisvolles Gesicht und drückte die Tür zu Wielerts Büro auf. Ihr Chef sah von dem Aktenstapel, in den er sich vertieft hatte, auf und deutete auf die Besucherstühle.

»Alles in Ordnung?«, fragte er Thalbach, als jeder seinen Platz gefunden hatte.

»Formell ja.«

»Wenigstens eine Sorge weniger«, nickte Wielert schlecht gelaunt. »Also, fangen wir mit dem Pfarrer an.«

»Um es kurz zu machen«, begann Gassel, »bisher haben wir nichts. Niemand aus der Nachbarschaft hat gesehen, ob das Opfer Besuch bekommen hat. Fingerabdrücke haben wir nur vom Opfer selbst sowie von seiner Haushälterin gefunden. Im Arbeitszimmer hat allerdings jemand gründlich sauber gemacht, einige Stellen wiesen frische Wischspuren auf. Das zeigt uns zwei Möglichkeiten auf. Einerseits könnte es sich bei dem Täter um einen Einbrecher handeln, den der Priester überrascht hat; dagegen spricht allerdings das Fehlen von Spuren gewaltsamen Eindringens an Fenstern und Türen. Andererseits wäre es denkbar, dass der Täter einen guten Grund hatte, gerade das Arbeitszimmer des Geistlichen zu durchstöbern. Unser Mann hat etwas Bestimmtes gesucht, was von immenser Wichtigkeit für ihn war. Denn besonders sauber waren die Griffe der Schubladen an dem Schreibtisch und an der Aktentasche des Opfers.«

Wielert kniff die Lippen zusammen. »Da das Opfer kurz zuvor bei Thalbach und Hofmann war, scheint mir ein Einbrecher reichlich unwahrscheinlich. Gehen wir mal davon aus, dass der Priester seinen Mörder durch die Vordertür hereingelassen hat.«

»Einverstanden«, nickte Gassel. »Nach Aussage der Haushälterin ist aus dem Arbeitszimmer nichts entwendet worden, außer einem massiven Kerzenständer aus Messing.«

»Die Tatwaffe?«, riet Hofmann.

»Mit ziemlicher Wahrscheinlichkeit«, antwortete Gassel. »Die Würgemale am Hals waren nur oberflächlich, tödlich war der Schlag auf den Hinterkopf. Aus Brettschneiders Bericht ist zu entnehmen, dass ein Kerzenständer als Schlagwerkzeug in Frage kommt.«

»Haben wir so etwas gefunden?«, fragte Wielert.

»Nein«, antwortete Gassel. »Unsere Leute haben im Umkreis von einem Kilometer sämtliche Gullys, Gebüsche und Mülltonnen in Augenschein genommen, ohne Ergebnis.«

»Haben wir überhaupt etwas Brauchbares?«

»Nur eine winzige Kleinigkeit. An der Kleidung der Leiche wurden Teppichflusen gefunden, die eindeutig nicht aus dem Pfarrhaus stammen.«

»Großartig«, knurrte Wielert enttäuscht. »Der Pfarrer wird sich wohl kaum ausschließlich in seinen eigenen vier Wänden aufgehalten haben.«

»Scheinbar hat der Täter die Leiche mit dem Fuß entweder berührt oder vielleicht sogar herumgedreht«, fuhr Gassel unbeeindruckt fort. »Die Flusen wurden ausschließlich in Höhe des rechten Schulterblatts gefunden. Und es ist wohl kaum anzunehmen, dass sich der Tote freiwillig auf fremden Teppichen herumgekugelt hat. Das Labor ist noch dabei, das genau zu untersuchen. Wenn wir die Teppichsorte und den Lieferanten herausbekommen können, hilft uns das vielleicht weiter.«

»Es gibt übrigens noch keine Hinweise, dass der Tote mit seinem Verdacht, dass der Autounfall seines Bruders kein Unfall war, Recht gehabt haben könnte«, mischte sich Katharina ein. »Der Wagen wurde bis auf die letzte Schraube auseinander genommen. Technisch war er völlig in Ordnung. Und es hat auch niemand versucht, den Benz abzudrängen oder auszubremsen; dafür gab es genügend Augenzeugen.«

»Aber wenn der Priester sich etwas zusammengesponnen hat, gab es auch für niemanden einen Grund, ihn zu töten«, stöhnte Hofmann.

»Haben Sie hinsichtlich dieser Firma etwas erfahren?«, wandte sich Wielert an Thalbach.

»Bisher nicht«, verneinte die Blonde. »Bei den Kollegen der Wirtschaftskriminalität ist die Firma nicht bekannt, nicht ein einziges Ermittlungsverfahren oder Hinweise auf unsaubere Geschäfte. Aber es gibt noch eine andere Möglichkeit. Anfang nächster Woche haben Berthold und ich einen Termin beim Zollkriminalamt. Unter Umständen wissen die etwas.«

»Wieso das?«, fragte Wielert unkonzentriert.

»Bespielsweise sind Verstöße gegen Exportbeschränkungen deren Sache«, überlegte Gassel.

»Kinder, das passt doch alles nicht zusammen«, beschwerte sich Wielert unwillig.

»Auf den ersten Blick nicht«, nickte Gassel. »Aber vielleicht geht es ja auch um etwas ganz anderes. Zum Besipiel um ein weiteres Kapitalverbrechen.«

»Wie kommst du denn darauf?«, fragte Hofmann.

»Nun, vorhin meldete sich euer Freund Heini bei mir. Der Zeuge in dem Mordfall Lindemann«, erklärte der Dicke. »Ihm ist tatsächlich noch das Kennzeichen des Wagens eingefallen, in den sein Freund gestiegen ist.«

»Mach es nicht so spannend«, bat Katharina.

»Es war derselbe Wagen, in dem Burgert am Dienstagabend verunglückt ist«, lüftete Gassel sein Geheimnis. »Der Benz war ein Leasingfahrzeug, der Vertrag lief auf Burgerts ehemalige Firma.«

»Ach, Quatsch«, staunte Hofmann. »Das kann doch gar nicht wahr sein.«

»Und warum sollte jemand wie Burgert ...«, begann Katharina, brach aber kopfschüttelnd ab.

»Konnte jemand anderes als Burgert den Wagen benutzen oder stand der nur ihm zur Verfügung?«, fragte Wielert.

»Laut Aussage der Sekretärin ausschließlich Burgert«, erklärte Gassel. »Allerdings sind in der Firma für jedes geleaste Fahrzeug Ersatzschlüssel deponiert.«

»Praktisch«, schnaufte Hofmann. »Also hätte sich im Prinzip jeder die Karre unter den Nagel reißen können.«

»Nee«, widersprach Gassel. »Die Ersatzschlüssel werden im Tresor der Firma aufbewahrt. Und ich glaube nicht, dass da der Hausmeister oder ein Laufbursche Zugriff drauf hat.«

»Mal angenommen, Burgert hat diesen Obdachlosen tatsächlich selbst in seinen Wagen verfrachtet und durch die Gegend gejagt«, überlegte Katharina. »Falls jemand davon Wind bekommen haben sollte, ist das doch ein phantastisches Motiv für eine Erpressung.«

»Und was ist mit der Geschichte, die er seinem Bruder erzählt hat?«, warf Hofmann ein. »Klingt nicht gerade logisch.«

»Nach meiner Ansic[illegible] die Klärung folgender Fragen konze[illegible]elert. »Nehmen wir an, Burgert hat [illegible] Ob[illegible] ermordet. Hat ihn eventuell jemand dabei beobachtet? [illegible]nte dieser Jemand versucht haben, Burgert mit [illegible]sen darüber zu erpressen. Dann hätte [illegible] Burgert ein Motiv für einen Selbstmord gehabt. Andererseits, vielleicht hat Burgert gewusst, wer den Mord verübt hat, und wurde deshalb aus dem Weg geräumt. Dann kommt mir die Story, er fühle sich bedroht, wesentlich wahrscheinlicher vor. Und letztendlich besteht immer noch die Möglichkeit, dass es sich bei Burgerts Tod wirklich nur um einen Unfall gehandelt hat und er mit dem Mord an Lindemann nichts zu tun hatte.«

»Das ist ja undurchsichtiger als der gordische Knoten«, seufzte Gassel.

»Zugegeben, die Auswahl an denkbaren Möglichkeiten ist riesig«, nickte Wielert. »Ein möglicher Erpresser von Burgert hätte für den Mord an dessen Bruder kein Motiv. Wenn Burgert allerdings ein störender Zeuge war, hat der Mörder vielleicht gesehen, dass Burgert seinen Bruder besucht hat, und musste befürchten, dass der Priester informiert war.«

»Das eine ist genauso denkbar wie das andere«, nickte Gassel. »Sollen wir Burgerts ehemalige Firma auf den Kopf stellen?«

»Ich weiß nicht recht«, zweifelte Wielert. »Für einen Durchsuchungsbeschluss ist das alles ziemlich dünn.«

»Wir haben noch nicht mit allen aus der Geschäftsführung gesprochen«, meinte Hofmann. »Ich glaube, wir sollten das schleunigst nachholen.«

»Machen Sie das«, stimmte Wielert zu. »Und schauen Sie bei der Kriminaltechnik vorbei. Die sollen sich Burgerts Wagen noch mal vornehmen. Falls der Obdachlose wirklich darin gesessen hat, muss es Spuren geben.«

»Bereits erledigt«, nickte Gassel. »Rex war zwar nicht erfreut, aber er hat gleich noch mal zwei seiner Leute auf den Wagen angesetzt.«

»Mir fällt da etwas ein«, murmelte Katharina mehr zu sich selbst. »Als wir bei Brettschneider den Bericht abgeholt haben, hat der die Idee gehabt, dass jemand den Obdachlosen ein paar Tage weggeschlossen hat, bevor die Schnitzeljagd oder was auch immer mit dem armen Kerl gespielt haben. Und das ginge nur auf einem großen, einsam gelegenen Gelände oder in einem dementsprechenden Gebäude. Diese Firma von Burgert liegt doch ziemlich abgelegen, oder?«

»In der Nähe der Ümminger Seen«, ergänzte Hofmann, »in einem Gewerbegebiet. Am Wochenende treibt sich da garantiert niemand herum, außer vielleicht mal einem Wachmann.«

»Das ist doch ein Ansatzpunkt«, freute sich Wielert. »Lassen Sie sich die Firma zeigen. Oder machen Sie auf eigene Faust einen kleinen Rundgang. Sobald wir irgendetwas Greifbares in der Hand haben, besorge ich Ihnen den Durchsuchungsbeschluss.«

29

»Herr Kalinowski, da sind ein paar Herrschaften von der Kripo für Sie.«

Der frisch gebackene Geschäftsführer schaute überrascht auf die Gegensprechanlage und verstaute die Zettel, auf denen er gerade einige Berechnungen angestellt hatte, in einer Schublade. »Sollen reinkommen«, raunzte er. Dann stand er auf, knöpfte sein Jackett zu und ging den Beamten entgegen.

»Kriminalpolizei?«, fragte er.

»So ist es«, tönte Gassel, wischte sich mit einem Papiertaschentuch den Schweiß von der Stirn, obwohl die Klimaanlage auf Hochtouren lief, und quetschte die dargebotene Hand zwischen seinen Klauen. Kalinowski verzog leicht das Gesicht.

Thalbach und Hofmann begnügten sich mit einem kurzen Kopfnicken und der Präsentation ihrer Ausweise. Kalinowski rieb sich unauffällig seine arg ramponierten Finger und bat seine Besucher, Platz zu nehmen.

»Nun, verraten Sie mir, warum Sie mich aufsuchen?«, fragte er neugierig. »Habe ich falsch geparkt?«

»Deshalb wären wir wohl kaum hier«, antwortete Hofmann. »Hat Ihnen Herr Gumprecht nicht gesagt, dass wir schon einmal hier waren?«

Kalinowski wirkte erstaunt. »Nein. Um was geht es denn, bitte?«

»Um Herrn Burgert«, klärte ihn Katharina auf. »Vielmehr um seinen ziemlich plötzlichen Tod.«

Der Geschäftsführer schnitt eine traurige Grimasse und nickte. »Plötzlich, ja, das ist das richtige Wort. Sein Verlust hat uns alle tief getroffen. Aber soweit ich weiß, kam er bei einem Unfall ums Leben.«

»Auf den ersten Blick, ja«, schnaufte Gassel, der sich immer noch nicht an die angenehmen Temperaturen gewöhnt hatte. »Allerdings liegen Hinweise vor, nach denen sein Tod auch eine andere Ursache gehabt haben könnte.«

»Das müssen Sie mir erklären«, stutzte Kalinowski.

»Die Firma ist kürzlich verkauft worden?«, erkundigte sich Hofmann rhetorisch.

»Ja, an einen amerikanischen Konzern. Aber was hat das mit dem Unfall zu tun?«

»Herr Burgert hat am Tage seines Todes seinen Bruder aufgesucht«, übernahm Gassel. »Dabei hat er zum Ausdruck gebracht, dass er im Zusammenhang mit dem Verkauf übervorteilt worden sei. Außerdem fühlte er sich bedroht.«

»Merkwürdig, dass Ihnen Herr Gumprecht nichts von unserem Besuch erzählt hat«, wunderte sich Katharina.

»Ganz und gar nicht. Ich bin erst gestern Abend aus Bukarest zurückgekommen. Zurzeit haben wir sehr viel zu tun, durch den Verkauf werden sich einige unserer Geschäftsfelder verändern.«

»Ist Ihr Kollege heute im Haus?«, erkundigte sich Hofmann.

»Er ist in Genf«, erklärte Kalinowski. »Wissen Sie, so

lange der Verkauf unserer Firma nicht unter Dach und Fach war, waren uns die Hände gebunden. Nun können wir aber wieder an die Zukunft denken und über neue Investitionen reden. Herr Gumprecht hat diesbezüglich kurzfristig einen Termin wahrnehmen müssen. Ich habe auch erst gestern Abend davon erfahren, er hat mir lediglich eine Mitteilung auf meinem Anrufbeantworter hinterlassen. – Aber jetzt erklären Sie mir endlich, warum sich drei Beamte mit einem Verkehrsunfall beschäftigen müssen.«

»Der Bruder von Jürgen Burgert wurde ermordet«, sagte Katharina leise. »Und dadurch erscheinen Burgerts Behauptungen in einem ganz anderen Licht.«

Kalinowski riss überrascht die Augen auf. »Ermordet? Davon weiß ich ja gar nichts.«

»Sie waren ja auch in Bukarest«, meinte Hofmann. »Zumindest haben Sie, wenn das zutrifft, ein Alibi.«

»Sie sind ja wahnsinnig«, antwortete Kalinowski empört. »Anscheinend ist Ihnen bei Ihren bisherigen Ermittlungen entgangen, dass Jürgen Burgert mein Vater war.«

Hofmann gab leise einen Laut von sich. »Was?«, fragte er verständnislos.

»Jürgen Burgert war mein Vater«, bekräftigte Kalinowski. »Ich hätte doch selbst, wenn mir der Unfall meines Vaters obskur vorgekommen wäre, die Polizei eingeschaltet!«

»Tatsächlich war uns das bisher unbekannt«, stöhnte Gassel. »Warum haben Sie dann einen ...«

»... anderen Familiennamen?«, ergänzte Kalinowski. »Ganz einfach. Die Ehefrau meines Vaters und meine Mutter waren nicht identisch. Ich wurde unehelich geboren. Mein Vater hat niemandem etwas davon erzählt, für ihn hätte es damals unangenehme Konsequenzen haben können, einerseits bezüglich seiner politischen Laufbahn, andererseits hätte sich seine Frau sicherlich scheiden lassen. Er hat meine Mutter und mich finanziell großzügig unterstützt, mir das Studium finanziert und mich letztendlich in seine Firma geholt.«

»Also haben Sie Ihrem Vater sehr viel zu verdanken«, sagte Thalbach ironisch.

»Ich wüsste nicht, was daran lächerlich ist«, gab Kalinowski scharf zurück. »Für Sie mag das ein Fall wie jeder andere sein; ich habe meinen Vater, und wie ich gerade erfahre, auch meinen Onkel verloren.«

»Meine Kollegin wollte Ihnen nicht zu nahe treten«, entschuldigte Gassel schnell. »Aber Sie müssen doch zugeben, dass die Geschichte merkwürdig ist. Erst erzählt Ihr Vater seinem Bruder, dass er sich bei dem Verkauf der Firma übervorteilt und dann auch noch bedroht fühlt. Am selben Abend stirbt er bei diesem Unfall. Und anderthalb Tage später liegt Ihr Onkel erschlagen in seinem Arbeitszimmer.«

Kalinowski rieb sich kopfschüttelnd die Augenbrauen. »Hat Gumprecht Ihnen nichts gesagt?«, fragte er.

»Was gesagt?«, wollte Katharina wissen.

»Vater hatte Probleme. Psychische Probleme, seit einiger Zeit schon. Vermutlich ist ihm der ganze Stress zu viel geworden.«

»Ich denke, er war in den letzten Jahren kaum noch in der Firma tätig?«, warf Hofmann zweifelnd ein.

»Das nicht. Aber er war in Bonn als Staatssekretär Belastungen ausgesetzt, denen er wohl nicht mehr gewachsen war.«

»Und wie äußerten sich seine psychischen Probleme?«, fragte Gassel skeptisch.

»Nach seiner Pensionierung wollte er sich wieder hier in das Geschäft einmischen. Doch er hatte geistig mächtig abgebaut, Vorgänge nicht mehr durchschauen können, falsche Prioritäten gesetzt und wichtige Unterlagen verschusselt. Wir haben versucht, ihn vom Tagesgeschäft fernzuhalten und ihn mit Nichtigkeiten zu beschäftigen. Das hat er natürlich schon irgendwie gemerkt. Und mal zweifelte er an sich selbst und mal an uns.«

»War Ihr Vater depressiv?«, brachte Hofmann die Sache auf den Punkt. »Oder litt er vielleicht an Verfolgungswahn?«

»Das kann ich doch nicht beurteilen«, stellte Kalinowski klar. »Aber mir dämmert so langsam, was hinter den Äußerungen, die er gegenüber meinem Onkel gemacht hat, stecken könnte. In einem Punkt hatte mein Vater Recht; ein wesentlicher Punkt bei den Verkaufsverhandlungen war, dass er sich zukünftig gänzlich aus dem Geschäft zurückziehen sollte. So gesehen wurde er selbstverständlich übervorteilt, aber das Schicksal der gesamten Firma hing von dem Verkauf ab.«

»Ist ja alles schön und gut«, überlegte Gassel. »Aber wenn Ihr Vater sich lediglich etwas zusammenphantasiert hat, wer hat dann Ihren Onkel ermordet? Und warum?«

»Um das herauszufinden, besitzen Sie meines Erachtens die bessere Qualifikation«, gab Kalinowski achselzuckend zurück. »Ich habe keine Ahnung.«

Gassel ignorierte die Anspielung. »Wir müssen Sie bitten, uns einen Zeitplan über den Verlauf des letzten Wochenendes zu machen.«

»Das letzte Wochenende?«

»Am letzten Wochenende wurden doch die Kaufverträge unterschrieben, nicht wahr? Angesichts der Anhäufung von Todesfällen im Umkreis der Firma interessieren uns alle besonderen Vorkommnisse und wer was wann gemacht hat.«

»Oh, ich verstehe. Reicht es Ihnen nächste Woche? Wie gesagt, ich habe mehr als genug zu tun, und da Herr Gumprecht nicht da ist ...«

»Nächste Woche ist früh genug«, entschied Hofmann und wuchtete sich in die Höhe. »Wann erwarten Sie Herrn Gumprecht denn zurück?«

»Keine Ahnung«, antwortete Kalinowski. »Solche Verhandlungen können sich in die Länge ziehen. Bis Mittwoch oder Donnerstag müsste er allerdings wieder hier sein.«

»Mit Frau Rürich würden wir uns auch noch gerne unterhalten«, meldete sich Katharina. »Ist sie im Haus?«

»Ja. Ich glaube, sie sitzt irgendwo mit Herrn Schmidt, unserem Personalchef, in einer Besprechung. Meine Sekretärin wird Ihnen sicherlich sagen können, wo Sie die beiden finden.«

30

»Kommen Sie schon, Schmidtchen. Ist doch nicht das erste Mal, dass eine Firma Leute entlassen muss. Stellen Sie sich nicht so an.«

»Aber das ist nicht richtig«, jammerte der Zwerg lauthals. »Wir haben unseren Mitarbeitern versprochen, die Arbeitsplätze zu sichern. Und jetzt sollen wir jeden Dritten rauswerfen?«

Carina Rürich seufzte auf und streckte ihre langen Beine aus. »Jetzt machen Sie aber mal 'nen Punkt. Immerhin haben wir eine Menge Leute vor dem Gang zum Arbeitsamt bewahrt. Ist das denn nichts?«

Der Personalchef starrte auf die Liste vor seinen Augen und schüttelte heftig den Kopf. »Aber die kriegen doch alle keinen neuen Job mehr. Hier, der Hansen ist vierundfünfzig, seit über zwanzig Jahren im Betrieb. Wer nimmt den denn noch?«

»Keine Ahnung«, antwortete Rürich ungerührt. »Die Hälfte des Jahres ist der doch sowieso nicht da, weil er einen Krankenschein nach dem anderen einreicht. Verdammt, Schmidtchen, solche Leute können wir uns nicht mehr leisten.«

»Sie haben leicht reden«, begehrte der Zwerg auf. »Ich arbeite seit über fünfundzwanzig Jahren in diesem Betrieb. Jetzt zu sehen, wie alles nach und nach vor die Hunde geht ...«

»Davon kann doch keine Rede sein«, gab Rürich zurück. »Wäre die Firma nicht verkauft worden ...«

»Hören Sie auf«, erregte sich Schmidt. »Gumprecht und Kalinowski reiben sich die Hände und Sie sind bei der ganzen Sache mit Ihrem neuen Posten auch fein raus. Aber dass die Entlassungen hier nur der Anfang vom Ende sind, wissen Sie genauso gut wie ich.«

»Stören wir?«, fragte Gassel, die Türklinke noch in der Hand.

»Ja«, fauchte die Rürich sofort, ohne sich umzudrehen.

»Tut uns Leid«, antwortete das Schwergewicht und trat einen Schritt vor, damit Katharina und Hofmann nachrücken konnten. »Wir müssen trotzdem mit Ihnen sprechen.«

Schmidt schnellte aus seinem Sessel hoch, als er den eingeschweißten Adler erkannte. »Polizei?«, fragte er unsicher.

»Kripo«, bestätigte Thalbach. »Sind Sie Frau Rürich?«

»Das bin ich«, nickte die Angesprochene und schaltete augenblicklich auf das für kreditgebende Banker reservierte Lächeln um. »Und dies ist Herr Schmidt. Entschuldigen Sie meinen kleinen Ausbruch, aber mein Kollege und ich haben alle Hände voll zu tun.«

»Dann sind wir ja richtig«, meinte Hofmann. »Der Grund unseres Besuches ist ebenfalls ziemlich wichtig. Vielleicht sprechen Sie sogar gerade darüber.«

»Sehr unwahrscheinlich«, lächelte die Prokuristin, wobei ihre Augen auffällig oft zu Gassel herüberwanderten. »Herr Schmidt und ich sind mit geschäftlichen Dingen beschäftigt. Also, warum wollen Sie mit mir sprechen?«

»Burgert«, meldete sich Gassel. »Jürgen Burgert, um genau zu sein.«

»Traurig«, schnaufte Schmidt, der hinter seinem Schreibtisch kaum zu sehen war. »Sein Tod ...«

»... trifft uns alle hart, das haben uns Herr Kalinowski und Herr Gumprecht schon gesagt«, unterbrach ihn Katharina genervt. »Sind Sie über die Umstände seines Todes informiert?«

»Soweit ich weiß, handelte es sich um einen Unfall«, erklärte Rürich achselzuckend. »Aber da Sie jetzt auf der Bildfläche erschienen sind, gibt es da wohl Zweifel, oder?«

»Wären die denn angebracht?«, fragte Hofmann zurück.

»Keine Ahnung. Ich habe von dem Unfall in der Zeitung gelesen, erst später erfuhr ich, dass der Tote Burgert war.«

»Es spricht einiges dafür, dass es sich nicht bloß um einen einfachen Verkehrsunfall handelte«, begann Gassel. »Herr Kalinowski erzählte uns gerade, sein Vater habe psychische Probleme gehabt, die einen Selbstmord nicht unwahrscheinlich erscheinen lassen.«

»Wer?«, fragten Rürich und Schmidt gleichzeitig.

»Burgert war Kalinowskis Vater. Wussten Sie das nicht?«

»Nein«, antwortete Rürich und streifte Gassel wie unbeabsichtigt am Ärmel. »Aber das erklärt einiges.«

»Und zwar?«, lauerte Katharina.

Rürich verzog das Gesicht und fingerte eine Zigarette aus einem silbernen Kästchen. Hofmann reagierte sofort und gab ihr über die Tischplatte hinweg Feuer. Als er seinen Flammenwerfer wieder einstecken wollte, rutschte er ihm durch die Finger. Ächzend ging der Beamte in die Hocke und sammelte das Teil wieder ein.

»Erzählen Sie es nicht weiter«, bat Rürich nach dem ersten Zug, »aber nach meiner unbescheidenen Meinung ist Kalinowski eine Null. Dem würde ich noch nicht mal eine gebrauchte Zahnbürste abkaufen. In den letzten Jahren hat er alle Projekte, die er zu verantworten hatte, in den Sand gesetzt. Ich habe mich immer gewundert, warum der nicht gefeuert wurde. Aber wenn er der Filius des Geschäftsinhabers ist, erklärt das natürlich einiges.«

»Sollen wir nicht in den Konferenzraum gehen?«, schlug Schmidt vor. »Ich kann Ihnen ja noch nicht mal einen Sitzplatz anbieten.«

»Danke, wir bleiben nicht lange«, wehrte Gassel ab. »Ich möchte lieber noch einmal auf Burgert zu sprechen kommen. Glauben Sie auch, dass er psychische Probleme hatte?«

»Der Alte?«, lachte Rürich das Schwergewicht an. »Nie im Leben. Zumindest hat man ihm das nicht angemerkt. Burgert war hyperagil, mischte sich ständig in alles ein. Aber kann schon sein, dass ihm der Verkauf der Firma einen gehörigen Knacks versetzt hat. So viel hatte ich allerdings nicht mit ihm zu tun. Wenn er mal in der Firma war, hat er sich meistens mit Gumprecht und Kalinowksi umgeben.«

»Und was meinen Sie?«, fragte Hofmann den Zwerg, dem nicht anzusehen war, ob er schon stand oder immer noch auf seinen vier Buchstaben hockte.

»Schwer zu sagen«, wich Schmidt aus. »Herr Burgert war in den letzten Jahren kaum hier.«

»Aber Ihnen muss doch aufgefallen sein, ob er sich im Vergleich zu früher verändert hat«, zweifelte Gassel. »Sie kannten ihn doch bestimmt sehr lange.«

»Ja, das stimmt schon«, nickte Schmidt. »Damals, als er und Gumprechts Vater die Firma führten, war er natürlich anders. Wesentlich scharfsinniger, was die Geschäfte anging. Zuletzt kannte er sich gar nicht mehr in unserer Produktpalette aus.«

»Also halten Sie es durchaus für möglich, dass Kalinowski Recht hat?«, fragte Katharina drängend.

»Ich weiß es nicht«, erklärte der Personalleiter kopfschüttelnd. »Am letzten Wochenende war Burgert jedenfalls komisch. Als wir mit den Amerikanern zusammen die Details durchgesprochen haben, saß er nur stumm dabei. So, als wäre ihm erst da klar geworden, dass er nichts mehr mit der Firma zu tun hat.«

»Waren Sie beide bei den Gesprächen dabei?«

»Na klar,« meinte Rürich. »Meistens jedenfalls.«

»Könnten Sie uns bitte eine detaillierten Zeitplan über den Verlauf des letzten Wochenendes erstellen?«, bat Gassel.

»Kein Problem«, strahlte ihn Rürich an und quetschte ihre Zigarette in den Kristallaschenbecher.

»Wann kommt Herr Gumprecht eigentlich aus Genf zurück? Hat er Ihnen etwas darüber gesagt?«

»Genf?«, fragte Rürich überrascht. »Was will der denn in Genf?«

Die Beamten sahen sich einen Moment an.

»Angeblich ist er wegen eines Investitionsprojekts dorthin geflogen«, antwortete Thalbach leise. »Ist Ihnen davon nichts bekannt?«

»Kein bisschen«, wunderte sich Rürich. »Normalerweise stimmen wir alle Termine ab.«

»Wäre es denn so ungewöhnlich, wenn er kurzfristig umdisponiert hätte?«

»Nicht unbedingt. Aber dann hätte er seinen Flug und

das Hotel selbst buchen müssen. Und Gumprecht ist schon froh, wenn er im Parkhaus sein Auto wieder findet.«

»Auf jeden Fall ist er weg. Können Sie Ihre Berichte bis Montag fertig haben?«

»Bestimmt«, antwortete Schmidt eifrig. »Sollen wir die Ihnen vorbeibringen?«

»Nicht nötig, wir kommen vorbei. Jetzt wollen wir Sie nicht länger aufhalten. Haben Sie etwas dagegen, wenn wir uns auf dem Gelände noch ein wenig umsehen?«

»Tun Sie sich keinen Zwang an«, stimmte Rürich zu. »In einer halben Stunde ist hier eh Feierabend, in der allgemeinen Aufbruchstimmung stören Sie garantiert nicht.«

Die Beamten nickten den Jobkillern zu und drückten sich wieder in den Flur. Solange sie im Gänsemarsch durch das Treppenhaus tigerten, sagte keiner ein Wort. Kaum standen sie auf dem kochenden Asphaltplatz, holte Katharina tief Luft.

»So eine Saubande«, zischte sie. »Die Lügen nicht nur uns die Hucke voll, sondern hauen sich auch noch gegenseitig in die Pfanne.«

»Kein Wunder, dass die kurz vor der Pleite standen«, stimmte Gassel zu. »Wie sagte die junge Dame doch gerade? Denen würde ich noch nicht mal eine gebrauchte Zahnbürste abkaufen.«

»Aber mit 'ner gebrauchten Currywurst hätte bestimmt jeder Erfolg bei dir«, schmunzelte Hofmann und zauberte seine Notfallschachtel Kippen ans Tageslicht. Doch anstatt sich eine Fluppe zwischen die Zähne zu stecken, zog er behutsam die Cellophanschicht von der Pappschachtel, steckte die Zigaretten wieder in die linke Jackentasche und griff in die rechte Seite seines Jacketts. Behutsam fingerte er sein Feuerzeug hervor, verpackte es in der Klarsichtfolie und strich vorsichtig einmal über das Plastik des Gasbehälters.

»Ist das irgendeine rituelle Handlung?«, vermutete Gassel.

»Nenn es, wie du willst«, grinste Hofmann. »Als ich der Yuppie-Tussi Feuer gegeben habe, kam mir eine Idee.«

»Dir?«, zweifelte Katharina. »Wie denn?«

»Lach du nur. Wenn die Teppichflusen von dem toten Priester mit denen übereinstimmen, die ich mir gerade ausgeliehen habe, findet unser Labor das heraus.«

Gassel schüttelte missbilligend den Kopf. Doch statt eines Kommentars deutete er mit dem Kopf auf die Werkshallen. »Na, dann wollen wir mal einen kleinen Rundgang starten.«

31

»Ulli, bringst du mir bitte mal ein Badetuch?«

Katharina fuhr sich mit den Fingern durch die tropfenden Haare und wrang ihre lange Mähne kraftvoll aus. Platschend knallten die Wassertropfen in die Duschtasse. Der Dampf hatte sich inzwischen aus der Kabine verzogen, sie hatte das Wasser, so heiß sie es eben ertragen konnte, aufgedreht. Ihre Haut war krebsrot und verlangte nach Körpermilch.

»Ulli?«, rief sie noch einmal, da sie ihn immer noch klappernd in der Küche herumhantieren hörte. »Ich hab mein Handtuch vergessen.«

Diesmal hatte Zander sie gehört. Von irgendwoher hörte sie das Schlagen einer Schranktür, schließlich polterte er geräuschvoll durch die Diele.

»Ich hab schon gedacht, du wolltest dich ertränken«, sagte er, während er ihr das weiche Frotteetuch zuwarf. »Beeil dich ein bisschen, so langsam hab ich Kohldampf.«

»Hast du etwa wieder gekocht?«, fragte Katharina hoffnungsvoll, während sie mit dem Badetuch ihre Haare durchrubbelte.

»So in etwa. Hau rein, wir kriegen gleich Besuch.«

»Häh?«, fragte die Blonde, aber Ulli war schon wieder Richtung Küche verschwunden.

Katharina gab Gas. Sorgfältig trocknete sie ihre Haut ab, die Schwangerschaftsstreifen waren deutlich zurückgegangen. Offensichtlich hatte sich die Quälerei mit der

Gymnastik doch gelohnt. Ihre feuchten Haare musste sie bei den Temperaturen kaum mit einem Föhn bearbeiten. Nachdem sie sich eingecremt hatte, sprang sie in frische Unterwäsche, ihre Shorts und in das um vier Nummern zu große T-Shirt.

Auf dem Weg in die Küche warf sie einen schnellen Blick in das Kinderzimmer. Wahrscheinlich beobachtete ihr Sohn seinen Vater von einem sicheren Liegeplatz aus bei der Arbeit. Das Bettchen war jedenfalls leer.

In der Küche verschlug es ihr die Sprache. Auf der Anrichte standen die beiden großen, bis zum Rand gefüllten Salatschüsseln, direkt daneben parkte eine Wochenration Baguette. Der Blick in den Kühlschrank konnte sie schon nicht mehr überraschen. Auf den Ablageflächen lagerte ein Haufen Koteletts, Steaks und Würstchen.

»Ah, da bist du ja«, bemerkte Zander, als er mit einem Arm voll Ketchup, Schaschliksaucen und Remoulade aus der Speisekammer stolperte. »Bringst du schon mal das Brot nach unten? Um den Rest kümmere ich mich.«

»Auszeit«, verlangte Katharina. »Was wird das hier?«

»Hab ich doch eben schon gesagt. Wir kriegen gleich Besuch.«

»Daran kann ich mich so dunkel erinnern. Wer? Und wo ist Arne?«

Zander stellte seine Last neben die anderen Fressalien und griff sich den Einkaufskorb, in dem sie normalerweise ihre Pfandflaschen sammelten. »Niemand Besonderes«, erklärte er, während er nach und nach den Korb mit den Geschmacksverstärkern füllte. »Thilo und Simone kommen, und Berthold und Sabrina hab ich auch eingeladen. Unser Junior wird uns nicht stören, den hab ich bei einem prima Babysitter untergebracht. Jetzt pack mal mit an, die wollten um halb sieben hier sein.«

»Wann hast du denn das ausgebrütet?«, fragte Katharina verstimmt. »Und wen hast du überhaupt als Babysitter engagiert? Ulli, ich wäre heilfroh, wenn ich mich in aller Ruhe noch ein wenig in die Sonne knallen könnte. Aber stattdessen ...«

»Du solltest nicht dumpf vor dich hin brüten, sondern auf andere Gedanken kommen«, unterbrach sie der praktizierende Sozialarbeiter. »Die gesamte Woche über hast du deinen Feierabend wie ein narkotisiertes Faultier auf der Couch oder im Garten verbracht. Und dass du nachts immer noch kein Auge zukriegst, ist mir nicht entgangen.«

»Stimmt nicht«, wehrte sich Thalbach schwach. »Gestern Nacht hab ich beinahe durchgeschlafen.«

»Von fünf oder sechs Unterbrechungen mal abgesehen«, zwinkerte ihr Ulli zu. »Kätchen, fang wieder an zu leben, gieß dir meinetwegen fürchterlich die Krippe zu, aber starr nicht den ganzen Abend stumm ins Leere.«

»Nenn mich nicht Kätchen«, warnte sie mit erhobenem Zeigefinger.

»Ich nenn dich noch ganz anders, wenn du so weitermachst«, drohte Ulli. »Komm schon, wir machen uns mal wieder einen netten Abend.«

Überrascht sah Katharina auf, aber bevor sie ein weiteres Wort verlieren oder sich nach dem konkreten Aufenthaltsort ihres Nachwuchses erkundigen konnte, gongte es an der Tür. Zander klemmte sich den Korb unter den Arm und machte sich davon.

Katharina fügte sich in ihr Schicksal, nahm die Wagenladung Baguettes und dackelte artig hinterher. Als sie aus dem Treppenhaus tapsende Geräusche hörte, ging sie vorsichtshalber einen Schritt zur Seite.

Keine Sekunde zu spät, denn gleich darauf schoss Thilos Kampfdackel in die Diele, begrüßte Zander mit einem gut gelaunten Schwanzhieb auf dessen nackte Unterschenkel und setzte zu Katharinas Begrüßung an. Mit der Wand im Rücken hielt sie dem Aufprall der krachenden Körper stand.

»Bring deiner Töle endlich Manieren bei«, bat Zander, der sich mit schmerzverzerrtem Gesicht die lädierte Kniescheibe rieb.

Preuß erklomm die letzte Treppenstufe und zuckte die Achseln. »Stell dich nicht so an«, antwortete er. »Deine Herzallerliebste beschwert sich ja auch nicht.«

Katharina wehrte Ladys Begrüßung so gut es ging ab. Nach dem dritten Schlecker durchs Gesicht war die Hündin zufrieden, ließ die Blonde in Ruhe und zog weiter in die Küche. Direkt vor dem Kühlschrank machte sie Halt, warf sich auf die kühlen Fliesen und starrte treuherzig in die Diele zurück.

»Scheint etwas Leckeres zu geben«, vermutete Simone, die mit einem dicken Paket unter dem Arm hinter ihrem Gatten aufgetaucht war. »Wenigstens benimmt sie sich und macht den Kühlschrank nicht auf.«

»Ach, deshalb habt ihr Vorhängeschlösser an der Küchentür«, ulkte Zander. »Hier, mach dich mal nützlich«, bat er Preuß gleich darauf. »Schnapp dir die Kühltasche neben der Spüle. Wie ich dich kenne, hast du Brand wie eine Bergziege.«

»Wo ist euer Nachwuchs?«, fragte Simone Katharina.

»Ulli hat ihn irgendwo geparkt. Was schleppst du denn da mit dir herum?«

»Ist für dich«, erklärte Simone. »Statt Blumen oder Pralinen, dachten wir, 'ne Monatsration Pampers könntet ihr besser gebrauchen.« Dabei klemmte sie der Kommissarin das Windelpaket unter den freien Arm und machte eine kurze Handbewegung, worauf Lady widerstrebend den Platz vor dem Kühlschrank verließ.

Zander hatte die Viertelstunde, die Katharina unter der Dusche verbracht hatte, effizient genutzt. Auf dem schmuddeligen Gartentisch lag eine nagelneue Wachstuchdecke, der Gettoblaster aus der Küche stand am Rand der Terrasse, der Grill war bereits mit Holzkohle bestückt.

Als sich Zander in die Grillschürze warf, bogen Sabrina und Hofmann um die Ecke.

»Da kommen wir ja genau richtig«, behauptete Hofmann gut gelaunt. »Die Arbeit ist schon erledigt, der Chefkoch startbereit und die Bierchen sind gut gekühlt.«

»Pech gehabt«, grüßte Zander zurück. »Geh mit Thilo hoch in die Küche und bring das Fleisch und die Salate runter. Sonst gibt es nur Holzkohle mit Baguette auf einem Ketchupbett.«

Während sich Preuß und Hofmann in den Hausflur drückten, bearbeiteten Simone und Zander den Grill. Katharina zerbröselte die Baguettes in handliche Stückchen und verteilte sie strategisch auf dem Tisch.

»Wie geht es dir denn?«, fragte Sabrina.

»Meinst du im Großen und Ganzen oder im Speziellen?«, gab Katharina ein wenig schnippisch zurück.

»Beides. Berthold hat mir ja die Geschichte erzählt.«

»Geht so«, meinte Katharina versöhnlich. »Nach und nach nimmt mich die Routine wieder in Beschlag. Ist vermutlich besser so.«

»Ich wollte dich in der letzten Woche eigentlich mal anrufen«, sagte Sabrina, wobei sie sich auf einen der bequemen Stühle hockte. »Aber dann hab ich mir gedacht, du willst lieber in Ruhe gelassen werden.«

»Nett von dir«, seufzte Katharina. »Im Prinzip ist es mir schon lieber, wenn ich nicht ständig daran erinnert werde. Die Zeit im Präsidium reicht.«

»Berthold sagt, die Sache sei jetzt erledigt?«

»Wie man es nimmt. Zumindest gibt es kein Ermittlungsverfahren gegen mich. Ob das damit erledigt ist ...«

»Kommst du damit klar?«

Katharina blickte zur Seite. Sabrina sah sie aus großen Augen an, vermutlich fragte sie nicht nur aus Höflichkeit, sondern weil Katharina ihr wirklich Leid tat.

»Das Eis ist noch ziemlich dünn«, erklärte die Blonde mühsam beherrscht, »aber es wird jeden Tag ein klein wenig dicker.«

»Mir ginge es bestimmt genauso«, pflichtete Sabrina ihr tröstend bei. »Falls du mal mit irgendjemandem reden möchtest, kannst du mich gerne anrufen.«

Bevor Katharina antworten konnte, jaulte der Gettoblaster auf.

Zander hatte inzwischen den Grill in Gang gebracht und eine seiner Lieblingskassetten eingeschoben. *Chumbawamba* beschwerte sich lautstark über die Sorte von Mensch, die man nicht verstehen konnte, weil sie den Mund voller Fäkalien hatte.

»Menschenskind, irgendwann schmeiß ich seine CDs auf den Sondermüll«, nahm Katharina dankbar die Gelegenheit zum Themenwechsel wahr. »Als ob er sich die nicht anhören könnte, wenn ich nicht zu Hause bin.«

Preuß und Hofmann tauchten schwer bepackt wieder im Garten auf. Während sie die Tabletts mit dem Fleisch neben dem Grill postierten, stieß Preuß Hofmann an. »Wenn ich Ulli sehe, könnte ich glatt neidisch werden«, schnaufte Thilo. »Braun gebrannt, jugendlicher Elan, frisch gescheitelt und der perfekte Hausmann. Als wenn er dafür geboren wäre.«

»Jede Wette, zum Geburtstag bekommen wir demnächst selbst gestrickte Socken von ihm«, amüsierte sich Hofmann.

»Ihr habt doch keine Ahnung«, beschwerte sich der Grillchef. »Ich bin froh, wenn ich mal eine Minute Zeit für mich allein habe.«

»Ha, ha«, witzelte Preuß. »Steh mal vor dem Mittagessen auf, dann geht der Tag nicht so schnell rum.«

Zander legte ein Probewürstchen auf den Grill und machte ein leidendes Gesicht. »Also«, begann er theatralisch, wobei er mit der Grillzange den Daumen seiner linken Hand nach oben bog. »Montags muss ich zum Babyschwimmen, dienstags ist Krabbelgruppe, mittwochs Mutter-und-Kind-Turnen und donnerstags trifft sich die Spielgruppe. Am Freitag bin ich so geschafft, da liege ich flach.«

»Aber Lockenwickler und Kittelschürze besitzt du noch nicht?«, rätselte Hofmann.

»Quatsch«, flachste Preuß. »Der genießt es doch, bei den Müttern den Hahn im Korb zu spielen.«

»Mein neuer Bekanntenkreis ist sehr verständnisvoll und findet es ganz toll, dass ich die typische Rollenteilung der Geschlechter nicht akzeptiere«, erklärte Zander mit todernster Miene. »Und inzwischen hab ich so viele Rezepte für Plätzchen gesammelt, dass ich Weihnachten mindestens zwei Wochen ununterbrochen vor dem Backofen stehen kann, ohne eine Sorte zweimal zu backen.«

Hofmann klaute sich zwei Dosen Bier aus der Kühltasche und schlenderte zu Katharina und seiner Gattin hinüber. »Stör ich?«, fragte er unaufdringlich und knallte sich neben seine Angetraute.

»Um ehrlich zu sein, ja«, antwortete Sabrina und fischte ihm eine Dose aus der Pranke.

»Krieg ich keins?«, fragte Katharina.

»Seit wann trinkst du denn Bier?«

»Och, ab und zu sag ich nicht nein.«

»Sabrina, bist du wohl so lieb?«, fragte Hofmann samtweich und ließ den Verschluss seiner eigenen Dose zischen.

Widerspruchslos stand Sabrina auf und zog von dannen.

»Ein Gentleman bist du ja wirklich nicht«, bemerkte Katharina. »Anstatt selbst die Beine ...«

»Wielert kam heute Morgen auf einen kleinen Plausch in unser Büro, das wollte ich dir noch erzählen«, unterbrach Hofmann sie leise. »Als du bei der Staatsanwaltschaft warst.«

»Und?«, fragte Katharina.

»Er hat mich gefragt, ob es zwischen Dagmar und dir nur allgemein gebrodelt hat oder ob es dafür einen bestimmten Grund gab.«

»Scheiße«, meinte die Blonde. »Berthold, der vermutet was und irgendwann hat er uns am Schlafittchen.«

»Unsinn«, widersprach ihr Kollege bestimmt. »Wielert weiß gar nichts. Versetz dich doch mal in seine Situation. Unser Boss ist gerade ein Jahr Leiter des KK 11. Bestimmt hat der nur Angst um seine eigene Haut. Seit er bei uns ist, hat er tierischen Stress mit Kollege Heinzel, und dann passiert diese blöde Geschichte mit dir. Wahrscheinlich befürchtet er wegen mangelnder Führungskompetenz auf Flenners Abschussliste zu landen.«

»Aber Dagmar hat Wielert gegenüber doch ...«

»Dagmar war eine arrogante Pute, die für ihre eigene Karriere jeden in die Pfanne gehauen hätte.«

Katharina sah böse auf.

»Ist nicht von mir«, wehrte sich Hofmann. »Das hat Karl

Heinz zu Wielert gesagt. Unser Dicker konnte die Eule scheinbar ebenfalls nicht ausstehen.«

»Ach, deshalb hat Wielert Karl Heinz in sein Büro gerufen«, dämmerte es der Blonden.

»Nein«, widersprach Hofmann. »Wielert wollte mit ihm über Gisberts Verhalten sprechen. Anscheinend ist unser Boss doch nicht so selbstsicher, wie er nach außen hin tut.«

»Ich weiß nicht recht«, zweifelte Katharina.

»So wie ich die Sache sehe, überdenkt Wielert seinen Führungsstil. Vor allem will er ausschließen, dass – sollte jemals wieder etwas Ähnliches wie an der Tankstelle passieren – der Verdacht aufkommen kann, Mitarbeiter seiner Abteilung würden bewusst leichtfertig handeln beziehungsweise sich am langen Ende tatsächlich gegenseitig abknallen. Deshalb horcht er uns im Moment so übereinander aus.«

»Hier ist dein Bier«, rief Sabrina, die mit einer weiteren Dose zurückkam. »Bist du dir wirklich sicher? Das Zeug hat tierisch viele Kalorien.«

»Scheiß drauf«, erklärte die Blonde resolut. »Leg ich morgen eben einen Salattag ein.«

32

Die Kettwiger Straße befand sich fast im Zentrum eines Quadrates der Stadtteile Mitte, Lierenfeld, Oberbilk und Flingern. Thalbach und Hofmann hatten zwar das Glück, dass die Staus, in die sie gerieten, jeweils lang genug waren, um in der Hitliste der Verkehrshinweise auf WDR 2 berücksichtigt zu werden, aber das montagmorgendliche Getümmel in der Landeshauptstadt schockte sogar die verkehrserfahrenen Ruhrpöttler.

»Verfluchte Untat«, schimpfte Hofmann, als sie zum vierten Mal um den Block, in dem das Hauptquartier der Zollfahnder versteckt wurde, kurvten. »Falls ich jemals nach Düsseldorf versetzt werden sollte, will ich hier nur Innendienst machen. Das ist ja ekelhaft.«

»Reg dich ab«, empfahl Katharina, die ihre verquollenen Augen hinter einer spiegelnden Sonnenbrille versteckte. Sie war nicht nur am Freitag abgestürzt, sondern hatte auch noch am Samstag gemeinsam mit Ulli die bescheidenen Reste der verbliebenen Alkoholika vernichtet. Ihr war, selbst gut dreißig Stunden nach der letzten Dose Bier, immer noch speiübel.

»Na endlich«, atmete Hofmann auf und prügelte den Vectra in eine wundersam entstandene Lücke. »Besorgst du uns einen Parkschein? Und vergiss die Quittung nicht.«

Katharina verzichtete auf einen Kommentar und opferte ihren letzten Heiermann.

Hofmann pappte den kleinen Lappen deutlich sichtbar hinter die Windschutzscheibe und verschloss den Dienstwagen. Dann folgte er Katharina, die bereits an der plexiglasverkleideten Pforte auf ihn wartete.

»Hältst du die Sonnenbrille jetzt nicht für übertrieben?«, fragte Hofmann, nachdem ihnen ein höflicher Pförtner den Weg zu den Zollfahndern erklärt hatte. Zu Hofmanns Überraschung schlug seine Kollegin nicht den Weg zum Treppenhaus ein, sondern war bereit, die Bequemlichkeit des Aufzuges zu nutzen.

»Uns wird schon keiner verhaften«, beruhigte sie ihn gähnend. »Und wie 'ne Terroristin sehe ich nicht aus.«

»Ich mein ja nur«, entgegnete Hofmann.

»Wie heißt eigentlich der Mensch, mit dem wir uns gleich unterhalten werden?«

»Löffler. Bin mal gespannt, was das für einer ist.«

Arnold Löffler war höchstens in Katharinas Alter, hielt seine stark feminine Figur in ein Paar hautenge Röhrenjeans gepresst und versteckte den langen Hals unter dem runden Gesicht hinter einem modischen roten Schälchen.

Hofmann verzog unwillkürlich das Gesicht, als er dem Kollegen die Hand reichte.

»Schön, Sie haben also nicht vor dem Verkehr das Handtuch geworfen«, begrüßte sie der Mann krächzend. »Kaffee?«

»Sie hat es aber ganz schön erwischt«, sagte Katharina mitfühlend. »Grippe?«

»Vermutlich«, gab Löffler zurück. »Meine Frau hat mich für verrückt erklärt, dass ich heute Morgen aufgestanden bin. Aber was will man machen? Erstens ist Urlaubszeit und zweitens hat es meine Kollegin noch schlimmer erwischt.«

Hofmann hockte sich auf den Schemel, auf dem normalerweise der behördentypische Gummibaum vermickerte. Katharina bezog auf der leeren Seite des Schreibtisches Stellung. Löffler schob ihnen jeweils eine Tasse herüber und reichte die arg ramponierte Thermoskanne herum.

»Was genau machen Sie hier eigentlich?«, wollte Hofmann wissen. »Zollkriminalamt hört sich irgendwie so unverbindlich an. Bei uns kann sich ja jeder in etwa vorstellen, womit wir zu tun haben, aber bei euch?«

Löffler lächelte, kramte ein Glas Honig hervor und beförderte einen guten Esslöffel in seinen Kaffee. Dann füllte er die Pampe mit reichlich Milch und Zucker auf, rührte um und nahm einen kleinen Schluck.

»Lecker«, meinte er dann. »Stimmt schon, die anderen Dienststellen des Zolls sind bekannter als wir. Wir kümmern uns um ganz spezielle, aber dafür um die dicksten Brocken.«

»Und zwar?«, hakte Katharina nach.

»Neben Dingen, mit denen sich auch unsere Zollbezirke beschäftigen, machen die Kontrollen nach dem KWKG einen großen Teil unserer Arbeit aus.«

»Ist das so was wie der KGB?«, versuchte Hofmann einen Witz.

»Kriegswaffenkontrollgesetz«, erläuterte Löffler. »Haben Sie doch bestimmt schon mal gehört, oder?«

»Klar«, nickte Katharina. »Gibt es da denn viel zu tun?«

Löffler lachte auf. »Mehr als uns lieb ist. Vor allem in den letzten zehn Jahren ist das ein sehr großes Feld geworden, das wir kaum zufriedenstellend beackern können. Wir erwischen zwar einige, die sich zu dumm anstellen, ich möchte aber nicht wissen, wie viele illegale Exporte uns durch die Lappen gehen.«

»Ehrlich?«, wunderte sich Hofmann.

»Unsere besondere Aufmerksamkeit gilt der Verhinderung von illegalen Ausfuhren in Programme zur Herstellung von Massenvernichtungswaffen, namentlich diesem ABC-Zeugs, und in die dazu passende Trägertechnologie«, fuhr Löffler fort. »Deutschland hat zu diesem Zweck eines der effizientesten Kontrollsysteme der Welt aufgebaut und arbeitet selbstverständlich in den entsprechenden internationalen Kontrollgremien mit. Da brennt uns auch nichts an. Ein wenig anders sieht mit den ›Dual-Use‹-Gütern aus.«

Katharina sah fragend über den Rand ihrer Kaffeetasse und schob sogar ihre Brille ein Stück nach unten.

»Güter, die für sonstige militärische Zwecke benutzt werden können«, erklärte Löffler mit belegter Stimme. »Solche Exporte fallen nicht unter das KWKG, sondern unter das Außenwirtschaftsgesetz. Und da beginnen unsere Probleme.«

»Inwiefern?«, fragte Hofmann. »Normalerweise müsste es zu diesem Gesetz doch Durchführungsbestimmungen geben.«

»Gibt es ja auch«, nickte Löffler. »Aber es ist oft schwierig zu beurteilen, ob die elektronischen Bauteile, die nach Nicaragua exportiert werden sollen, tatsächlich die dortige Transistorradioindustrie in Schwung bringen werden oder ob es sich nicht eher um Ersatzteile für Raketenleitsysteme handelt. Stellen Sie sich mal einen simplen PC vor. Mit einem normalen Gerät können Sie allenfalls jemanden umbringen, wenn Sie ihm das Teil auf den Kopf knallen. Spielen Sie allerdings gewisse Software auf, kann so ein Gerät auf einmal Bestandteil der Technologie für Waffensysteme sein. Dann sieht das schon ganz anders aus.«

»Ach, so ist das«, verstand Katharina. »Und Sie hier müssen die Exporte genehmigen?«

»Nein«, widersprach Löffler. »Das macht das Bundesausfuhramt. Meine Kollegen und ich kommen erst ins Spiel, wenn der Verdacht des Verstoßes gegen das AWG aufkommt.«

»Das hört sich so an, als sei Ihre Arbeit ein Stochern im Nebel«, staunte Hofmann.

»Ganz so wild ist das nicht. Grundsätzlich betreibt Deutschland in Bezug auf Rüstungsgüter eine restriktive Exportpolitik. Unbeschränkt darf eh nur in Staaten ausgeführt werden, die auch zur NATO gehören ...«

»Also auch in die Türkei«, konnte sich Katharina nicht verkneifen.

»Ist nun mal ein NATO-Staat«, nickte Löffler achselzuckend, als müsste er sich dafür entschuldigen. »Neben diesen Ausfuhren kann in Staaten wie Österreich, Finnland, Japan, Australien und so weiter ebenfalls ohne großen Aufwand exportiert werden, allerdings behält sich das Ausfuhramt eine Genehmigung vor. Für alle anderen Exporte wird es schwierig, vor allem in Länder, bei denen die ›Catch-all‹-Klausel greift.«

»Die was?«, echoten Thalbach und Hofmann gleichzeitig.

»Das heißt: Grundsätzlich keine Exporte, auch nicht von harmlosen Gütern wie zum Beispiel Haarspray, um ein wenig zu übertreiben, wenn diese für einen Rüstungsbetrieb bestimmt sind und das Empfängerland auf der schwarzen Liste der als sensitiv eingestuften Länder steht. Sie wissen schon: Libyen, Iran, Irak, Syrien ...«

»Wenn illegale Exporte auffliegen, können die beteiligten Firmen wahrscheinlich dichtmachen, oder nicht?«

»Tja, aber das Risiko besteht ja auch so. Denn für die Rüstungsindustrie sieht es seit Jahren nicht rosig aus. Schließlich gilt auch für diese Branche, dass sie das unternehmerische Risiko selbst zu tragen hat. Die Regierung bemüht sich zwar, ihre Aufträge über wehrtechnisches Gerät gleichmäßig zu verteilen, aber die Bundeswehr ist längst kein Garant mehr für volle Auftragsbücher. Einige Firmen, die sich in den Kuchen verbissen haben, stehen immer noch glänzend da, aber für manche andere sah und sieht es zappenduster aus. Seit Anfang der neunziger Jahre hat es richtig geknallt. Von den ursprünglich 280.000 Leuten, die von der Rüstung gelebt haben, sind knapp 90.000 übrig geblieben.«

»Also ist es für einige Firmen überlebenswichtig, illegal

ihre Produkte an den Mann zu bringen?«, vergewisserte sich Thalbach.

»Das will ich nicht gesagt haben«, meinte Löffler. »Tatsache ist jedoch, dass der eine oder andere Betrieb der Verlockung nicht widerstehen kann, die Exportbeschränkungen zu ignorieren. Und damit spiele ich nicht nur auf Firmen an, die kriegswaffentaugliches Gerät produzieren. Das betrifft auch andere Güter. Aber Sie sind ja sicher nicht nach Düsseldorf gekommen, um mit mir über die Grundsätze der bundesdeutschen Exportpolitik zu philosophieren. Es geht Ihnen doch wohl um eine ganze bestimmte Firma, wenn ich Sie richtig verstanden habe.«

»Korrekt«, nickte Hofmann. »*Burgert & Gumprecht*, eine mittelständische Bochumer Klitsche, die in Elektronik macht. Kennen Sie die?«

Löffler stellte seine Jumbotasse beiseite und zückte einen beachtlichen Ordner. Mit seinen feingliedrigen Fingern reichte er seinen Besuchern jeweils zwei eng beschriebene Blätter und lehnte sich zurück.

»Allerdings, über *Burgert & Gumprecht* gibt es einiges zu sagen«, dozierte er. »Ich war zwar selbst nicht mit dem Fall befasst, aber ich hab noch am Freitag die Akte aus dem Archiv gezogen und ein wenig geblättert. Das scheint eine spezielle Geschichte zu sein.«

Thalbach warf einen flüchtigen Blick auf die Kopien. Löffler hatte sich die Mühe gemacht, die Ereignisse chronologisch aufzulisten. Aus dem Wirrwarr aus Abkürzungen wurde sie nicht schlau, obwohl am Ende der zweiten Seite eine kurze Erklärung stand. Dort war die Schrift allerdings so mikroskopisch klein, dass ihre Augen streikten.

»Können Sie uns das Wichtigste erzählen?«, bat Hofmann. »Für einen ersten Überblick.«

»Gerne. Eigentlich hatten wir die schon fast am Kanthaken, Anklage konnten wir allerdings nie erheben. Aber der Reihe nach. Die Firma hat offensichtlich zu Zeiten des Kalten Krieges hinter dem Eisernen Vorhang dick abgesahnt. Einerseits mit westlicher Computertechnologie, für die die Russen ein wahres Vermögen hingeblättert haben, andererseits mit Schaltanlagen und Messschränken. Uns lagen damals sogar Fotos des BND vor, auf denen eindeutig identifizierbar Güter der Firma in einer russischen Raketenstellung zu erkennen waren; hat aber nichts genutzt. Die Knilche sind uns durch die Lappen gegangen.«

»Wie kam das?«

»Order von oben«, regte sich Löffler auf. »Wir durften die nicht hopsnehmen. Einer der Firmeninhaber, Burgert, war damals Staatssekretär im Wirtschaftsministerium. Und als der merkte, dass es für ihn gefährlich werden konnte, ließ er seine Verbindungen spielen und trat uns gehörig auf die Füße. Es steht zwar nicht in den Akten, aber dem damaligen Leiter unserer Dienststelle muss wohl jemand gesteckt haben, dass es seiner Karriere alles andere als förderlich wäre, wenn er seine Leute nicht zurückpfeift. Und so hat er gemacht, was von ihm verlangt wurde.«

»Ach, so läuft der Hase«, nickte Hofmann.

»An und für sich hätte das Material, das wir gesammelt haben, für eine Anklage locker ausgereicht. Na ja, damals hat uns Burgert blockiert, heute ist die Sache verjährt.«

»Burgert ist tot«, erzählte Katharina, »und es sieht ganz danach aus, als ob sein Tod etwas mit dieser alten Geschichte zu tun haben könnte. Bekommen wir eine Kopie Ihrer Unterlagen?«

Löffler sah einen Augenblick abschätzend herüber. »Meinetwegen. Ich muss das zwar mit meinem Boss klären, dürfte aber kein Problem sein. Ist Burgert denn ermordet worden?«

»Das wissen wir noch nicht«, antwortete Hofmann. »Zwei Tage, nachdem seine Firma verkauft wurde, hat er jedenfalls das Zeitliche gesegnet.«

»Davon hab ich gehört, von dem Verkauf«, meinte Löffler. »Gut möglich, dass die demnächst wieder ein Fall für uns werden.«

»Wieso das?«

Der Zollbeamte lächelte nachsichtig. »Hier pfiffen die Spatzen doch schon lange von den Dächern, dass die kurz vor der Pleite standen. Und der neue Firmeneigner ist uns allerbestens bekannt. In Deutschland waren die zwar noch nicht aktiv, aber man hört so einiges von den Kollegen, mit denen wir international zusammenarbeiten.«

»Klingt interessant«, lockte Katharina. »Gibt es die Geschichte auch in einer Langversion?«

»Der amerikanische Zoll hat den Konzern, der *Burgert & Gumprecht* gekauft hat, schon seit einiger Zeit auf dem Kieker, die machen dicke Geschäfte in Südamerika und Afrika. Scheinbar geht da einiges nicht mit rechten Dingen zu.«

»Aber was für eine Rolle spielt da Burgerts Firma?«

»Zulieferung«, erläuterte Löffler knapp. »Die stellen nach Auftrag gewisse Bauteile und Komponenten fertig, die sie als Werksbedarf für andere Betriebe des Konzerns deklarieren und so problemlos ausführen können. Irgendwo in Transsylvanien werden die Güter umgepackt, neu deklariert und weiterverschoben. Letztendlich kann niemand mehr nachverfolgen, wohin welche Lieferung geht. Auf diese Art könnten die einen kompletten Flugzeugträger in Bauteilen versenden, ohne dass jemand stutzig wird. Globalisierung hat sicherlich Vorteile, aber für unsereinen überwiegen die Nachteile.«

»Was hat eigentlich dieser amerikanische Konzern davon, eine so marode Firma wie *Burgert & Gumprecht* zu kaufen?«, fragte Katharina.

»Frau Kollegin, wir reden da von einem Milliardengeschäft. Vierzig, fünfzig Millionen, die für den Ankauf einer bankrotten Firma draufgehen, amortisieren sich innerhalb kürzester Zeit, vor allem, wenn diese Firma Ausfuhrgenehmigungen in als kritisch eingestufte Staaten besitzt. Fragen Sie mich nicht, wie Burgert das damals gedreht hat, aber der Betrieb in Bochum darf legal fast in die ganze Welt exportieren.«

»Vielen Dank«, sagte Hofmann aufrichtig. »Sie haben uns sehr geholfen. Was ist mit den Kopien?«

Löffler kratzte den Rest seines Gebräus aus der Tasse und zwinkerte seinen Gästen zu. »Lassen Sie mir Ihre Karte da, ich seh mal, was sich machen lässt. Spätestens übermorgen haben Sie das Zeug in Bochum.«

33

»Hier sind die Vorschläge für den Personalumbau«, erklärte Carina Rürich und legte Kalinowski einen Bogen Papier unter die Nase. »Fünfunddreißig insgesamt, bei mehr als der Hälfte kommen wir ohne dicke Abfindung oder Prozess davon. Zehn könnten allerdings Ärger machen.«

»Gut«, nickte Kalinowski. »Damit haben wir erst mal Luft. Schmidt soll die Problemfälle mit unserem Anwalt durchsprechen.«

»Ich werde es ihm ausrichten«, grinste die Prokuristin zurück und blieb abwartend vor Kalinowskis Schreibtisch stehen.

»Ist noch was?«, fragte der nach einer Kunstpause.

»Ich hätte Sie gerne noch wegen einer anderen Sache gesprochen«, begann Rürich.

»Im Augenblick ist das schlecht«, lehnte Kalinowski ab. »Morgen würde es mir besser passen.«

»Mir aber nicht«, gab die Frau zurück und pflanzte sich unaufgefordert hin. »Aus meiner Sicht hat mein Anliegen höchste Priorität.«

»Also schön, fünf Minuten kann ich erübrigen. Worum geht es?«

»Mein Gehalt«, sagte Rürich ohne Umschweife. »Als Prokuristin bin ich eine wichtige Repräsentantin der Firma und sollte dementsprechend entlohnt werden.«

Kalinowski lachte unwillkürlich. »Ihre Prokura ist noch gar nicht im Handelsregister eingetragen. Außerdem ist über diesen Punkt doch schon gesprochen worden.«

Rürich grinste ebenso breit wie der Geschäftsführer. »Stimmt. In den letzten Tagen habe ich mir unsere Vereinbarung aber noch einmal durch den Kopf gehen lassen. Und ich finde, auch nach den neuen Konditionen bin ich unterbezahlt.«

»Ansichtssache«, erklärte Kalinowski. »Wenn Gumprecht

zurück ist, können wir meinetwegen das Thema zur Sprache bringen. Allein kann ich eh nicht darüber entscheiden.«

»Sie könnten aber schon mal darüber nachdenken«, widersprach Rürich, wobei sie ihre Sitzposition langsam änderte. Kalinowski hatte eine ähnliche Szene zuletzt in einem Film mit Sharon Stone gesehen und fuhr sich unwillkürlich über die Lippen. »Es haben sich neue Gesichtspunkte ergeben, die eine höhere Bezahlung rechtfertigen.«

»Über welche Summen reden wir hier eigentlich?«, fragte Kalinowski plötzlich vorsichtig.

»Nehmen wir für den Anfang eine Verdoppelung meines Gehaltes«, schlug Rürich vor. »Wenn wir uns dann noch auf regelmäßige Steigerungen einigen können, haben Sie in mir eine äußerst motivierte und vor allem diskrete Mitarbeiterin.«

Kalinowski klackerte mit seinem Kugelschreiber auf die Schreibunterlage und musterte seine Gesprächspartnerin gründlich. »Wie darf ich das verstehen?«, fragte er endlich.

»Genau so, wie ich es gesagt habe. Motiviert und diskret. Sehr diskret.«

»Ich weiß zwar nicht, worauf Sie damit anspielen«, erwiderte Kalinowski, »aber wir sollten uns mal in aller Ruhe darüber unterhalten.«

»Einverstanden«, nickte Rürich. »Schlagen Sie einen Termin vor.«

»Morgen Abend? Bei mir zu Hause?«

Die Frau in dem Minirock lachte auf. »Abgelehnt. Mir wäre ein Ort, an dem sich viele Menschen aufhalten, wesentlich lieber.«

Mit einem trockenen Knacks zerbrach der Kuli zwischen den Pranken des Geschäftsführers. »Also schön. Wir gehen irgendwohin essen. Um acht?«

»Gut. Ich überlege mir ein schickes, teueres Restaurant und gebe Ihnen Bescheid. Schönen Tag noch.«

Als die Frau sein Büro verlassen hatte, wirbelte Kalinowski in seinem Sessel herum und starrte auf den asphaltierten Vorplatz. Er ballte die Fäuste und zählte leise bis zehn. Als er bei acht angekommen war, bog ein Opel auf das Fabrikgelände und parkte direkt vor der Anlieferung. Kurz darauf quoll der dicke Bulle von Freitag aus der Fahrertür.

»Auch das noch«, fluchte Kalinowski.

34

»Ach, so läuft der Hase«, meinte Wielert.

Thalbach und Hofmann hatten von ihrem Gespräch mit dem Zöllner berichtet, Wielert und Gassel aufmerksam zugehört. »Also können wir davon ausgehen, dass Burgerts Ängste, die er gegenüber seinem Bruder geäußert hat, nicht aus der Luft gegriffen waren.«

»Scheint so«, bestätigte Gassel. »Nur, wenn die damaligen Vergehen verjährt sind, warum hätte jemand Burgert damit bedrohen können?«

»Na ja«, meinte Hofmann. »Ein ehemaliger Staatssekretär, der die Ermittlungen einer Justizbehörde behindert und Hightech an die Russen verhökert hat ...«

»Das wäre ein gefundenes Fressen für die Presse gewesen«, ergänzte Katharina. »Immerhin hätte er damit rechnen müssen, seine Pension zu verlieren.«

Gassel wischte sich wieder einmal den Schweiß von der Stirn und nickte. »Illegale Exporte waren nicht der einzige dunkle Punkt in Burgerts Biographie. Während ihr spazieren gefahren seit, habe ich mir Informationen über die anderen Figuren aus der Firma besorgt. Mein lieber Mann.«

»Was Kollege Gassel zusammengetragen hat, passt in das Gesamtbild«, mischte sich Wielert ein, der von dem Dicken bereits informiert worden war. »Gumprecht ist sauber, keine Verurteilung, kein Ermittlungsverfahren, nichts. Auch diese Carina Rürich ist ein unbeschriebenes Blatt, genau wie der Personalchef. Ein wenig anders sieht es bei Burgerts Sohn aus.«

»Kalinowski scheint ein ganz schönes Früchtchen zu

sein«, erläuterte Gassel. »Etliche Anzeigen wegen Körperverletzung.«

»Verurteilt?«, unterbrach Katharina neugierig.

»Es kam nie zu einem Verfahren«, winkte Gassel ab. »Vermutlich hat sein Vater in diesen Fällen seine Kontakte spielen lassen. Eine Zeit lang hat Kalinowski scheinbar jeden verprügelt, der ihm quer kam, in den letzten Jahren war allerdings Funkstille. Entweder ist er ruhiger geworden oder er hat sich am Riemen gerissen. Jedenfalls gab es seit seinem Eintritt in die Firma seines Vaters keinen weiteren aktenkundlichen Vorfall.«

»Selbst wenn Kalinowski früher gerne ausgekeilt hat, ist das noch lange kein Indiz dafür, dass er in den Tod seines Vaters beziehungsweise seines Onkels verwickelt ist«, brachte Wielert die Sache auf den Punkt.

»Hat sich das Labor schon wegen der Teppichflusen gemeldet?« wechselte Katharina das Thema.

»Das war ein Volltreffer«, antwortete Gassel. »Die Flusen von der Leiche des Priesters müssen von der Auslegware in den Büros stammen. Und in Burgerts Wagen wurden Textilrückstände gefunden, die zu der Kleidung des Obdachlosen passen. Damit können wir den Kreis der potentiellen Täter ein wenig einengen.«

»Mist«, fluchte Katharina. »Wenn Burgert den Penner ausgeknipst hat, laufen wir voll ins Leere. Für die Tatzeit des Mordes an dem Geistlichen haben die anderen bestimmt ein Alibi.«

»Bei Kalinowski trifft das zu«, nickte Gassel. »Ich habe heute Morgen als Erstes die Fluglinien abgefragt. Er war tatsächlich in Bukarest und ist erst an dem Tag nach dem Mord an dem Priester wieder in Düsseldorf gelandet. Außerdem hat mir seine Sekretärin das Hotel genannt, in dem er übernachtet hat. Die Verständigung war zwar schwierig, aber wenn ich das gebrochene Deutsch des Portiers am Telefon richtig verstanden habe, war Kalinowski abends im Hotel und hat in der Bar den großen Macker gespielt. Den können wir für diesen Mord ausklammern.«

»Und?«, lauerte Hofmann.

»Gumprecht könnte natürlich in Bezug auf den Priester unser Mann sein. – Hoffentlich hat der sich nicht still und heimlich abgesetzt. Sollte er tatsächlich geschäftlich in die Schweiz gereist sein, dann nicht im Flieger. Keine einzige Fluglinie hatte eine Reservierung auf seinen Namen.«

»Vielleicht ist er mit dem Auto gefahren?«

»Unwahrscheinlich«, erklärte das Schwergewicht. »Bisher hat er bei jeder Geschäftsreise, bei der er ein Flugzeug benutzen konnte, das auch getan, sagt zumindest die Sekretärin.«

»Darüber hinaus passen die Berichte über den Verlauf des ominösen Wochenendes fast perfekt zusammen«, sagte Wielert. »Nachdem Gassel sie heute Morgen abgeholt hat, bin ich die Aufstellungen von Rürich und Schmidt durchgegangen. Gumprecht war von Freitag bis Sonntag entweder mit den amerikanischen Käufern oder mit jemandem aus der Firma zusammen. Sollte er den Obdachlosen einkassiert und umgebracht haben, müsste das schon mitten in der Nacht passiert sein. Burgert soll sich einige Male absentiert haben, Kalinowski dagegen war angeblich auch immer mit mehreren Leuten zusammen. Nach diesen beiden Aussagen kann vom zeitlichen Ablauf her am ehesten Burgert den Obdachlosen getötet haben.«

»Haben die denn alle in einem Zimmer übernachtet?«, erregte sich Katharina. »Wenn ich auf die Idee kommen würde, perverse Spielchen mit einem hilflosen Menschen abzuziehen, würde ich das zu nachtschlafender Zeit machen.«

»Schmidt war, nach eigenen Angaben, jeden Abend bei seiner Familie, was die vermutlich auch bestätigen wird. Bei Gumprecht und Rürich sieht das zwar ein wenig anders aus, aber der Großteil der Abende des Wochenendes ist jeweils belegt. Kalinowski soll sich nach den Verhandlungen um die Betreuung der Amis gekümmert haben. Läuft wieder alles auf Burgert hinaus.«

»Bestimmt ist der gar nicht tot, sondern hat in Wahrheit auch noch seinen Bruder umgebracht«, ätzte Hofmann genervt. »Verdammt harte Nuss.«

»Zumindest wird uns nicht langweilig«, gab Wielert zurück. »Kein Grund, den Kopf in den Sand zu stecken. Am besten machen Sie sich mit Thalbach wieder auf die Suche nach diesem Zeugen aus dem Obdachlosenmilieu. Vielleicht haben wir ja Glück und der Mann erkennt Gumprecht, Kalinowski oder Burgert als den Kerl wieder, der seinen Kumpel aus dem Verkehr gezogen hat. Herr Gassel, Sie gehen die schriftlichen Aussagen gründlich durch und stellen einen detaillierten Zeitplan auf. Vielleicht finden wir bei genauerem Hinsehen ja doch noch die eine oder andere Lücke.«

Mit einem Kopfnicken beendete Wielert die Besprechung. Als die drei schon fast an der Tür waren, räusperte er sich vernehmlich. »Ach, übrigens, Eulensteins Leichnam ist endlich freigegeben worden. Am Donnerstag ist die Beerdigung.«

Katharina spürte einen Stich in der Magengegend. Hofmann fasste sie sanft am Ellbogen und drehte sich um. »Hier in Bochum?«, fragte er.

»Sprockhövel«, informierte sie Wielert. »Wenn Sie daran teilnehmen möchten ...«

»Natürlich«, erklärte Gassel mit trockenem Mund für alle drei.

35

Noch diese eine Wohnung und Elena Maltseva war für heute fertig. Aufatmend wuchtete sie die Tasche mit den Schlüsseln, ihrem Mittagsbrot und ihrer Brieftasche über die Schulter. Langsam, aber sicher taten ihr die Füße weh.

Heute um fünf in der Früh hatte ihr Arbeitstag angefangen. Zusammen mit zwei polnischen Kolleginnen musste sie jeden Morgen die Halle eines Gemüsegroßhändlers scheuern, direkt danach begann sie ihre Schicht für diesen Subunternehmer in einem Krankenhaus, montags und am Donnerstag besserte sie ihr schmales Einkommen durch private Putzjobs ein wenig auf, ihre beiden Kinder kamen da erst später aus der Schule. Alles in allem konnte sie mit dem Geld keine großen Sprünge machen, aber als allein erziehende Mutter war sie auf die Vielzahl von Jobs angewiesen. Elena hatte keinen Beruf erlernt, Schichtarbeit, etwa in der Gastronomie, kam nicht in Frage, schon wegen der Kinder nicht. Was blieb ihr da anderes übrig als zu putzen?

Die Glocken der nahe gelegenen Kirche schlugen zwei Uhr, als sie den protzig gepflasterten Weg hinauf zu dem Zweifamilienhaus einschlug. Noch bevor sie die Haustür erreicht hatte, kramte sie den Schlüsselbund aus ihrer Umhängetasche und suchte den kleinen Schlüssel mit dem roten Ring. Der Typ, dem das Haus gehörte und für den sie jeden Montag drei Stunden den Dreck wegwischte, hatte ihr einmal ungefragt erzählt, dass er für seine Wohnung fast zweitausend Mark Miete im Monat bezahlte. Und ihr zahlte er für die Schufterei gerade mal zehn Mark in der Stunde.

Deutsche Putzfrauen bekamen fast das Doppelte; einige ihrer Kolleginnen aus dem Krankenhaus hatten nebenher natürlich auch noch private Jobs, daher kannte sie die Kurse. Elena dagegen musste froh sein, dass sie überhaupt jemand nahm.

Im Hausflur war es schön kühl; sobald die Tür hinter ihr zugeschlagen war, verstummten die wenigen Straßengeräusche zur Gänze. Jedes Mal verspürte sie eine gewisse Scheu, wenn ihre Füße die Marmorstufen, die in das Dachgeschoss führten, in Angriff nahmen. Dieser zur Schau gestellte Luxus machte sie beklommen und unsicher. In den ersten Wochen, als sie hier angefangen hatte zu arbeiten, hatte sie sich nicht einmal getraut, die Toilette zu benutzen.

Elena suchte den nächsten Schlüssel heraus. Die Butze wäre ohne weiteres einen Titelbericht für *Schöner Wohnen* wert gewesen. Sofort rechts neben dem Eingang lag die hypermodern eingerichtete Küche, im Anschluss folgte das Esszimmer. Links führte die Diele zum Bad, zur Gästetoilette und zum Schlafzimmer. Geradeaus gelangte man in eine bis zum Dachgiebel reichende Wohnhalle mit einem runden Kamin in der Mitte des Zimmers. Allein dieser Raum war größer als die Wohnung, in der sie mit ihren Kindern hauste. An den Wohnraum schloss die großzügige Dachterrasse an, die einen schönen Blick auf das Weitmarer Holz bot.

Eine Treppe führte in das ausgebaute Dachgeschoss, in dem der Hausherr sein Arbeitszimmer eingerichtet hatte. Die Empore reichte nur über die Hälfte des Hauses und schloss mit Beginn des Wohnzimmers bündig ab.

Ihr Geld war nicht da. An und für sich hätten auf dem Schuhschränkchen neben der Garderobe der vereinbarte Zwanziger und der Zehner liegen müssen, aber da war nichts. Fluchend stellte Elena ihre Tasche ab und schnaubte verärgert aus. Natürlich war es nicht das erste Mal, dass ihr Chef die Entlohnung vergessen hatte; wenn sie ihm einen Zettel hinlegte, würden bei ihrem nächsten Besuch wie selbstverständlich sechzig Mark auf dem Schrank liegen. Aber heute hatte sie noch ein wenig einkaufen gehen wollen und fest mit den dreißig Mark gerechnet.

Sie begann ihre Arbeit in der Küche und warf einen prüfenden Blick in die Spüle. Natürlich gab es in diesem Haushalt eine Spülmaschine, aber offenbar kam deren Besitzer mit dem Gerät nicht klar. Meistens stapelte sich das benutzte Geschirr einer ganzen Woche in einer billigen Spülschüssel; doch heute befanden sich dort lediglich zwei Tassen, ein Glas, ein Teller und ein wenig Besteck.

Während sie heißes Wasser in die Spüle laufen ließ, öffnete sie das Küchenfenster. In der Bude muffte es, als wäre einige Tage nicht gelüftet worden. Elena wartete einen Moment, bis sie genug Wasser hatte, drehte den Hahn zu und ging ins Schlafzimmer, um dort ebenfalls die Fenster zu öffnen. Dann schlug sie den Weg zum Wohnzimmer ein, um die Tür zur Terrasse aufzuschieben.

Eilig drückte sie die Klinke zum Wohnzimmer herunter und schlug die Richtung zur Terrasse ein. Da kollidierte ihre Nasenspitze mit einer schwarze Socke.

Erschrocken wich Elena ein paar Zentimeter zurück, hielt sich die Hand vor den Mund und sah hoch. Neben der einen Socke befand sich auf gleicher Höhe eine zweite. In jeder der Socken steckten Füße, die aus einer ausgebleichten Jeanshose hervorlugten. Der Oberkörper, an dessen Seiten schlaff die Arme baumelten, war nackt. Um den Hals des Toten lag ein stabiler Strick, die Zunge hing aus dem leicht geöffneten Mund. Durch die halb geschlossenen Augen schien ihr die Leiche zuzuzwinkern.

Die Russin raufte sich entsetzt die Haare, pumpte einen Hektoliter Luft in ihre Lungen und stieß einen gellenden Schrei aus. Nachdem sich Elena davon überzeugt hatte, dass ihre Beine sie tragen würden, tappte sie zurück und stürzte zum Telefon.

36

»Der hing schon ein paar Tage hier«, vermutete Brettschneider mit fachmännischem Blick. »Allerfrühestens Mittwoch, spätestens ab Freitagabend. Nach der Obduktion kann ich das genauer sagen.«

Wielert nickte stumm und lehnte sich an das Geländer zur Empore.

»Bald steht diese komische Firma ohne Geschäftsführung da«, witzelte Hofmann, der hinter seinem Boss aufgetaucht war. »Erst Burgert, jetzt Gumprecht. Schade, dass wir nicht das Präsidium verkaufen können; vielleicht würden wir so Flenner los.«

»Lassen Sie den das lieber nicht hören«, sagte Brettschneider schnell, bevor Wielert Hofmann rüffeln konnte. »Sie wollten doch noch ein wenig Karriere machen?«

»Ich kenne schlimmere Polizeipräsidenten«, bemerkte Wielert. »Kommen Sie nicht aus München? Dort ist doch wohl der zurzeit größte Sauhaufen unseres Vereins versammelt.«

»Übertreiben Sie nicht so maßlos«, gab der Gerichtsmediziner zurück. »Schwarze Schafe gibt es überall.«

»Ich hätte schon Angst, auf Ihrem Oktoberfest eine Maß zu viel zu trinken«, vertiefte Wielert das Thema. »So lange die dortigen Kollegen aus der Trachtengruppe angetrunkene Touristen vermöbeln, wäre mir das Pflaster zu heiß. Und dass sich eine Kollegin von der Bereitschaftspolizei erschießt, weil ihr Vorgesetzter sie begrapscht – so etwas könnte bei uns bestimmt auch nicht passieren.«

»Sicher?«, fragte Brettschneider. »Ich habe über die Bochumer Bereitschaftspolizei so ein paar Geschichten gehört ...«

»Lassen Sie Brettschneider lieber in Frieden«, mahnte Gassel, der gerade aus der Küche kam. »Der geschätzte Kollege gibt sowieso erst Ruhe, wenn er das letzte Wort gehabt hat.«

»Hat das ZDF Sie jetzt eigentlich angenommen?«, kam Hofmann abrupt auf etwas anderes zu sprechen.

»Häh?«, fragte der überraschte Bayer.

»Für *Wetten, dass ...* Oder stimmt es gar nicht, dass Sie vor laufender Kamera demonstrieren wollten, dass Sie die unterschiedlichen Blutgruppen am Geschmack erkennen können?«

Wielert lernte etwas Neues: Brettschneider war für mindestens fünf Sekunden sprachlos. »Morgen Mittag haben Sie den Bericht«, rettete er sich dann in einen seiner Standardsätze und rauschte ab.

»Was für eine Laus ist dem denn über die Leber gelaufen?«, erkundigte sich Katharina, die in der Eingangstür beinahe mit dem Gerichtsmediziner zusammengeprallt war.

»Berthold«, antwortete Gassel. »Was sagen die Nachbarn?«

»Gar nichts«, meinte die Blonde. »Nach dem Stapel Zeitungen in deren Postkasten zu urteilen, befinden die sich seit mindestens anderthalb Wochen in Urlaub.«

»Tja, Leute, dann fangen wir mal an zu raten«, sagte Wielert freudlos. »Mord oder Selbstmord?«

»Weiß nicht«, gestand Hofmann. »Nichts deutet auf einen Kampf oder eine sonstige Auseinandersetzung.«

»Gibt es einen Abschiedsbrief?«

»Bisher hat die Kriminaltechnik nichts gefunden«, schüttelte Wielert den Kopf.

»Gehen wir eine Sekunde lang mal von Selbstmord aus«, überlegte Gassel. »Am Donnerstagabend findet Kalinowski, nachdem er aus Bukarest zurück ist, eine Mitteilung Gumprechts auf seinem Anrufbeantworter vor. Demnach wollte Gumprecht nach Genf. Warum das Theater, wenn er vorhatte, sich umzubringen?«

»Gute Frage«, nickte Wielert. »Zunächst würde mich interessieren, ob dieses Telefonat überhaupt stattgefunden hat.«

»Ich sagte, wir sollten erst mal von einem Selbstmord ausgehen«, beharrte der Dicke. »Es gibt doch wirklich überhaupt keinen Grund für diesen Anruf, es sei denn, Gumprecht hat sich ganz spontan entschlossen, eine neue Krawatte zu probieren.«

»Vielleicht wollte er ein wenig Ruhe, um sich alles ausführlich durch den Kopf gehen zu lassen«, meinte Hofmann. »Die wenigsten Menschen bringen sich von einer Sekunde auf die andere um. Meistens geht dem ein langwieriger Prozess voraus.«

»Bei so einer schlechten Ausrede?«, mischte sich Katharina wieder ein. »Angenommen, Gumprecht rief Kalinowski wirklich an und erzählt ihm diese Story von dem Blitzbesuch in Genf. Sollte Gumprecht dieses Investitionsprojekt erfunden haben, hätte sein Kumpel doch misstrauisch werden müssen.«

»Ein Punkt, der sich schnell klären lässt«, sagte Wielert ruhig. »Das kriegen wir raus.«

»Konnte die Putzfrau etwas Sinnvolles von sich geben?«

»Eher weniger«, bedauerte Gassel. »Die Frau ist mit einem Schock ins Krankenhaus gebracht worden. Nachdem sie uns angerufen hat, ist sie zusammengebrochen.«

»Von wo aus hat sie angerufen?«, hakte Katharina nach. »Wie viele Telefone gibt es in dieser Bude eigentlich?«

»Drei«, antwortete Hofmann sofort. »Eins hier in der Diele, eins im Schlafzimmer, ein weiteres im Arbeitszimmer.«

»Eben«, fuhr Katharina fort. »Meines Erachtens wird sich die Frau den erstbesten Hörer gegriffen haben.«

»Worauf willst du eigentlich hinaus?«, schnaufte Gassel.

»Ganz einfach. Falls Gumprecht Kalinowski tatsächlich angerufen hat, muss das eines seiner letzten Gespräche gewesen sein, wenn nicht sogar das letzte überhaupt. Heutzutage gibt es doch kaum noch Apparate ohne Wahlwiederholung.«

»Ins Arbeitszimmer können wir schon rein«, kommandierte Wielert. »Nach Ihnen.«

Der Begriff ›Arbeitszimmer‹ war für den ausgebauten Dachboden etwas deplatziert. In einer Ecke des Raumes stand unter einem Atelierfenster zwar ein Schreibtisch, auf dem ein riesiger Computermonitor thronte, aber ansonsten schien Gumprecht hier seine Freizeit zu verbringen. An der Wand hinter dem Schreibtisch hingen zwei Geldspielautomaten, in der Mitte des Raumes befand sich ein nagelneu aussehender Poolbillardtisch. Auf der anderen Seite erkannten die Beamten mehrere prallvolle Bücherregale. Offensichtlich war der Tote ein leidenschaftlicher Anhänger von Krimis gewesen. Allein drei Regalbretter waren mit den schwarz gecoverten Romanen eines Dortmunder Verlages zugepflastert. Neben den Regalen stand eine gemütlich aussehende Couch, auf der sich weiterer Lesestoff befand. Als Letztes hatte sich Gumprecht wohl durch einen Krimi gestöbert, dessen Titel ein blutender Punker und ein Polizeistiefel zierten.

»Oh Gott, ein Liebhaber anspruchsvoller Literatur«, ätzte Hofmann, als er einen Blick auf die Bücher geworfen hatte. »Bei diesen Schreiberlingen klären sich die Fälle immer so im Vorbeigehen und bis dahin stehen die Polizeibeamten als blöde Trottel da.«

»Vielleicht kennen die dich«, entgegnete Katharina und quetschte sich an dem Billardtisch vorbei. Mit gierigen Fingern schnappte sie sich den Hörer und drückte auf die Rufwiederholung.

»Und?«, lauerte Wielert neugierig.

»Kalinowskis Anrufbeantworter«, nickte sie mit enttäuschter Miene. »Scheiße. Der hat den tatsächlich angerufen.«

»Beweist lediglich ein stattgefundenes Telefonat«, beruhigte sie Gassel.

»Warte mal, mit dem Apparat kannst du dir anzeigen lassen, wann du mit wem telefoniert hast«, erklärte Katharina. »Hier, mit der Journaltaste.«

»Es lebe ISDN«, freute sich Hofmann und beugte sich genau wie die anderen neugierig über das Telefon.

»Hier ist es«, meinte Katharina. »Am Donnerstag, kurz nach neun Uhr abends.«

»Kann ich mal sehen?«, drängte Gassel und lehnte sich auf die Schreibtischplatte, wobei er mit seinen Wurstfingern gegen das Mousepad stieß. Plötzlich machte der Monitor leise ›Klick‹, das CD-ROM-Laufwerk des Computers unter der Tischplatte surrte und auf dem Bildschirm erschien das weltbekannte Logo eines erbärmlichen Betriebssystems.

»Ich hab gar nichts gemacht«, verteidigte sich der Dicke.

»Und ob. Die Kiste muss die ganze Zeit gelaufen sein; wenn keiner den PC benutzt, schalten sich die Bildschirme neueren Datums nach einer gewissen Zeit irgendwann ab und gehen in einen Energiesparmodus. Erst, wenn du auf eine Taste drückst oder die Maus bewegst, springen die wieder an.«

»Funktioniert das auch noch nach mehreren Tagen?«, fragte Wielert, der mit PCs nichts am Hut hatte.

»Klar«, nickte Katharina. »Hier, Gumprecht hat zuletzt an dieser Datei gearbeitet.«

Dabei zeigte sie auf ein winziges rechteckiges Fenster am unteren Rand des Bildschirms. Sie fuhr mit dem Mauszeiger auf das Feld und klickte es an. Das Bild auf dem Monitors veränderte sich sofort.

»Verstehst du, was du da siehst?«, kratzte sich Gassel nachdenklich hinter dem Ohr.

»Himmel, das ist eine WAV-Datei«, erklärte die Blonde überrascht.

»Bellt die?«, fragte Hofmann ungeduldig.

»Quatsch. Eine Audioaufzeichnung. Entweder für Musik oder für Sprache.«

»Starten Sie das Ding doch mal«, bat Wielert.

»Bringt nichts. Ich seh hier zwar ein Mikrofon, aber nirgendwo Boxen.«

»Packen wir den Kram ein«, entschied Wielert. »Im Präsidium werden wir das hoffentlich ans Laufen kriegen.«

37

»Genau wie in alten Zeiten, was?«, schmunzelte Hofmann.

»Halt den Mund«, gab Katharina müde zurück. »Beim nächsten Kind nehm ich Erziehungsurlaub, egal, ob Ulli weniger verdient als ich.«

»Also wollt ihr ein zweites ansetzen? Krieg doch erst mal das erste aus den Windeln.«

»Sag das Ulli, nicht mir. Halt mal einen Moment, ich muss was essen.«

Verdattert blieb Hofmann zurück und starrte Katharina ungläubig nach. In Windeseile war die Blonde in der jüngst eröffneten Filiale des größten *McDonalds*-Konkurrenten verschwunden und verhandelte gestikulierend mit einer Bedienung. Kurz darauf kam sie mit einer prallvollen Tüte zurück.

»Ich glaub, ich spinne«, wunderte sich der Stoppelhaarige. »Du und Junkfood?«

»Gelegentlich muss man über seinen Schatten springen. Einmal im Jahr ein Whopper mit Pommes wird mich nicht umbringen. Außerdem habe ich, im Gegensatz zu dir, den ganzen Tag noch nichts gegessen.«

Während Katharina wie eine Irre die Kartoffelstäbchen in sich hineinschaufelte, behielt Hofmann die Kortumstraße im Blick. Gelegentlich kam ihm zwar ein Obdachloser unter die Augen, Heini war aber nicht zu entdecken.

»Versuchen wir es an dem Krankenhaus, wo er sich immer zum Pennen hinhaut«, schlug er vor.

Katharina zwirbelte inzwischen das Papier von ihrem Burger und versenkte die Zähne in dem weichen Sesambrötchen.

»Ist das nicht noch ein wenig früh?«, fragte sie mit vollem Mund. »Es ist gerade mal kurz nach acht.«

»Fällt dir etwas Besseres ein?«

»Aber durch die Gebüsche kriechst du«, gab Katharina zurück. »Ich hab keine Lust, mir in dem Gestrüpp eine Ladung ekelhaften Viehzeugs einzufangen.«

»Einverstanden. Pass auf, dir läuft Soße über das Kinn.«

Katharina schob den Rest ihrer Mahlzeit in ihre Futterluke und wischte mit der Papierserviette das Gemisch aus Ketchup, Mayo und Salatsoße aus ihrem Gesicht. Dann holte sie den Becher Cola aus der Papiertüte, setzte den Strohhalm an die Lippen und leerte den halben Becher auf einen Zug.

»Mahlzeit«, wünschte Hofmann. »Jammer bloß nicht, wenn deine Waage ein Kilo mehr anzeigt.«

Nach Geschäftsschluss ähnelte die Bochumer Innenstadt, abgesehen von dem Kneipenviertel rund um das Bermuda-Dreieck, schnell einer Wüstenei. Die Gefahr, den Zeugen vor lauter Passanten zu übersehen, bestand also nicht.

»Hoffentlich erkennt Heini Burgert oder Gumprecht als denjenigen, der seinen Kumpel in den Benz verfrachtet hat«, wünschte Katharina.

»Ich glaub das nicht«, zweifelte Hofmann. »Gumprechts Geständnis in Bezug auf den Mord an dem Geistlichen ist zwar nett, aber die Sache kommt mir reichlich spanisch vor.«

Katharina zuckte die Achseln. Die Datei auf Gumprechts PC hatte ein von ihm persönlich gesprochenes Geständnis enthalten. Danach hatte er den Priester aufgesucht und nach einer lautstarken Auseinandersetzung im Affekt getötet. Mit dieser Tat sei er psychisch nicht fertig geworden, so dass er beschlossen habe, seinem Leben ein Ende zu setzen. Auf den ersten Blick passte alles zusammen; bloß fehlte den Kripoleuten der rechte Glaube an die Wahrheit dieser Version. Denn leider hatte Gumprecht nicht verraten, aus welchem Grund er den Priester überhaupt besucht hatte.

»Aber warum sollte er einen Mord gestehen, wenn er ihn nicht begangen hat?«, fragte Katharina zurück.

Inzwischen waren sie an dem äußerlich etwas heruntergekommenen Unfallkrankenhaus unweit der Castroper Straße angekommen. Katharina hockte sich demonstrativ auf das kleine Mäuerchen hinter den Parkplätzen für die Chefärzte, während Hofmann seine Jacke auszog und sich in die Büsche schlug. Es dauerte nicht lange, bis er, mit einer frischen Kratzwunde auf der Wange, zurückkehrte.

»Fehlanzeige«, schnaufte er. »Heini ist nicht an seinem Stammplatz. Warten wir?«

»Spinnst du? Und wenn der heute in Posemuckel pennt? Nee, ich hab keine Lust mehr. Langsam wird es Zeit für den Feierabend.«

»Meinetwegen«, antwortete Hofmann.

Während sie gemeinsam zum Ostring schlenderten, kramte der Kommissar ein Tempo aus seinem Jackett. Als er das Papiertaschentuch gerade auf den Kratzer drückte, rammte ihm Katharina ihren Ellbogen in die Rippen.

»Aua«, beschwerte sich Hofmann.

»Glück muss der Mensch haben. Ist er das nicht?«

Hofmanns Blick folgte dem ausgestreckten Zeigefinger seiner Kollegin. Auf der anderen Straßenseite, auf den Treppenstufen einer öffentlichen Bedürfnisanstalt, saß eine abgerissene Gestalt und nuckelte an einer Dose Aldis finest.

»Bingo. Den Geruch werde ich meinen Lebtag nicht mehr vergessen. Der stinkt sogar gegen die Autoabgase an.«

Sobald die Fußgängerampel auf Grün schaltete, eilten die beiden Kripoleute über die Straße. Heini knüllte gerade seine leere Dose zusammen, als er die Beamten erkannte.

»Ach, Sie sind dat«, grüßte er freundlich.

»'n Abend«, antwortete Katharina mit zusammengekniffenen Nasenflügeln. Seit ihrer letzten Begegnung hatte der Mann keine Dusche zu Gesicht bekommen.

»Ham Se den Sack, der Erwin gekillt hat, schon gekriegt?«

»Noch nicht, aber wir sind, glaube ich, nah dran. Um ganz sicher zu sein, brauchen wir noch einmal Ihre Hilfe.«

»Klar, allet, wat Se wollen, junge Frau«, röhrte Heini lautstark. Erst jetzt entdeckten die Polizisten die Sammlung Aluminiumdosen, die sich hinter dem Penner stapelte.

»Gibt es einen Grund zum Feiern?«, fragte Hofmann ironisch.

Schlagartig zogen sich Heinis Augen zusammen. »Heute wurde Erwin beerdigt«, nuschelte er. »Ich trink nur auf sein Wohl, jau, genau dat mach ich.«

»Entschuldigung«, meinte Katharina schnell. »Heini, Sie haben sich doch das Kennzeichen merken können. Wie ist das mit dem Fahrer? Vielleicht wissen Sie ja auch wieder, wie der aussah?«

»Kann schon sein«, erklärte Heini unsicher.

»Und wenn wir Ihnen einige Fotos zeigen? Könnte das Ihrem Erinnerungsvermögen helfen?«

»Kann schon sein«, wiederholte der Obdachlose. »Ich war ja so verdattert, ich hab nur auf Erwin und den Benz geguckt. Aber vielleicht, für 'nen Moment ...«

Hofmann griff in die Innentasche und holte drei Bilder hervor. »Betrachten Sie sich die Aufnahmen mal in aller Ruhe. Könnte einer der Männer derjenige gewesen sein, zu dem Herr Lindemann ins Auto eingestiegen ist?«

Heini nahm die Aufnahmen in die Hand und heftete seine glasigen Augen auf die abgebildeten Gesichter. »Also, der war et bestimmt nicht«, kommentierte er Burgerts Antlitz. »Der Kerl war noch kein alter Sack, so viel steht fest. Der hier. Ja, wenn et einer von denen war, dann war et der hier.«

Trotz des Fallouts trat Katharina einen Schritt näher an den Berber heran. »Welchen meinen Sie?«

»Ganz sicher bin ich nicht, aber wenn, dann der hier«, zischte Heini verbissen und pikste einen nachtschwarzen Fingernagel direkt auf Kalinowskis Nasenspitze.

»Jetzt versteh ich gar nichts mehr«, meinte Katharina.

38

»Oh, Herr ... Gassel, richtig?«, fragte Carina Rürich. »Reichlich spät für einen Besuch, finden Sie nicht?«

»Beides stimmt«, schnaufte der Dicke keuchend und griff zum x-ten Male am heutigen Tag zu seinem Taschentuch. »Haben Sie einen Moment Zeit für mich?«

»Bei der Polizei kann ich schlecht nein sagen«, grinste Rürich doppeldeutig und trat einen Schritt zur Seite.

Gassel setzte sich in Marsch und starrte stur geradeaus. Die Frau musste kurz zuvor geduscht haben; auf jeden Fall steckte ihr Körper in einem knappen Bademantel, der mehr zeigte als verhüllte.

Die Nixe bat ihn mit einer knappen Handbewegung ins Wohnzimmer. »Möchten Sie etwas trinken?«, fragte sie freundlich.

»Ein Glas Wasser wäre nicht schlecht«, gab Gassel dankbar zurück und setzte sich auf eines der beiden im rechten Winkel stehenden kleinen Sofas.

»Wasser? Oder vielleicht etwas anderes? Einen Barolo?«

»Ich bin im Dienst.«

Rürich lachte amüsiert auf. »Das musste ja kommen. Aber ich trinke nicht gerne allein Alkohol. Ein kleiner Schluck wird Sie schon nicht umbringen.«

»Frau Rürich, ich habe eine schlechte Nachricht«, wehrte sich Gassel erneut.

»Gerade dann sollten Sie mir ein wenig Gesellschaft leisten. Mit einem Glas Wein lassen sich schlechte Nachrichten viel besser ertragen.«

Der Dicke gab sich geschlagen und lehnte sich ein wenig in die Polster zurück. »Heute Mittag ...«

»Kein Wort, bis ich eingeschenkt habe«, unterbrach ihn seine Gastgeberin. »Bin gleich bei Ihnen.«

Gehorsam hielt Gassel den Mund und sah zu, wie sich die Frau mit einer Flasche in die Küche begab. Für den Bruchteil einer Sekunde schoss ihm der Gedanke durch den Kopf, dass sich seine Frau, die ihm figürlich in nichts nachstand, aus der Stoffmenge des Bademantels allerhöchstens eine Stola schneidern konnte. Energisch schüttelte er den Kopf und vertrieb diese Überlegungen.

Rürich kam langsam aus der Küche zurück, in jeder Hand ein gut gefülltes Glas, die sie auf den kleinen Rauchglastisch stellte. Dabei beugte sie sich so weit vor, dass das Oberteil ihres Kleidungsstücks auseinander klaffte und sie Gassel einen tiefen Einblick in ihren Ausschnitt gewährte.

Das Schwergewicht tastete schon wieder nach seinem Taschentuch, weil ihm der Schweiß über die Stirn rann. Diesmal allerdings nicht wegen der Außentemperaturen.

Rürich kam um den Tisch herum, doch anstatt sich auf die andere Couch zu setzen, hockte sie sich neben den Kripobeamten, zog die Beine an und griff nach ihrem Glas. »So, jetzt können Sie mir erzählen, warum Sie mich besuchen«, lächelte sie auffordernd. »Prost.«

Gassel nahm wie in Trance ebenfalls sein Glas in die Hand, stieß mit ihr an und klemmte seinen Zinken über den Wein. Der Barolo roch herrlich, das würzige Aroma belebte schlagartig seine Geruchssinne.

»Wir haben uns Ihre Aussage bezüglich des letzten Wochenendes angesehen«, sagte er schnell, bevor er wieder auf dumme Gedanken kommen konnte. »Es gibt da noch einige Punkte, die geklärt werden müssen.«

»Und zwar?«, fragte Rürich und ließ ihre Finger langsam durch ihre langen Haare gleiten.

»Ihr Zeitplan endet jeweils vor Uhrzeiten, die uns besonders interessieren. Gab es abends keine gemeinsamen Aktivitäten, an denen Herr Gumprecht teilgenommen hat?«

»Am Sonntag waren wir im Starlight. An den anderen Abenden hat sich Herr Kalinowski um die Amerikaner gekümmert.«

»Demnach können Sie mir nicht sagen, mit wem Herr Gumprecht den Freitag- beziehungsweise den Samstagabend verbracht hat?«

»Doch«, erklärte Rürich zu seiner Überraschung. »Er war mit mir zusammen.«

»Den ganzen Abend?«

»Den ganzen Abend und die ganze Nacht. Ich hatte nicht gedacht, dass dieser Punkt für Sie wichtig sein könnte.«

»Also hatten Sie und Herr Gumprecht ein Verhältnis«, fasste Gassel zusammen.

Rürich stutzte. »Hatten? Woher wissen Sie, dass es vorbei ist?«

Der Dicke gönnte sich einen zweiten Schluck Rotwein. »Gar nicht. Heute Mittag wurde Ihr Chef, Herr Gumprecht, tot aufgefunden.«

Die junge Frau neben ihm auf der Couch saß auf einmal kerzengerade. »Tot, sagen Sie? Werner ist tot?«

»Es stimmt, tut mir Leid.«

»Aber wie ist denn das passiert? Hatte er einen Unfall?«

»Alles spricht für einen Selbstmord. Herr Gumprecht hat sich erhängt.«

Rürichs Tränen kamen ohne Ankündigung. Sie saß einfach da, umklammerte ihr Glas mit beiden Händen und weinte still vor sich hin. Als alter Gentleman wollte ihr Gassel sein Taschentuch reichen, doch gerade rechtzeitig fiel ihm ein, dass er damit im Laufe des Tages mindestens zwei Liter Schweiß aufgesaugt hatte. Also starrte der Beamte hartnäckig auf die poppige Wanduhr und gab der Frau eine Minute.

»Ich bedaure Ihren Verlust«, tröstete er endlich leise. »Sie haben ihn wohl sehr geliebt.«

»Nein, das ist es nicht«, schluchzte die Rürich. »Irgendwie tut mir sein Tod schon Leid, aber andererseits ...«

»Was meinen Sie?«

»Ach, wissen Sie, es ist schon eine komische Sache«, schniefte sie durch den langsam abebbenden Tränenstrom. »Ich habe Betriebswirtschaft und Volkswirtschaft studiert, beide Diplome habe ich mit guten Noten abgeschlossen; und als ich bei *Burgert & Gumprecht* endlich einen Job bekommen hatte, kam ich mir vor wie eine Sekretärin. Da durfte ich in der ersten Zeit bloß Kaffee kochen, die Post bearbeiten und Belege abstempeln.«

»Und deshalb haben Sie dem Chef schöne Augen gemacht?«, fragte Gassel.

»Nein. Gumprecht hat mich nicht in Ruhe gelassen«, verdrehte sie ein ganz klein wenig die Tatsachen. »Lud mich zum Essen ein, um mit mir über meine Perspektiven zu sprechen. Und als ich ein Verhältnis mit ihm begonnen hatte, bekam ich tatsächlich eine.«

Der Dicke griff erneut zu seinem Rotwein und nahm diesmal einen größeren Schluck. »Bevor er sich umbrachte, legte Herr Gumprecht so etwas wie ein Geständnis ab«, erklärte er, nachdem das Glas wieder abgesetzt hatte. »Danach hat er vor ein paar Tagen den Bruder Ihres ehemaligen Seniorchefs, diesen Priester, ermordet.«

»Er hat was?«, hauchte Rürich entsetzt.

»Vermutlich war das auch der Grund für seinen Suizid. Zwischen Kalinowski, Burgert und ihm muss es zu einem lautstarken Streit gekommen sein, worauf Burgert seinem Bruder sein Herz ausgeschüttet hat. Worum es dabei genau gegangen ist, wissen wir nicht. Hat Gumprecht Ihnen gegenüber mal etwas verlauten lassen?«

»Wir haben, ehrlich gesagt, wenig geredet, weder über persönliche noch über geschäftliche Dinge«, meinte Rürich. »Ihm ging es doch immer nur um das eine. Und wenn er fertig war, hat er sich umgedreht und ist eingeschlafen oder nach Hause gefahren. Nie war er richtig zärtlich zu mir ...«

Ein neuer Weinkrampf schüttelte ihren Körper, sie rückte näher an den Beamten heran und warf ihre Arme um Gassels massive Schultern. Der locker gebundene Knoten des Gürtels hielt dieser Beanspruchung nicht stand, ihr Bademantel klaffte auseinander. Instinktiv hob Gassel seine Rechte, um Rürich ein wenig auf Distanz zu drücken, aber stattdessen registrierte er erschrocken, dass seine Finger sanft über ihre Brust streichelten.

Gassel schluckte den dicken Kloß in seinem Hals herunter und schloss die Augen. In seiner Hose pochte eine Erektion, wie er sie seit gut zwanzig Jahren nicht mehr erlebt hatte. »Hören Sie auf«, bat er leise.

Rürich klammerte sich fester an seinen Hals, ihre heiße Wange presste sich an seine nachsprießenden Bartstoppeln. Ihr Gesicht glitt langsam zurück, bis ihre Lippen auf den seinen landeten. Ihre Zunge bohrte sich in seinen Mund, dabei gab sie wohlig knurrende Laute von sich.

»Hör auf«, wechselte Gassel, beinahe schon wahnsinnig, die Anredeform.

»Aber ich will dich«, bettelte Rürich fast. Ihre Finger massierten seine unter dem Hemd weit ausladende Kugel und landeten schließlich auf der Ausbuchtung im Schritt. Zielsicher erwischte sie seinen Reißverschluss und zerrte an dem Nippel.

»Nein«, winselte Gassel. »Ich könnte dein Vater sein.«

»Eben drum«, antwortete Carina sehnsüchtig und wühlte sich durch seine Feinrippunterwäsche.

39

»Meinen Sie das im Ernst?«, fragte Kalinowski fassungslos.

»Natürlich«, antwortete Wielert gelassen. »Ansonsten hätte ich mich gestern Abend kaum mit dem zuständigen Richter in Verbindung gesetzt.«

»Das ist doch Wahnsinn«, jammerte Kalinowski, während seine Augen wieder den Durchsuchungsbefehl fixierten. »Bezahlen Sie uns den Produktionsausfall?«

»Es besteht Gefahr im Verzug«, ging Wielert nicht auf die Frage des Geschäftsmannes ein. »Ihre Mitarbeiter können sich meinetwegen auf dem Parkplatz ein Sonnenbad genehmigen oder Sie schicken sie nach Hause. Bis wir das Firmenareal durchhaben, wird es sowieso etwas dauern.«

»Sie sind ja verrückt«, fauchte Kalinowski aggressiv. »Mann, das wird Sie teuer zu stehen kommen.«

»Abwarten«, meinte der Leiter des KK 11 und gab dem Chef der Trachtengruppe einen Wink. Kurz darauf bellte der einige Befehle in sein Funkgerät, worauf aus den Mannschaftswagen auf dem Parkplatz eine Horde Uniformierter hüpfte.

Wielert war trotzdem nicht wohl in seiner Haut. Nachdem Thalbach und Hofmann ihm gestern Abend von der Aussage des Obdachlosen erzählt hatten, hatte er noch gut zwanzig Minuten mit sich gerungen, bevor er es wagte, den Dienst habenden Richter anzurufen und ihm den Fernsehabend zu versauen. Immerhin, wenn die Sache ein Schlag ins Wasser war, hatte er wenigstens den offiziellen Weg gewählt und stand nicht allein im Regen.

»Und welche Beweismittel erhoffen Sie hier zu finden?«, schimpfte Kalinowski. »Abgesägte Leichenteile?«

»Darüber sprechen wir besser im Präsidium.«

»Wie bitte?«

Wielert griff ein zweites Mal in seine Jackentasche und holte den nächsten amtlichen Wisch hervor. »Ich habe hier einen Haftbefehl gegen Sie«, sagte er. »Sie sind festgenommen.«

Kalinowski sprang aus seinem Sessel und wirkte einen Moment, als wollte er dem Beamten an den Kragen. »Und warum?«, fragte er mühsam beherrscht.

»Sie stehen unter Mordverdacht.«

Der Yuppie lachte auf. »Mord? Wen soll ich denn umgebracht haben?«

»Erwin Lindemann«, bellte Wielert, plötzlich genauso laut wie Kalinowski, zurück. »Wir haben einen Zeugen, der beobachtet hat, wie Sie gemeinsam in Herrn Burgerts Fahrzeug gestiegen sind. Danach hat den Obdachlosen niemand mehr lebend gesehen.«

»Was für ein Obdachloser?«, stellte sich Kalinowski blöd.

»Wie gesagt, wir reden im Präsidium darüber. Bei der Gelegenheit können wir uns auch gleich über den plötzlichen Tod Ihres Kollegen unterhalten.«

Kalinowski holte tief Luft. »Was soll das denn jetzt?«

»Ach, wissen Sie das noch nicht? Gumprecht ist tot.«

»Werner?«, stammelte der Geschäftsführer verständnislos. »Werner ist tot? Aber der ist doch in Genf.«

»Die Leute sind eingewiesen«, plapperte Hofmann, vom Flur her näher kommend, dazwischen.

Wielert gab ihm ein Zeichen, worauf Hofmann abrupt stehen blieb. Katharina hinter ihm konnte zwar noch rechtzeitig stehenbleiben, wurde vom nachrückenden Gassel aber voll erwischt. Sie konnte nur noch gequält aufjapsen.

»Herr Gumprecht wurde gestern Mittag tot aufgefunden«, antwortete Wielert endlich auf Kalinowskis Frage. »Aber nicht in einer Badewanne eines Genfer Hotelzimmers, sondern in seiner eigenen Wohnung. Und da war er schon eine ganze Weile tot.«

Kalinowski sank kraftlos zurück in seinen Sessel und wirkte verzweifelt. »Aber wie ist das denn passiert? Er hat mich doch noch letzte Woche ...«

»... angerufen, ja, das wissen wir. Aber hat er Ihnen wirklich gesagt, er wolle nach Genf?«

»Ja, natürlich. Was denn sonst?«

»Nun, das möchte ich eigentlich von Ihnen wissen. Und deswegen fahren wir jetzt ins Präsidium.«

Gleichzeitig gab Wielert den beiden Streifenhörnchen, die die ganze Zeit mit hinter dem Rücken verschränkten Armen gewartet hatten, ein Signal. »Bringen Sie Herrn Kalinowski doch schon mal in den Wagen. Und passen Sie gut auf ihn auf.«

»Ich will einen Anwalt«, forderte Kalinowski, als die Schränke in Uniform auf ihn zugingen.

»Später«, nickte Wielert.

»Hoffentlich kriegen wir den geknackt«, unkte der Chef des KK 11, als die Kripobeamten das Büro für sich allein hatten. »Jede Wette, so lange der sich nicht mit seinem Rechtsverdreher unterhalten hat, bekommen wir keinen einzigen Ton aus dem heraus.«

»Ich bin mal gespannt, was dem zu den Verdachtsmomenten einfällt«, meldete sich Katharina unter den Lebenden zurück. Mittlerweile konnte sie wieder normal atmen.

»Wir haben aber nichts, was nur ihn belastet«, stimmte Hofmann ihrem Boss zu.

»Was erzählt denn diese Assistentin über Kalinowski?«, fragte Wielert Gassel.

Der Dicke fingerte versunken an den Saumrändern seiner Jacke herum.

»He, Karl Heinz«, tippte ihn Katharina an.

»Was?«, fuhr Gassel erschrocken zusammen.

»Alles in Ordnung?«

»Klar«, versicherte er schnell. »Ich war nur in Gedanken.«

»Könnte uns die Rürich in Bezug auf Kalinowski weiterhelfen?«, formulierte Wielert seine Frage um. »Immerhin scheint sie den nicht sonderlich zu mögen.«

»Ich weiß nicht«, antwortete Gassel schnell. »Ich habe sie gestern ausschließlich über Gumprecht befragt.«

»Dann sollten wir das nachholen«, schlug Wielert vor. »Am besten gleich. Alles, was wir gegen den Kerl verwenden können, sollten wir in Erfahrung bringen, bevor wir das Verhör beginnen.«

Gassel nickte, blieb aber stehen. Wielert schüttelte den Kopf und gab Katharina einen Wink. »Gehen Sie doch bitte mit. Vielleicht ist sie gegenüber einer Frau aufgeschlossener.«

»Ich erledige das schon«, wehrte Gassel hastig ab.

»Nun machen Sie endlich«, befahl Wielert.

Katharina signalisierte Zustimmung, stieß den Dicken erneut an und setzte sich in Bewegung. Schwerfällig drehte sich Gassel um und folgte ihr.

»Sag mal, stimmt etwas nicht mit dir?«, fragte Katharina, als das Schwergewicht sie endlich eingeholt hatte. »Du bist doch sonst nicht so zerstreut.«

»Mhm? Ach was, ich hab nur schlecht geschlafen. Liegt wahrscheinlich an der Hitze.«

»Und warum glüht dein Kopf, als hättest du vierzig Fieber? Hier drin gibt's immerhin 'ne Klimaanlage.«

»Ich weiß nicht. Könnte sein, dass ich mir eine Erkältung eingefangen habe.«

»Dann geh doch nach Hause«, meinte Katharina, aber der Dicke wehrte ihren Vorschlag mit einer Handbewegung ab.

Mit seiner massigen Pranke hämmerte er einmal gegen die Tür vor Rürichs Büro und griff dann nach der Klinke.

Seine schweißnassen Finger rutschten beim ersten Kontakt ab.

Rürich drehte ihren Sessel, von dem aus sie das Schauspiel der sich verteilenden Polizisten beobachtet hatte, herum. Als sie Gassel erblickte, strahlte sie. »Hi, Karl Heinz. Ich hatte nicht ...«

Als Katharina ihre schmale Gestalt in ihr Gesichtsfeld schob, brach Rürich ab. Die Kommissarin warf zuerst einen verständnislosen Blick auf Gassel, dann auf die Frau vor den abgedunkelten Thermopanescheiben.

»Guten Morgen, Frau Rürich«, begann Gassel heiser. »Entschuldigen Sie vielmals, aber wir hätten noch einige Fragen an Sie.«

»Kein Problem«, gab Rürich zurück. Bei Katharinas Anblick hatte sie automatisch ihr unverbindliches Geschäftslächeln aufgelegt. »Könnten Sie mir aber zuerst verraten, was dieses Schauspiel da draußen bezwecken soll?«

»Allem Anschein nach ist auf dem Firmengelände ein Mord begangen worden«, antwortete Katharina.

»Oh Gott«, meinte Rürich erschrocken und schlug die Hand vor den Mund. »Wen hat es denn jetzt erwischt? Schmidtchen?«

»Niemanden aus Ihrem Betrieb.«

»Ein Mord, sagen Sie? Das ist ja furchtbar.«

Katharina wartete einen Augenblick, ob Gassel übernehmen wollte. Ihr Kollege starrte jedoch interessiert auf die Spitzen seiner Fingernägel. »Wir möchten ganz gern ein wenig mehr über Herrn Kalinowski in Erfahrung bringen«, erklärte sie dann. »Sie haben zwar schon einige recht aufschlussreiche Bemerkungen über ihn gemacht, aber es wäre sehr hilfreich, wenn Sie uns ein wenig mehr erzählen könnten.«

»Über den gibt es nicht viel zu sagen. Ich habe ihn von der ersten Sekunde an nicht ausstehen können. Also bin ich ihm aus dem Weg gegangen, so gut es eben ging.«

»Aber das machen Sie doch nicht grundlos«, hakte Katharina nach.

»Nein, natürlich nicht. Er ist mir eben unsympathisch.

Kalinowski hat so etwas Brutales an sich, bei dem können Sie nie sicher sein, ob der nicht einen cholerischen Anfall bekommt und dann ausflippt.«

»Ist das mal vorgekommen?«

»Ja, sicher. Öfter sogar. Jedes Mal, wenn jemand einen Fehler begangen hat, ging Kalinowski hoch. Einmal hat er eine Angestellte aus der Buchhaltung wegen einer nichtigen Sache völlig fertig gemacht. Der Frau war bei einer ziemlich umfangreichen Berechnung an einer Stelle ein Komma verrutscht. Daraufhin hat er sie eine halbe Stunde lang angeschrien, dass die Wände gewackelt haben. Die Mitarbeiterin war am Ende, die hat sich mehrere Wochen krankschreiben lassen. Als sie dann wiederkam, hat Kalinowski alle Hebel in Bewegung gesetzt, um sie loszuwerden. Schließlich hat die den Druck nicht mehr ausgehalten und selbst gekündigt.«

»Kommt das nicht in jeder Firma mal vor?«, fragte Katharina stirnrunzelnd.

»Klar. Aber bei einer Frau, die hier dreißig Jahre zuverlässig ihre Arbeit verrichtet hat? Kalinowski wusste genau, die bekommt nirgendwo mehr eine Stelle. Nicht in ihrem Alter. Und er hatte eine diebische Freude, als sie schluchzend ihre Sachen zusammengepackt hat. Der stand die ganze Zeit dabei und hat gegrinst.«

»Nett«, rutschte es Katharina heraus.

»Außerdem«, fuhr Rürich fort, »muss da mal etwas mit einer Auszubildenden gewesen sein. War allerdings vor meiner Zeit, also kenne ich die Geschichte nur als Gerücht.«

»Geht das ein wenig genauer?«

»Ach, ich weiß ja noch nicht einmal, ob das stimmt. Angeblich soll da etwas zwischen dieser Auszubildenden und Kalinowski gelaufen sein, bis das Mädchen eines Morgens nicht mehr zur Arbeit erschienen ist. Jemand hatte sie fürchterlich zusammengeschlagen. Als sie wieder gesund war, hat sie überraschend die Ausbildung in einem anderen Betrieb fortgesetzt. Merkwürdigerweise hat sie meines Wissens gegen den Schläger niemals Anzeige erstattet.«

»Und das soll Kalinowski gewesen sein?«, wollte Katharina wissen.

»Ich sag ja, ich kenne nur das Gerücht. Aber zwei unserer Mitarbeiter haben Kalinowski an dem Abend, bevor das Mädchen nicht mehr erschien, zusammen mit ihr gesehen. Angeblich kamen sie Hand in Hand aus einem Restaurant und fuhren in seinem Wagen gemeinsam weg.«

»Ist er Ihnen gegenüber einmal ausfallend geworden?«, sagte Gassel kaum hörbar.

»Laut ja, ausfallend eigentlich nicht. Normale sachliche Auseinandersetzungen, bei denen schon mal gebrüllt wurde. Soll er ... ich meine, steht Kalinowski unter Mordverdacht?«

»Trauen Sie ihm einen Mord zu?«, konterte Katharina mit einer Gegenfrage.

»Klar«, antwortete Rürich sofort. »Sie nicht?«

Katharina wechselte das Thema. »Gumprecht hat letzte Woche geäußert, er müsse plötzlich nach Genf. Investitionsprojekte werden bei Ihnen doch sicherlich erst im Team vorbereitet, oder? Ich kann mir kaum vorstellen, dass eine einzelne Person damit befasst ist.«

»Ja. Für einen alleine wäre das viel zu umfangreich.«

»Kennen Sie das Projekt, weswegen Gumprecht in die Schweiz wollte?«

»Nein, aber das muss nicht unbedingt etwas heißen. Einige Angelegenheiten wurden ausschließlich von Gumprecht und Kalinowski bearbeitet, ohne dass jemand anderes darüber Bescheid wusste.«

»Existieren nicht irgendwo Unterlagen über solche Projekte?«

»Mit Sicherheit. Entweder in Gumprechts oder Kalinowskis Büro.«

Katharina nickte ihr noch einmal zu und machte kehrt. Als die erwarteten Vibrationen hinter ihr ausblieben, schaute sie überrascht zurück. Gassel stand immer noch stocksteif, als hätte er Tretminen unter seinem Absatz.

»Karl Heinz, kommst du?«, drängte die Blonde.

»Was? Ach ja, natürlich. Auf Wiedersehen, Frau Rürich.«

»Tschüssi«, meinte die Fee in dem knallengen seidenen Etwas.

Katharina rutschte der Unterkiefer beinahe auf die Knie, als sie beobachtete, wie sich der Dicke, um zwanzig Jahre jünger wirkend, umdrehte und an ihr vorbeischwebte.

40

»Was für ein verfluchter Reinfall!«, schimpfte Hinrichsen-Hennerke, nachdem ein sichtlich erleichterter Kalinowski in Begleitung seines Anwalts das Präsidium verlassen hatte. »So etwas habe ich lange nicht mehr erlebt.«

»Noch ist gar nichts raus«, meldete Wielert müde.

»Ach ja?«, polterte der Staatsanwalt weiter. »Schaffen Sie Beweise ran. So kriegen wir Kalinowski nie hinter Gitter.«

»Können wir nicht erst einmal den Bericht der Kriminaltechnik abwarten?«, beschwichtigte der Leiter des KK 11. »Unter Umständen liefern die uns genau das, was uns noch fehlt.«

»Sie halten mich auf dem Laufenden«, schnaubte Hinrichsen-Hennerke geladen und rauschte ab.

Einen Moment herrschte Stille.

»Was für ein abgezockter Typ«, beendete Hofmann die Gesprächspause. »Zuzugeben, den Obdachlosen in die Firma gebracht zu haben, weil sein Vater auf gelegentlichen Männersex stand, ist die Krönung, aber doch absolut unglaubwürdig. Der Vater wäre doch eher in 'nen Puff gegangen, als ... «

»Der Staatsanwalt hat Recht«, unterbrach Wielert. »Die beiden Einzigen, die diesen Punkt widerlegen könnten, sind tot.«

»Aber das ist doch völlig abwegig«, wandte Katharina ein. »Selbst wenn Burgert homosexuell war, hätte der sich doch bloß zehn Minuten an einem der bekannten Treffpunkte aufhalten müssen. Oder meinetwegen einen Callboy engagieren können. Aber seinen Sohn loszuschicken, damit der ihm einen Obdachlosen besorgt ...«

»Und wenn er die Wahrheit sagt?«, warf Hofmann ein. »Falls sein Vater wirklich auf diese perversen Spiele gestanden hat, das Verschwinden eines Callboys wäre aufgefallen. Die Leiche wurde doch nur durch Zufall so schnell gefunden.«

»Glauben Sie das wirklich?«, fragte Wielert mit hochgezogenen Augenbrauen.

»Natürlich nicht.«

»Haben wir überhaupt noch Optionen?«, meinte Katharina ratlos.

»Einige wenige«, hoffte Wielert. »Vielleicht findet Brettschneider bei Gumprechts Obduktion Hinweise, die gegen einen Selbstmord sprechen. Falls nicht, müssen wir fast davon ausgehen, dass sich alles so zugetragen hat, wie es sich bis jetzt darstellt. Und da ist immer noch die vage Möglichkeit, dass uns Gumprechts Geständnis weiterhilft.«

»Wieso das?«, wollte Hofmann wissen.

»Ich habe eine Kopie der Datei noch gestern Abend per Boten an das LKA geschickt. Die Kollegen in Düsseldorf haben viel bessere technische Möglichkeiten als wir, um die Aufzeichnung zu analysieren.«

»Und was soll das bringen?«

»Ob Gumprecht den Text tatsächlich selbst gesprochen oder ob jemand aus mehreren Dateien etwas zusammengeschnippelt hat«, erklärte Wielert ungeduldig. »Außerdem werden Sie Gumprechts Wohnung noch einmal genau unter die Lupe nehmen. Gehen Sie vor allem seine schriftlichen Aufzeichnungen und Geschäftspapiere durch. Vielleicht finden Sie so etwas, das Kalinowski belastet. Lassen Sie kein Staubkorn auf dem anderen. Einverstanden, Herr Gassel?«

»Klar«, antwortete der Dicke und schaute fragend in die Runde. Schon während der Vernehmung Kalinowskis hatte er sich auffallend im Hintergrund gehalten.

»Was ist bloß mit dir los?«, schnaufte Hofmann auf dem Weg zum Parkplatz. »Bist du so ausgehungert, dass du nichts mehr mitkriegst?«

»Darf ich nicht auch mal einen schlechten Tag haben?«,

schoss Gassel zurück.

»Fahr nach Hause«, schlug Katharina vor. »Leg dich in die Falle, schlaf dich gründlich aus und mach dir einen ruhigen Tag.«

»Mir geht es prima«, knurrte der Dicke widerwillig. »Lasst mich einfach in Ruhe.«

Katharina und Hofmann schauten sich an. Der Stoppelhaarige zuckte unmerklich mit den Achseln und rammte den Schlüssel in die Fahrertür. So angriffslustig war ihr Schwergewicht sonst nur, wenn ihm jemand den Nachtisch klauen wollte.

41

»Verflucht! Das Siegel ist aufgebrochen.«

Hofmann griff automatisch zu seiner Waffe, als er den zerrissenen Klebestreifen in der Türzarge entdeckte.

Katharina presste sich an die lindgrüne Wand des Hausflurs, während Gassel unbeeindruckt stehen blieb.

»Gib mir mal den Schlüssel«, flüsterte Hofmann seiner Kollegin zu. Katharina fummelte in ihrer Tasche, bis sie Hofmanns Wunsch endlich erfüllen konnte. Einen flüchtigen Augenblick wollte sie selbst zu ihrer Waffe greifen, aber ihre Finger bewegten sich keinen Millimeter. Ihr Herzschlag donnerte hinauf bis unter die Schädeldecke, die schwere Flurlampe, die an massiven schmiedeeisernen Ketten von der Decke herabbaumelte, begann sich langsam zu drehen.

»Gebt mir Deckung, wenn ich die Tür aufhabe«, bat Hofmann leise.

»Was meinst du, wer sich da Zutritt verschafft haben könnte?«, fragte Gassel ebenso flüsternd. »Kalinowski?«

»Mir fällt sonst niemand ein«, hauchte Hofmann zurück und schob den Schlüssel, den sie der Putzfrau abgenommen hatten, unendlich langsam in das Schloss.

»Mach schon«, drängte Gassel, während Katharina mit wachsbleichem Gesicht vor ihm stehen blieb. Wie in Trance tappte die Blonde hinter Hofmann in die Wohnung, wobei sie Mühe hatte, nicht das Gleichgewicht zu verlieren.

Hofmann richtete den Lauf seiner Waffe nach oben und blickte rasch in die Runde. Aus dem Arbeitszimmer waren leise Geräusche zu hören, trotzdem vergewisserte er sich erst, dass in den anderen Räumen keine böse Überraschung auf sie wartete.

Gassel griff ebenfalls nach seiner Pistole, schob Katharina, die sich inzwischen an den Garderobenständer klammerte, beiseite und zeigte auf die Treppe. Hofmann nickte und lief, jedes Geräusch vermeidend, die Stufen hoch. Gassel blieb sichernd am Treppenabsatz stehen, während Hofmann weiter nach oben schlich. Mit einem gewaltigen Satz nahm Hofmann die letzten drei, vier Stufen auf einmal und brachte seine Waffe in Anschlag.

»Keine Bewegung, Polizei«, brüllte er drohend, worauf ihm ein erschrecktes Quieken antwortete.

Während Gassel mit einer erstaunlichen Geschwindigkeit die Stufen nach oben eilte, löste sich Katharina endlich aus ihrer Erstarrung. Sie war gerade rechtzeitig an der Treppe, dass sie noch die verdutzten Gesichter ihrer Kollegen sehen konnte.

»Was machen Sie denn hier?«, fragte Hofmann überrascht.

42

»Wielert«, meldete sich der Hauptkommissar.

»Brettschneider, schönen guten Tag. Sind Ihre Leute alle ausgeflogen?«

»Gelegentlich müssen die für ihr Gehalt auch mal was tun«, antwortete der Leiter des KK 11 mürrisch. Der Fehlschuss mit Kalinowski zerrte immer noch an seinen Nerven.

»Müssen wir das nicht alle?«, fragte der Arzt philosophisch.

Wielert biss sich wütend auf die Lippen. »Können wir das vielleicht ein anderes Mal diskutieren? Wir stecken bis zum Hals in Arbeit.«

»Daran habe ich keine Sekunde gezweifelt«, kam es aus dem Hörer zurück. »Ich bin vor zehn Minuten mit der Obduktion Ihres Geländerspringers fertig geworden.«

»Jetzt versauen Sie mir den Tag zur Gänze und sagen, es war ein astreiner Selbstmord.«

»Ja und nein.«

»Bitte?«, fragte Wielert, ein kleines bisschen Hoffnung schöpfend.

»Na ja, rein äußerlich weist die Leiche keine Verletzungen auf, also keine Hämatome, aus denen man schließen könnte, jemand hätte ihn mit einem Baseballschläger zu dem Hüpfer überredet. Innerliche Blutungen gab es auch nicht.«

»Aber?«, lauerte Wielert.

»Der Kerl war sturzbesoffen. Und gleichzeitig auch wieder nicht.«

Wielert lehnte sich ein wenig entspannter zurück. »Weiter«, bat er ruhig.

»Gumprecht hatte ein gehöriges Quantum Alkohol im Magen, sieht mir am ehesten nach Whiskey aus. Sein Blutalkoholgehalt lag aber gerade mal bei einem Promille.«

»Aber das geht doch gar nicht«, entfuhr es Wielert sofort.

»Es sei denn, er hätte die Flasche angesetzt, ausgetrunken und wäre direkt danach über die Brüstung gegangen. Außerdem hatte er, neben dem Alkohol, jede Menge Beruhigungsmittel geschluckt. Die Tabletten hatten sich vollständig aufgelöst, der Wirkstoff war bereits in der Blutbahn.«

»Und was soll das heißen?«

»Zusammen mit dem Whiskey wäre er auf jeden Fall gestorben. Ich glaube nicht, dass er vor dem Sprung noch in der Lage war, seine Handlung zu bedenken.«

»Und ohne den Whiskey?«

»Ein tiefer, langer Schlaf, aus dem er am nächsten Morgen mit fürchterlichen Kopfschmerzen aufgewacht wäre. Mehr aber auch nicht.«

»Das ist ja alles hochinteressant, beweist aber kein Fremdverschulden.«

»Gebe ich Ihnen Recht. Aber haben Sie in der Wohnung eine leere Whiskeyflasche gefunden?«

»Nein«, antwortete Wielert und stutzte. »Heißt das ...«

»Genau. Ich halte es für sehr unwahrscheinlich, dass er die Überreste seiner Sauforgie fein säuberlich weggeräumt, die Flasche in aller Ruhe in den nächstgelegenen Glascontainer geworfen hat, wieder nach Hause gegangen ist, um sich dann einen Strick um den Hals zu legen und sich umzubringen.«

»Klingt logisch«, schmunzelte Wielert. »Besten Dank auch.«

»Gern geschehen.«

Wielert beendete das Gespräch und hämmerte die Nummer von Hofmanns Handy in die Tasten.

43

»Mein Gott, haben Sie mich erschreckt«, japste Carina Rürich. »Nehmen Sie doch endlich die Waffe herunter.«

Hofmann glotzte immer noch auf die Frau, die mit ängstlichen Augen in die Mündung seiner Pistole blickte. Langsam senkte er den Lauf nach unten.

»Wie bist ... wie sind Sie hier hereingekommen?«, fragte Gassel, der die ganze Szene durch Hofmanns Armbeuge hindurch beobachtet hatte.

»Ich hab doch noch einen Schlüssel«, stotterte Rürich, deren Gesicht langsam wieder Farbe annahm.

»Die Wohnung war versiegelt«, empörte sich Hofmann. »Sie können doch nicht einfach hier eindringen und alles durchwühlen.«

»Ich durchwühle gar nichts«, blitzte Rürich zurück. »Und außerdem will ich Ihnen lediglich behilflich sein.«

»Toll«, ärgerte sich der Stoppelhaarige.

»Immer mit der Ruhe«, schnaufte Gassel und zwängte sich an seinem Kollegen vorbei. »Frau Rürich wird bestimmt alles erklären können. Nicht wahr?«

»Ja, natürlich.«

Hofmann steckte seine Waffe wieder in den Schulterhalfter und plumpste auf die Couch. »Dann legen Sie mal los.«

»Nachdem Sie heute Morgen in der Firma waren, ist mir eingefallen, was Gumprecht mir vor ein paar Tagen erzählt hat.«

»Hatte er vielleicht damals schon vor, sich umzubringen?«

»Quatsch«, erwiderte Rürich. »Aber er hat mir gegenüber erwähnt, dass er Kalinowski nicht über den Weg traut. Deshalb hat er alles verwanzt.«

»Was?«, fragte Katharina perplex.

»Es stimmt. Eigentlich müssten Ihre Leute die Mikrofone in den Büros doch schon gefunden haben. Und außerdem hatte er eine Wanze in seinem Telefon.«

»In der Firma?«, fragte Hofmann.

»Wäre ich dann hier? Nein, hier in der Wohnung. Er hat mir sogar gezeigt, wie er die Gespräche aufnimmt.«

Gassel hockte sich überrascht auf die Kante des Billardtisches. Die Bande gab zwar beängstigend knarrende Geräusche von sich, hielt der Belastung jedoch stand.

»Warum sollte sich Gumprecht selbst belauschen?«, fragte er zweifelnd. »Das ergibt doch keinen Sinn.«

»Aber sicher. Wenn es ihm um die Teile der Gespräche ging, die nicht von ihm stammten, schon.«

»Und wo ist das Gerät?«

»Na, hier«, antwortete Rürich und beugte sich zu einem der Bücherregale. Das Brett in dem Sockel gab bei der Berührung nach und kippte nach hinten weg. Gleich darauf zog sie ein kleines Diktiergerät hervor.

»Mich laust der Affe«, meinte Hofmann. »Und das fällt Ihnen erst ein paar Tage nach seinem Tod wieder ein.«

»Sie sagten mir, er habe Selbstmord begangen«, verteidigte sich Rürich nachdrücklich. »Erst als ich von dem angeblichen Mord auf dem Gelände der Firma hörte, kam mir in den Sinn, dass Herr Gumprecht irgendwie darin verwickelt sein könnte.« Rürich legte das Diktiergerät auf den Schreibtisch und sah die Beamten triumphierend an.

»Diese Wanzen in der Firma«, hakte Hofmann nach. »Bei wem hat Gumprecht die installiert?«

»Soweit ich weiß, in seinem, in Kalinowskis und in Burgerts Büro«, zählte Rürich auf.

»In seinem eigenen Büro auch?«

»Wenn er schon sein eigenes Telefon anzapft, um für ihn wichtige Gespräche aufzuzeichnen, ist das nur konsequent«, nickte Gassel.

»Und wo sind die Aufzeichnungsgeräte?«

Rürich sammelte ihre Tasche vom Boden auf und zog einen Plastikbeutel hervor. »Ich habe vorhin alle Kassetten an mich genommen, Gumprecht hatte die Rekorder in einem alten, unbenutzten Archiv in der Firma deponiert. Hier, bedienen Sie sich.«

»Unterschlagung von Beweismitteln«, staunte Hofmann. »Sind Sie eigentlich noch zu retten?«

»Ich wäre, sobald ich das Diktiergerät gehabt hätte, zu Ihnen gekommen«, entgegnete Rürich energisch. »Auf jeden Fall wollte ich verhindern, dass jemand anderes die Kassetten in die Hand bekommt.«

»Wer denn?«, wollte Katharina wissen.

»Kalinowski vielleicht, ach, ich weiß auch nicht. Da will man Ihnen einen Gefallen tun ...«

»Wir wissen Ihre Hilfe sehr zu schätzen«, beruhigte sie Gassel. »Hören wir doch mal rein, mit wem Gumprecht zuletzt telefoniert hat.«

Hofmann verließ seinen Sitzplatz und griff nach dem Diktiergerät, als sein Handy anschlug. Er meldete sich, hörte zu, nickte und schaltete wieder ab.

»Das war Wielert«, informierte er seine Kollegen. »Anscheinend hat Gumprecht doch keinen Selbstmord begangen.«

»Der Reihe nach«, bat Katharina. »Lass erst mal das Band abfahren.«

Ihr Kollege nahm das Aufnahmegerät in die Hand und spulte ein kleines Stück zurück. Als er auf die Starttaste gedrückt hatte, stellte er das Gerät auf den Schreibtisch. Doch statt Gumprecht hörten sie jemand ganz anderen reden.

44

»Das müssen Sie sich ansehen«, erklärte Kommissar Rex mit unterdrücktem Jubel. »Hier herunter, in den Keller. Ich hab Sie lieber gleich angerufen, damit Sie nicht erst auf unseren Bericht warten müssen.«

Wielert ließ dem Spurensucher den Vortritt und bückte sich, als sie die enge, schmale Treppe zu den Kellergewölben hinunterstiegen. Noch bevor er den eigentlichen Kellergang erreichte, schlug ihm ein ekelhafter Geruch nach Schimmel, Feuchtigkeit und wer weiß was noch entgegen.

»Ich hab den Jungs gesagt, sie sollen mit dieser leer stehenden Halle anfangen«, fuhr Rex stolz fort. »Und das war ein Volltreffer. Da, bei dem Scheinwerfer.«

Die Kriminaltechnik hatte keine Kosten und Mühen gescheut und mit Hilfe einer Kabeltrommel und eines Zweihundert-Watt-Fluters einen der Kellerräume taghell ausgeleuchtet. Wielert schaute neugierig um die Ecke und zog sofort den Kopf wieder zurück. Aus dem Raum schlug ihm ein penetranter Gestank entgegen.

»Echt appetitanregend, was?«, flachste der Kollege an dem Scheinwerfer. »Warten Sie 'nen Moment, gleich haben Sie sich an den Geruch gewöhnt.«

»Hier hat man das arme Schwein also versteckt«, murmelte Wielert.

»Sieht ganz so aus«, stimmte Rex zu. »Da, dieser Eimer war wohl seine Toilette.«

»Und die Plastikflaschen?«

»Ein Fingerabdruck neben dem anderen. Wenn die nicht von eurem toten Obdachlosen stammen, fress ich 'nen Besen.«

»Gut gemacht«, lobte Wielert. »Langsam kommen wir ja zu Potte.«

»Aber das Beste kommt noch«, erklärte Rex mit glänzenden Augen. »Wir haben auch den Tatort entdeckt.«

Wielert sah auf.

»Den mutmaßlichen Tatort«, schränkte Rex ein. »Oben in der Halle haben wir einen eingetrockneten Blutfleck gefunden, die Analysen sind schon auf dem Weg zum Labor. Könnte natürlich auch einen ganz anderen Ursprung haben, aber daran will ich nicht glauben.«

»Zeigen Sie mir das mal«, bat Wielert.

Die Luft in der Halle war stickig und trotz der noch hoch am Himmel stehenden Sonne lag der größte Teil des Raumes im Halbdunkel. Rex führte den Hauptkommissar vorbei an den verstaubten Regalsystemen und abgedeckten Maschinen, bis sie fast an der anderen Kopfseite der Halle angekommen waren.

»Da«, meinte er dann. »Hier haben wir den größten Blutfleck, im Umkreis von ein paar Metern befinden sich noch einige andere. Auf den ersten Blick sieht es so aus, als ob sich eine verletzte Person über den Boden geschleppt hat, bevor sie dort vorn liegen geblieben ist. Neben dem Blut haben wir auch Textilfasern auf dem Estrich gefunden.«

»Proben unterwegs?«, gab Wielert das Stichwort.

»Klar, wofür halten Sie uns? Aber das Zuckerchen haben Sie noch nicht gesehen.«

Rex gab einem seiner Männer ein Zeichen und bekam einen Klarsichtbeutel gereicht. Strahlend hielt er ihn Wielert vor die Nase. »Na, was sagen Sie jetzt? Die Mordwaffe!«

Wielert konnte ein zufriedenes Grinsen nicht unterdrücken. »Was wären wir nur ohne euch? Damit dürfte die Frage des Tatortes wohl ausreichend geklärt sein.«

»Gucken Sie mal, hier an der Spitze sind sogar noch Blutspuren«, deutete Rex auf den Kopf des Armbrustpfeils.

»Und wo haben Sie den gefunden?«

»Lag unter einem der Regale.«

»Entweder war der Täter verdammt in Eile oder er hat nicht damit gerechnet, dass jemand hier in der Halle den

Tatort suchen würde. Das Blut könnte für ungeübte Augen ebenso ein Ölfleck sein, ein großes Risiko ist der Mann nicht eingegangen.«

Mit einem trockenen Knacken meldete sich das Funkgerät an dem Gürtel der Spürnase. Rex klemmte das Gerät an sein Ohr und bestätigte seine Empfangsbereitschaft.

Wielert versenkte die Hände in den Taschen seiner Jeans und starrte nachdenklich auf die getrocknete Blutlache. Okay, den Ort, an dem Lindemann umgebracht wurde, hatten sie; trotzdem gab es immer noch keinen Beweis, dass Kalinowski der Täter war. Der Hauptkommissar ging in die Hocke, um sich die Sache genauer anzusehen, da steckte Rex sein Funkgerät weg und trat näher an ihn heran.

»Sagen Sie mal, was spielen die hier in dieser Firma eigentlich für ein Spiel?«, fragte er.

Wielert sah auf. »Habt ihr etwa noch eine Leiche gefunden?«

»Gerade hat einer meiner Jungs durchgebimmelt. Die komplette Chefetage ist verwanzt. Da hat einer im Stillen Mäuschen gespielt.«

45

»Unser Boss rollt an«, meinte Hofmann mit einem Blick auf den Vorplatz.

»Soll er doch«, erklärte Katharina mürrisch.

»Bereits wieder urlaubsreif?«, frotzelte Hofmann.

»Ach, lass mich in Ruhe.«

Hofmann hockte sich auf die Fensterbank und zog die Beine an. »Komisch«, sagte er dann. »Früher warst du, wenn wir einen Fall geknackt haben, immer gut drauf und euphorisch.«

»Es ist nicht wegen des Falles«, sagte Katharina müde. »Außerdem haben wir diesen Schweinepriester noch nicht dingfest gemacht.«

»Was ist es dann?«

Die Blonde schüttelte ihre lange Mähne. »Hoffentlich kommt Karl Heinz gleich mit dem Essen«, lenkte sie ab.

»Weich mir nicht aus«, bat Hofmann. »Was ist?«

Katharina seufzte laut und vergrub das Gesicht hinter ihren Handflächen. »Als wir heute in Gumprechts Wohnung gegangen sind, sollte ich dir Deckung geben.«

»Und? Was ist daran so ungewöhnlich?«

»Ich konnte nicht. Ich wollte zu meiner Waffe greifen, aber meine Hand gehorchte mir nicht. Der Gedanke daran, vielleicht wieder auf einen Menschen schießen zu müssen, hat mir die Knie weich werden lassen. Ich war total blockiert.«

»Und darüber wunderst du dich?«, fragte Hofmann. »Nach dem Erlebnis mit der Eule? Es wäre eher ein Wunder, wenn du einfach zur Tagesordnung übergehen könntest, als wenn nichts geschehen wäre.«

»Und wenn du wegen meiner Unfähigkeit etwas abbekommen hättest?«

»Das wäre nicht das erste Mal gewesen«, konterte Hofmann. »Man gewöhnt sich daran.«

»Arschloch«, beschied ihm Thalbach.

»Katharina, nimm Hilfe in Anspruch. Nach so einer Geschichte kommt vielleicht einer von hundert ohne Betreuung aus. Meinst du, du wärst eine schlechtere Polizistin oder wir würden dich nicht mehr für voll nehmen, wenn du zu einem Psychologen gehst? Ist es das?«

»Nein«, antwortete Katharina gedehnt.

»Warum sperrst du dich dann so dagegen? Heute bestand ja kaum ein Risiko für mich. Nimm aber an, du kommst wieder in eine ähnliche Situation wie an der Tankstelle. Lässt du dich dann freiwillig abknallen?«

»Das ist doch etwas völlig anderes«, wehrte sich Katharina lahm.

»Nein, ist es nicht«, begehrte Hofmann auf. »Eine Blockade im Kopf ist unabhängig von der Situation. Du kannst es dir nicht erlauben, lange darüber nachzudenken, ob du deine Pistole auch wirklich ziehen sollst, wenn jemand auf dich angelegt hat!«

»In einem solchen Moment ...«

»Erzähl mir nichts«, fuhr Hofmann dazwischen. »Meinetwegen kannst du deinen Hintern riskieren, aber mir persönlich reicht eine große Narbe auf dem Bauch. Falls du keine professionelle Hilfe in Anspruch nehmen willst, muss ich es ablehnen, weiter mit dir zusammenzuarbeiten.«

»Das kannst du nicht machen«, entfuhr es Thalbach.

»Und wie ich das kann«, legte Hofmann nach. »Mensch, ich mag dich wirklich, aber so lange du weiterhin durch die Gegend läufst, als sei nichts geschehen, und in Wirklichkeit nichts anderes machst, als deine Schuldgefühle zu verdrängen, bist du ein Sicherheitsrisiko für dich selbst und für jeden, mit dem du zusammenarbeitest.«

»Läuft das hier auf eine Erpressung hinaus?«, quetschte die Blonde angesäuert hervor.

»Keineswegs«, wiegelte Hofmann ab. »Ich will dir nur die möglichen Konsequenzen vor Augen führen. Wenn du nicht von alleine einsiehst, dass du Hilfe brauchst, bleibt mir gar nichts anderes übrig, als nachzuhelfen.«

Thalbach rieb sich heftig die Nasenflügel und holte tief Luft. »Dein letztes Wort?«

»Absolut«, nickte Hofmann.

»Meinetwegen. Aber gib mir noch einige Tage Zeit. Ich verspreche dir, ich lasse mir alles in Ruhe durch den Kopf gehen. Ehrlich.«

Ihr Kollege machte bereits wieder den Mund auf, als Katharina beschwörend den Zeigefinger auf ihre Lippen legte. Wielerts Schritte waren deutlich zu hören.

»Wir haben den Tatort des Obdachlosenmordes gefunden«, erklärte ihr Chef statt einer Begrüßung. »Eine stillgelegte Halle auf dem Fabrikgelände, in deren Keller hat man das arme Schwein weggesperrt.«

Seine Mitarbeiter nahmen seine Offenbarung lediglich mit einem freundlichen Lächeln zur Kenntnis und Wielert stutzte. »Hier läuft doch etwas«, vermutete er.

»Kalinowski hat Gumprecht umgebracht. Und den Obdachlosen«, weihte ihn Hofmann ein.

»Haben Sie ein Orakel befragt?«, fragte Wielert verständnislos.

»Keineswegs. Gumprecht hat sein Telefon so manipuliert, dass er alle Gespräche mitschneiden konnte. Und von diesem Apparat hat Kalinowski ein sehr interessantes Telefonat geführt.«

Hofmann zauberte das kleine Diktiergerät hervor und startete die Wiedergabe. Wielert brauchte zwei Sekunden, um die Stimme zu erkennen, und noch ein paar Sekunden mehr, bis er sein altes Schulenglisch ausgegraben hatte, aber dann konnte er dem Gespräch ohne große Schwierigkeiten folgen.

»Das ist ja ein Hammer«, erklärte er, als Hofmann das Band abgeschaltet und erklärt hatte, wie sie es in die Finger bekommen hatten.

»Natürlich muss das noch zu einem vereidigten Dolmetscher, aber jedes Gericht lässt das als Geständnis gelten«, ergänzte Katharina.

»Glück muss der Mensch haben«, freute sich Wielert. »Kalinowski hat also die ganze Zeit seine eigene Suppe gekocht. Wer ist dieser Zalynski, mit dem er gesprochen hat?«

»Einer der Amerikaner, die für diesen Konzern die Firma gekauft haben. Der Mord an dem Obdachlosen war tatsächlich nichts anderes als ein perverses Spiel.«

»Fünftausend Mark für ein Menschenleben«, raunte Wielert fassungslos. »Unglaublich.«

»Manche töten schon für viel weniger«, meinte Katharina leise. »Ich frage mich nur, warum er und der Amerikaner so ein großes Risiko eingegangen sind.«

»War es nicht. Ohne die Autonummer wären wir denen nie auf die Schliche gekommen. Ist die Fahndung raus?«

Hofmann sah seinen Chef an, als hätte er sie gefragt, ob sie sich morgens nach dem Aufstehen die Zähne putzten. »Noch per Telefon aus dem Auto«, antwortete er dennoch. »Zu Hause war er nicht.«

»Aber warum hat er Gumprecht umgebracht?«, sinnierte Wielert. »Ich kann mir kaum vorstellen, dass der von dem

Mord an dem Obdachlosen wusste. Und der Priester hatte auch nichts mit der Sache zu tun.«

Hofmann griff, von der Sucht übermannt, zu seiner Notpackung Zigaretten. Katharina verzichtete auf den obligatorischen bösen Blick. »Anscheinend wurde der Priester von Gumprecht umgebracht. Kalinowskis Alibi für die Tatzeit ist unanfechtbar, wir haben es schwarz auf weiß. Unsere rumänischen Kollegen haben die Termine überprüft. Es bleiben allerhöchstens mal eine oder anderthalb Stunden, in denen niemand bezeugen kann, wo sich Kalinowski aufhielt. In der Zeit konnte er unmöglich von Bukarest aus hierher reisen und den Mord begehen. Da hätte er sich schon beamen lassen müssen.«

»Auf den Kassetten aus der Firma könnten wir die Antwort finden«, überlegte Katharina. »Bisher hatten wir noch nicht die Zeit, die auszuwerten, aber es würde mich nicht wundern, wenn Gumprecht und Kalinowski bis zu einem gewissen Punkt gemeinsame Sache gemacht haben. Seinen Vater konnte Kalinowski mit Hilfe der Amis ohne größere Probleme aus der Firma bugsieren, aber Gumprecht?«

»Anscheinend haben sich die beiden nicht sonderlich gemocht«, warf Wielert ein.

»Na und? Vielleicht war das gut inszeniertes Theater, um von dem illegalen Hintergrund des Firmenverkaufs abzulenken.«

»Kann sein«, nickte Hofmann. »Damit hätte Gumprecht auch ein Motiv für den Mord an dem Priester gehabt. Wenn Heinrich Burgert wirklich diese alten Kamellen aufgewärmt hätte und unsere Kollegen von der Wirtschaftskriminalität den Laden unter die Lupe genommen hätten, wer weiß, dann hätte Gumprecht vermutlich früher oder später einpacken können.«

»Gumprecht machte auf mich eigentlich einen recht zivilisierten Eindruck«, überlegte Katharina.

»Panik«, meinte Wielert. »Er erfährt ausgerechnet von uns, dass Burgert mit einer anderen Person über seinen Verdacht, sein Sohn und er hätten ihn übers Ohr gehauen, geredet hat. Bleiben nicht viele Alternativen, wer die Vertrauensperson war. Vielleicht hat Gumprecht irgendwie Wind davon bekommen, dass sein ehemaliger Kompagnon mit seinem Bruder Kontakt aufgenommen hat. Also fährt er zu dem Priester, um sich Gewissheit zu verschaffen, wie viel der weiß. Die beiden geraten in Streit, Gumprecht verliert die Beherrschung und ... so könnte es gewesen sein.«

»Und Burgert selbst?«, fragte Hofmann. »Selbstmord? Mord? Unfall?«

»Das werden wir vielleicht nie erfahren«, schnaufte Wielert. »An dem Wagen wurde nicht manipuliert, es gab genug Augenzeugen, die den Unfall beobachtet haben. Burgerts Fahrzeug wurde weder abgedrängt noch ausgebremst. Und diesen Schwachsinn, den sein Sohn von wegen depressiver Veranlagung erzählt hat, glaube ich nicht. Ein Unfall ist wohl die logischste Erklärung.«

»Wenn überhaupt, kann uns das eh nur Kalinowski auseinander klamüsern«, entschied Hofmann. »Aber dazu müssten wir ihn erst einmal haben.«

»Nur eine Frage der Zeit«, meinte Katharina. »Aus Deutschland kann er nicht mehr raus. Und der Typ war sich seiner Sache ziemlich sicher. Vor allem, nachdem wir ihm heute Morgen nichts anhaben konnten. Den kriegen wir bestimmt innerhalb der nächsten vierundzwanzig Stunden.«

»Diese Rürich ...«, sagte Wielert. »Gumprecht hat ihr offensichtlich vertraut. Könnte die noch etwas wissen, was sie uns noch nicht gesagt hat?«

»Gut möglich«, meinte Katharina. »Aber das sollte Karl Heinz übernehmen. Er scheint 'nen guten Draht zu der Frau zu haben.«

Erst jetzt warf Wielert einen prüfenden Blick auf die Schar seiner Mitarbeiter. »Wo ist Herr Gassel eigentlich?«

»Essen holen. Heute Mittag haben wir die Kantine nicht geschafft; und da der Fall mehr oder weniger geklärt ist, gönnen wir uns was vom Griechen.«

»Ich glaube, da kommt er«, sagte Hofmann hellsichtig.

Begleitet von einer Welle von Erschütterungen kam Gassel um die Ecke, in jeder Hand eine Klarsichttüte, aus der appetitanregende Gerüche strömten. »Redet ihr von mir?«, fragte er schnaufend.

»Nur Gutes«, antwortete Hofmann und klatschte erwartungsvoll in die Hände. »Gib schon her, ich verhungere.«

»Tut mir Leid, Herr Wielert, aber ich wusste nicht, ob ich Ihnen auch etwas mitbringen soll«, entschuldigte sich der Dicke und stellte die beiden Tüten auf den Tisch.

»Kein Problem. Guten Hunger.«

Hofmann schnippte seine Kippe aus dem Fenster und grapschte nach einem eingepackten Grillteller. Katharina erhielt Gyros, dann schob das Schwergewicht jedem der beiden einen kleinen Teller Krautsalat zu. Als seine Kollegen versorgt waren, fingerte er eine weitere Portion Salat hervor und griff nach der Plastikgabel.

»Hat es der Rest bis hierher nicht geschafft?«, bemerkte Hofmann.

»Den Wagen machst du aber gefälligst sauber«, drohte Katharina, bevor sie sich eine goldbraune Pommes in den Mund schob. »Wehe, ich versau mir die Klamotten an deinen Essensresten.«

»Witzbolde«, gab Gassel zurück. »Ich will ein wenig abnehmen, das ist alles.«

»Du?«, prustete Hofmann los. »Was für ein Datum haben wir heute?«

»Ha, ha, ha«, zischte Gassel beleidigt. »Brettschneider hat mich doch gewarnt, dass ich bei meinem Gewicht kurz vor einem Herzinfarkt stehe.«

»Das erzählt der dir doch, seit er dich kennt.«

»Na und? Wenn du nach der geringsten körperlichen Anstrengung keine Luft mehr bekommst, machst du dir irgendwann mal Gedanken.«

»Kommt ganz auf die körperliche Betätigung an«, platzte Katharina heraus, wofür sie von Gassel einen giftigen Blick kassierte.

Bevor er der jüngeren Kollegin eine passende Antwort geben konnte, piepte sein Handy.

Während der Dicke seinen Anzug nach dem Telefon durchsuchte, tauschten die drei anderen amüsierte Blicke. Doch als Gassel aufsprang und die Gabel in seiner Pranke zerbrach, schreckten alle zusammen.

»Lass ihn nicht rein«, befahl er hektisch. »Auf gar keinen Fall. Wir kommen sofort.«

Wielert war schon auf den Füßen. »Was ist?«

»Kalinowski«, japste Gassel. »Er steht bei Ca... er hat gerade vor Frau Rürichs Wohnung eingeparkt.«

»Die Adresse, machen Sie schon«, befahl Wielert und stürzte seinerseits zum Telefon. Dabei konnte er der menschlichen Dampfwalze, die an ihm vorbeidonnerte, gerade noch ausweichen.

»Meine Güte, was ist denn in den gefahren?«, fragte Hofmann, nachdem Wielert die Einsatzzentrale instruiert hatte.

»Erkläre ich dir, wenn du groß bist«, antwortete Katharina, beförderte eine letzte Gabel Fleisch an den Bestimmungsort und rannte Gassel nach.

46

Von der Decke über dem Bett leuchtete ihm ein strahlendes, sanftes Himmelblau entgegen, farblich zu den Vorhängen vor dem Fenster passend. Die schwarze Seidenbettwäsche, unter der sich die Kugel seines Bauches wölbte, fühlte sich weich und erfrischend an.

Karl Heinz Gassel seufzte und warf einen Blick auf seine Armbanduhr. Erst kurz vor halb sieben, er hatte noch genügend Zeit. Mittwochs ging seine Frau immer zu der Bastelgruppe ihres Kirchenkreises und kam nie vor acht Uhr nach Hause. Außerdem war ein Abend, an dem er erst sehr spät heimkehrte, nichts Ungewöhnliches.

Neben sich spürte er eine sanfte Bewegung und drehte den Kopf zur Seite. Carinas Haarschopf lag auf seiner Schulter, die Finger ihrer linken Hand spielten versonnen mit seiner eisgrauen Brustbehaarung. Von seiner Position aus konnte er ihre mit vier Stichen genähte Platzwunde über den Augenbrauen kaum erkennen. Es war nichts Besorgniserregendes, spätestens in einer Woche konnten die Fäden schon wieder gezogen werden. Wenn sie Glück hatte, blieb noch nicht einmal eine Narbe zurück.

Sie hatte Kalinowski an der Tür hingehalten, mit Ausreden überschüttet und nicht auf seinen allmählich immer bedrohlicher werdenden Ton reagiert. Als endlich ein Streifenwagen vor der Haustür hielt, war Kalinowski in Panik geraten. Er schaffte es, die Tür einzutreten und Rürich ein blutiges Andenken zu verpassen, aber dann enterten die Streifenhörnchen den Hausflur.

»Tut dein Kopf noch weh?«, fragte Gassel,

»Ich hab vorhin zwei Tabletten genommen. Der Wumms mit der Tür war ganz schön heftig.«

»Das glaube ich dir gerne. Gott sei Dank war der Streifenwagen in der Nähe.«

Carina richtete sich ein wenig auf und griff zu dem Sektglas auf ihrem Nachttisch. Nachdem sie einen kleinen Schluck genommen hatte, sah sie Gassel fragend an. Der Dicke schüttelte den Kopf.

»Was passiert denn jetzt mit eurer Firma?«, wollte er stattdessen wissen.

»Gute Frage. Scheinbar drehen die Leutchen jenseits des großen Teichs ein wenig durch. Dieser Zalynski wurde schon verhaftet, sagst du?«

»Laut dem Fax, das wir bekommen haben, ja. Machen die den Laden dicht?«

»Glaube ich nicht. Heute Morgen hat mich einer aus der Konzernzentrale angerufen. Der war völlig erschüttert, was da abgelaufen ist. Ein paar von den Amis wollen rüberkommen und einen Sanierungsplan für die Firma mitbringen. Die spielen jetzt die Unschuld vom Lande und machen einen auf ehrlichen Geschäftsmann.«

»Dann steht deiner Karriere ja nichts mehr im Wege.«

»Abwarten. Hat Kalinowski eigentlich gestanden?«, fragte sie, während sie wieder näher an Gassel heranrückte.

»Und wie«, schmunzelte der Dicke. »Nachdem er seine

eigene Stimme auf dem Diktiergerät gehört hat, gab es kein Halten mehr.«

»Also hat er Werner und diesen armen Obdachlosen tatsächlich umgebracht«, meinte Carina fassungslos. »Ich hätte dem ja viel zugetraut, aber so etwas ...«

»Er hat früher schon mal zusammen mit diesem Zalynski gemordet. Du weißt, die beiden kannten sich seit dem Studium. Damals haben sie eines Abends nach einer Feier in ähnlicher Weise wie jetzt hier Jagd auf einen Tramp gemacht.«

»Aber warum der Mord an Gumprecht? Und was ist mit Burgert?«

»Es stand eine Menge Geld auf dem Spiel. Da war Kalinowski zu allem fähig. Zwanzig Millionen, das muss man sich mal vorstellen! Und das allein für die Ausfuhrgenehmigungen und als Vermittlungsprovision für den Verkauf der Firma. Ohne Gumprecht konnte Kalinowski alleine kassieren. Und der Tod deines alten Seniorchefs war allem Anschein nach tatsächlich ein Unfall. Kalinowski hat ausgesagt, dass Gumprecht Burgert an dem Abend, als der Alte verunglückte, gefolgt ist. Vielleicht hat Burgert bemerkt, dass jemand hinter ihm her war, und vor lauter Angst die Kontrolle über sein Fahrzeug verloren.«

Rürich durchlief ein kurzer Schauder, bei dem sie sich heftig in Gassels Oberarm krallte. Langsam und zielstrebig wanderte ihre Hand hinunter und schlich unter die leichte Bettdecke. Gassel gab sich einen Ruck, setzte sich schnell auf und lehnte sich an das Oberteil des Bettes. Der Messingrahmen protestierte zwar ächzend, aber der zusätzliche Halt durch die Wand reichte als Stütze aus.

»Eines ist allerdings ein wenig merkwürdig«, überlegte der Dicke, solange er noch klar denken konnte. »Kalinowski hat uns gesagt, er wäre Dienstagabend mit dir verabredet gewesen.«

»Das stimmt auch«, antwortete Carina arglos.

»Und warum wolltest du dich mit ihm außerhalb eurer Arbeitszeit treffen?«

»Wir wollten über meine Zukunft reden«, kam es ohne

Zögern. »Du weißt, ich sollte demnächst Prokura erhalten. Dann wäre natürlich meine Verantwortung gewaltig gewachsen. Kalinowski und ich mussten da noch einige Punkte klären.«

»Bei ihm hörte sich das anders an«, widersprach Gassel ruhig. »Uns hat er erzählt, er habe den Eindruck gehabt, du wolltest ihn erpressen.«

Rürich drehte sich auf die Seite, winkelte den rechten Ellbogen an und stützte sich auf. Ihre Augen hefteten sich fest an die des Dicken. »Glaubst du ihm?«

»Es klang nicht unglaubwürdig«, nickte er. »Und je länger ich darüber nachdenke, um so eher befürchte ich, dass du uns etwas vorgeflunkert hast.«

Gassel hielt ihrem Blick stand. Obwohl er seine Verhöre normalerweise mit erheblich mehr Kleidung am Leib und nicht auf einer mit Wasser gefüllten Matratze durchführte, war er im Moment ausschließlich Polizist.

Als ihm die Pause genug gesagt hatte, griff er nach dem Saum der Bettwäsche und schlug sie zurück. Doch bevor er sich aus dem Bett wuchten konnte, packte ihn Carina am Handgelenk. »Bleib. Kalinowski hat die Wahrheit gesagt. Ich wollte ihn erpressen, zugegeben, aber dazu bin ich doch gar nicht gekommen.«

Erleichtert schlüpfte Gassel wieder zurück unter die Decke und verschränkte die Arme hinter dem Kopf. »Erzähl mir alles«, forderte er sie auf.

»Es war eine blöde Idee«, begann Carina. »Gumprecht hatte mich aufgefordert, Kalinowski und Burgert auszuspionieren. Ich wusste ehrlich nicht, dass er mit Kalinowski gemeinsame Sache gemacht hat, das habe ich erst viel später erfahren. Anscheinend war das nur ein Ablenkungsmanöver, um mich auf falsche Gedanken zu bringen. Kurz bevor Burgert ums Leben gekommen ist, hatten die drei doch in seinem Büro diesen hässlichen Streit. Dabei haben sie auch die illegalen Geschäfte erwähnt, die allein ja erst dem Kauf durch die Amis einen Sinn gaben. An dem Abend ist mir fast die Kinnlade heruntergefallen, als ich das Band abgehört habe.«

»Dann waren das gar nicht Gumprechts Wanzen?«, unterbrach sie Gassel überrascht.

»Ach was. Mein Bruder hat mir das Zeug besorgt und mir erklärt, wie ich die anbringen muss.«

»Und die Wanze in Gumprechts Telefon?«

»Ebenso. Erst wollte ich mit den Bändern wirklich mein Gehalt aufbessern und hab deshalb gewartet, bis der Verkauf über die Bühne gegangen ist. Als ich aber von Werners Tod hörte und Kalinowski von euch verhaftet wurde, hab ich Angst bekommen. Ich habe alle Bänder eingepackt, die ich bisher aufgenommen hatte, und bin zu Werners Wohnung gefahren, um das Diktiergerät zu holen. Dann wollte ich zu dir aufs Präsidium. Ich schwöre dir, genau so war es.«

Gassel seufzte erneut und fuhr sich mit den Handballen über die Augen. »Eine schöne Scheiße, in die du dich da geritten hast«, sagte er. »Mädchen, war dir nicht klar, dass du eine Straftat begehst?«

»Sicher«, antwortete Carina ungehalten. »Aber falls ich nichts Interessantes erfahren hätte, hätte ich die Mikros irgendwann einfach wieder abmontiert. Gumprecht hat mich jahrelang wie seine persönliche Sklavin behandelt. Verstehst du nicht, hier hatte ich die Chance, auf die ich eine Ewigkeit gewartet hatte. Zwei, drei Jahre als Prokuristin in der Klitsche, und dann hätte ich keine Probleme mehr gehabt, in eine renommierte Firma zu wechseln. Ohne die Bänder hätte ich sonst ewig Gumprechts Tasche schleppen dürfen ...«

»Warum hast du nicht einfach gekündigt und dir etwas anderes gesucht?«

»Habe ich doch versucht«, jammerte Carina auf, wobei erste Tränen aus ihren Wimpern tropften. »Du hast doch keine Ahnung, wie schwer es ist, als Berufsanfänger ohne Erfahrung einen akzeptablen Job zu bekommen. Glaub mir, wenn ich gekonnt hätte, wäre ich weg gewesen.« Wütend schlug sie mit ihrer Faust auf das Kopfkissen und vergrub das Gesicht in der Armbeuge.

Gassel schluckte und fuhr mit der Hand über ihre kreuz

und quer verteilten Haare. »Ist schon okay«, tröstete er sie. »Ich will versuchen, dich da rauszuhalten.«

»Ehrlich?«, fragte sie schniefend.

»Wird schon klappen«, meinte Gassel optimistisch. »Immerhin kann Gumprecht nicht mehr bestreiten, die Wanzen nicht angebracht zu haben. Zu Schaden gekommen ist auch niemand. Also, was soll's?«

Rürich wischte sich die Feuchtigkeit aus dem Gesicht. »Das musst du nicht tun. Wenn du meinetwegen Schwierigkeiten bekommst ...«

»Unfug«, wehrte Gassel ab.

»Nein, kein Unfug. Oder glaubst du, ich wäre nur deshalb mit dir ins Bett gegangen?«

»Nein«, antwortete der Dicke sofort. »Aber ...« Aber was? Gassel druckste herum und suchte nach Worten, fand keine und seufzte zum dritten Mal.

»Tut es dir Leid?«, hörte er sie leise fragen.

»Nein«, antwortete er nach kurzer Bedenkzeit. »Aber ich komme mir ein bisschen wie ein Schuft vor.«

Carina hob den Kopf und fuhr zärtlich mit ihren Fingern über seine Wange. Dann drückte sie ihm einen Kuss auf sein Ohrläppchen und kuschelte sich wieder an ihn.

»Mir tut es Leid«, murmelte sie. »Ich habe dich ziemlich überrumpelt, aber irgendetwas hat bei mir Klick gemacht, als ich dich gesehen habe. Und als du alleine bei mir aufgetaucht bist ...«

»Es ist nicht deine Schuld«, erklärte Gassel kopfschüttelnd. »Aber mir will einfach nicht in den Kopf, warum das passiert ist.«

»Musst du für alles eine Erklärung finden?«

»Nicht für alles. Aber warum gerade ich? Herrgott noch mal, ich bin verheiratet, Mitte fünfzig, sehe aus wie ein vietnamesisches Hängebauchschwein und ich hab auch keine Millionen auf dem Konto.«

»Na und?«

»Carina, du bist noch nicht einmal dreißig, siehst blendend aus und hast dein Leben noch vor dir. Ich verstehe es nicht.«

»Alles relativ. Meine Segelohren findet nicht jeder schön, und auch Augen mit Silberblick sind Geschmackssache. Also übertreib nicht so schamlos.«

»Du weißt genau, worauf ich hinauswill«, knurrte Gassel.

»Na klar. Gut, vielleicht hab ich einen Spleen, vielleicht bin ich auch wirklich verrückt und leide an der weiblichen Form des Ödipuskomplexes. Tatsache ist, dass mich Männer meines Alters nicht interessieren.«

Gassel rutschte zurück auf die Matratze, wobei er Carina behutsam mit sich zog.

»Was meinst du, sollte ich ein wenig abnehmen?«, fragte er, bevor sie die zweite Runde einläuteten.

47

Nach einem ersten Blick in die kleine, vom Blumenduft überflutete Trauerhalle rümpfte Katharina die Nase. Neben den drei Metallständern, auf die in wenigen Minuten der Sarg aufgebockt werden sollte, lagerte ein Gebirge aus Kränzen, Gebinden und Gestecken. Natürlich, von den Familienangehörigen der Toten war das zu erwarten gewesen.

Auf der anderen Seite thronten die allerdings ein wenig übertriebenen Gaben der Gesetzeshüter. Flenner, der Polizeipräsident, hatte es sich nicht nehmen lassen und seine Portokasse geplündert. Das von ihm gespendete Grünzeug hätte für die Verabschiedung einer kompletten Hundertschaft gereicht. Außerdem erkannte Katharina hinter dem Riesenrad des Polizeipräsidenten das Gebinde der Gewerkschaft der Polizei und das der Kollegen aus dem KK 11.

Flenner und Wielert waren beschäftigt. Der PP war mit Staatstrauermiene und edlem schwarzen Zwirn neben der Mutter seiner dahingeschiedenen Mitarbeiterin zu finden, und Wielert versuchte seinen Boss von einem peinlichen Auftritt abzuhalten.

»Ich muss hier raus«, flüsterte Katharina Hofmann zu. »Ich krieg keine Luft.«

Hofmann nickte verständnisvoll. Langsam schlenderten beide durch den kleinen Vorraum der sich allmählich füllenden Trauerhalle und traten ins Freie. Aufatmend zog Hofmann sein Sakko aus und fächerte sich Luft zu.

»Wenn jetzt einer auf die Idee kommt, Fichtennadelduft zu versprühen, könnte man glauben, man sei in einer Sauna. Gleich kriegen wir bestimmt 'ne tolle Dusche von oben.«

Katharina sah hoch. Über dem Friedhof hatten sich in den letzten zwanzig Minuten gewaltige dunkelgraue Wolkenberge aufgetürmt, die Luftfeuchtigkeit war unerträglich geworden. Hoffentlich fing der Regenguss erst an, wenn sie wieder im Auto saßen.

»Guck mal, da vorne ist Lohkamp«, meinte Hofmann.

Durch die Meute der Trauergäste schob sich das ihnen inzwischen sattsam bekannte, frisch gebliebene Gesicht des Hauptkommissars auf sie zu. Ohne die grauen Bremsspuren in seinem rötlich blonden Haarschopf hätte Katharina ihn höchstens für Anfang vierzig gehalten; dass er das nächste Lebensjahrzehnt schon angeknabbert hatte, erkannte man erst beim zweiten Blick.

»Dienstlich oder privat?«, fragte Hofmann forsch und drückte die dargebotene Hand.

»Rein privat«, erklärte der gebürtige Wanne-Eickler mit einem schnellen Seitenblick auf Katharina und kramte ein Päckchen Filterzigaretten hervor. Hofmann nahm die angebotene Kippe entgegen, obwohl sie die Emissionen seiner Lord Extra bei weitem überstieg. Dann klinkte Lohkamp Thalbach das Päckchen unter die Nase. Die Blonde zögerte einen Moment, schnaufte durch und nahm ebenfalls einen Glimmstängel.

»Du und eine Zigarette in der Hand?«, wunderte sich Hofmann.

»Lass mich in Ruhe«, beschied ihn Katharina und hängte das Gesicht über Lohkamps Feuerzeug. Der erste Zug nach gut zwanzig Jahren entfachte in ihren Lungen einen Anfall.

Mühsam biss sie die Zähne zusammen, obwohl ihr die Tränen in die Augen stiegen.

»Eine schlechte Angewohnheit«, stichelte Lohkamp, nachdem er Hofmann und sich selbst Feuer gegeben hatte. »Lassen Sie es am besten bleiben.«

»Irgendetwas muss doch dran sein«, krächzte Katharina. »Außerdem soll das überflüssigen Körperspeck wegbrennen.«

»Ach je, jetzt fängt die Leier wieder an«, grinste Hofmann.

Eine Weile standen sie schweigend zusammen und klammerten sich an ihre Zigaretten. Katharina hielt tapfer durch.

»Wann geht das da drin los?«, fragte Lohkamp.

»Kann nicht mehr lange dauern«, antwortete Katharina. »Hoffentlich zieht der Kerl in der Kutte die Angelegenheit nicht unnötig in die Länge.«

»Wir werden das schon überleben«, beruhigte der Hauptkommissar. »Außerdem, Eulenstein war eine gute Polizistin. Die halbe Stunde herzzerfetzende Sprüche hat sie verdient. Eigentlich hatte ich erwartet, dass Flenner das Polizeimusikkorps anrücken lässt.«

»Hatte der auch vor«, schnaufte Hofmann verächtlich. »Aber Dagmars Mutter hat ihr Veto dagegen eingelegt.«

»Klasse«, seufzte Lohkamp. »Das kann ja heiter werden.«

Die beiden Bochumer sahen ihn fragend an.

»Demnächst sehen wir uns wohl öfter«, erklärte der Hauptkommissar. »Ich bin mal wieder versetzt worden. Kriminalwache Wattenschweiß.«

»Ach du lieber Himmel. Haben Sie der Frau vom Ministerpräsidenten unter den Rock gefasst?«, wollte Hofmann wissen.

»Ist das Kaff wirklich so schlimm?«, wich Lohkamp einer Antwort aus.

»Na ja. Auf jeden Fall können Sie sich da nicht verfahren. Wenn Sie aus Bochum rausfahren, scharf bremsen – sonst sind Sie bereits durch.«

Katharina schnippte ihren Zigarettenstummel auf den Kiesweg und fuhr angeekelt mit der Zunge durch ihre Mundhöhle. Ein Geschmack, als hätte sie einen Aschenbecher ausgelutscht.

»Ich habe mich noch gar nicht bei Ihnen bedankt«, sagte sie leise zu Lohkamp.

»Wofür auch? Es gibt keinen Grund, warum. Ich wünschte, alle Ermittlungen, die mir in die Finger kommen, wären so eindeutig wie ... dieser Unglücksfall an der Tankstelle.«

»Trotzdem, danke.«

»Lassen Sie mal irgendwann ein Bier springen.«

Lohkamp tippte an einen imaginären Hut und trollte sich in die Trauerhalle, um einen der begehrten Plätze in der letzten Reihe zu ergattern.

»Komm, sonst ist nur noch der Arme-Sünder-Platz neben Flenner frei«, meinte Katharina.

Als sich der Trupp schwarz gekleideter Leiber nach der Trauerfeier formierte, um hinter dem Sarg zum Grab zu marschieren, zerriss ein greller Blitz, gefolgt von einem ohrenbetäubenden Donner, das allgemeine Gemurmel und Geschniefe. Wie nach einem gelungenen Countdown prasselten die ersten Wassertropfen genau in dem Moment auf die eiligst aufgespannten Schirme, als die sechs Sargträger die braune Eichenkiste auf den kniehohen Handkarren verfrachteten. Und während sich die Ansammlung der Trauergäste tapfer in die Urgewalten stürzte, fragte sich Katharina in Gedanken, ob sie noch ein Fünfmarkstück in ihrem Portemonnaie hatte – für eine Schachtel Zigaretten.

Krimis von Theo Pointner

Rechts-Außen

ISBN 3-89425-214-6 DM 16,80

Eine militante rechtsradikale Gruppe verbreitet Angst und Schrecken - auch im Ruhrgebiet. Ausgerechnet jetzt hat hier die Fußballnationalmannschaft ihr Trainingslager aufgeschlagen, und die Sturmhoffnung Kaltenbach erhält prompt Drohbriefe. Die Bochumer Kripo-Leute müssen Leibwächter spielen, doch die Gegenseite ist ihnen stets einen Schritt voraus.

Einer nach dem andern

ISBN 3-89425-204-9 DM 16,80

Vor den Augen der Kriminalbeamtin Katharina Thalbach und ihres Freundes Uli Zander schmeißt sich eine junge Frau vor einen Zug. Noch ehe die beiden den Schock verdaut haben, wird die Kommissarin zum nächsten Tatort gerufen: In einem Schrebergartenhäuschen liegt die Leiche des Versicherungskaufmanns Klaus Krömer. Der Tote wurde bestialisch zugerichtet, alles deutet auf einen Psychopathen hin. Thalbachs Kollege Berthold Hofmann befürchtet den Beginn einer Serie - und er soll recht behalten, wenige Tage später wird der Supermarktangestellte Ulf Gäbler ermordet. Der Zustand der Leiche beweist: Es war wieder der gleiche Täter...

Scheinheilige Samariter

ISBN 3-89425-043-7 DM 14,80

»Ulli Zanders Welt gerät aus den Fugen: Warum erscheint seine Freundin und Kollegin nicht zum Dienst im Krankenhaus? Wer versucht, in ihre Wohnung einzubrechen? Die Ereignisse überstürzen sich. Schließlich wird der Sozialarbeiter nicht nur des Mordes verdächtigt, sondern muß auch noch um sein eigenes Leben fürchten.«
(Bernburger Zeitung)
»Ein hinreißend spannender Krankenhaus-Krimi, in dem der Täter am Ende durch einen Computer-Bastler enttarnt wird, der sich per Datenleitung in den Heim-Computer eine Arztes einschaltet und dort die Beweise für Mord und Drogenhandel findet ...« (Radio Ruhrgebiet, WDR 5)

Tore, Punkte, Doppelmord

ISBN 3-89425-031-3 DM 15,80

»Kripo-Kommissar Wielert und sein Kumpan Bach decken 20 Jahre nach Gregorio Canellas' Enthüllungen einen neuerlichen Kicker-Skandal auf, der sich gewaschen hat. Bis es soweit ist, wird ordentlich betrogen und gelogen, werden Spieler verkauft und Schiedsrichter gekauft ... beachtliches Krimi-Debut ...« (Unicum)

grafit

aztheo.0599.cdr5

Krimis von Jan Zweyer

Glück auf, Glück ab

Der erste Krimi mit Rainer Esch

ISBN 3-89425-212-X DM 14,80

Der Fahrsteiger Klaus Westhoff wird tot aufgefunden. Selbstmord, sagt die Polizei. Doch warum? Die Schwester des Toten, Stefanie Westhoff, will es wissen und sucht gemeinsam mit ihren Freunden Rainer Esch und Cengiz Kaya nach Gründen. Dabei stoßen sie auf die dubiose Investmentfirma ›Take off‹, deren Betreiber es nicht nur auf das mühsam Ersparte der Bergleute abgesehen haben.

»Dem Autor gelingt es, seine Figuren nicht zu Superhelden aufzublasen. ... schlüssig aufgebaut und spannend erzählt.« (Gießener Anzeiger)

»Bodenständig in einer Zeche des Ruhrgebiets angesiedelt, dreht es sich hier um illegale Ölentsorgung, Pyramidenspiele und einen vorgetäuschten Selbstmord.« (Der Standard, Wien)

Alte Genossen

Der zweite Krimi mit Rainer Esch

ISBN 3-89425-221-9 DM 15,80

Endlich eine lukrative Tour für Taxifahrer Rainer Esch. Der Kunde will zum Hauptbahnhof. Die letzte Fahrt für Jürgen Grohlers, denn kurz nachdem er das Taxi verlassen hat, wird er erschossen. Und Esch sieht sich fortan Bedrohungen ausgesetzt. Warum? Rainer ermittelt in eigener Sache ...

»... ein flott geschriebener guter Krimi, dem es gelingt, die komplizierten Machenschaften der Geldschieberei und -wäscherei nach der Wiedervereinigung plausibel zu erklären.« (Ruhr Nachrichten)

»Zweyer hat gut recherchiert, denn wieder gelingt es ihm, einen oft übersehenen, aber dennoch interessanten Baustein unserer Welt vor Augen zu führen.« (BuchJournal)